柳内たくみ
Illustration
陸原一樹

戦国スナイパー 5

SENGOKU

壊れた歴史を修復せよ篇

KODANSHA BOX

笠間慶一郎《かさまけいいちろう》：陸上自衛隊二等陸曹。訓練中に戦国時代にタイムスリップ。
信長に雇われ、猟兵頭《りょうへいがしら》となるが、現代に戻ってくる。
織田信長《おだのぶなが》：尾張出身の戦国大名。天下統一を狙う。
さくら：信長に仕える忍びの少女。柳生宗厳《むねよし》の娘。
慶一郎とともに現代にやって来た。
沙奈《さな》：慶一郎を川から助けた比良村《ひらむら》の女。慶一郎と深い関係になる。
佐々成政《さっさなりまさ》：信長配下の武将。慶一郎に鉄砲隊の訓練を任せる。
松千代《まつちよ》：佐々成政の息子。慶一郎の下で鉄砲足軽隊長となる。
イサナ：善住坊に両親を殺された少女。
みなし子となるが慶一郎に拾われ、鉄砲足軽隊長となる。
杉谷善住坊《すぎたにぜんじゅうぼう》：信長を狙う僧形の鉄砲撃ち。
慶一郎の命も狙うが慶一郎によって射殺される。
雨《あめ》、霧《きり》、霞《かすみ》：慶一郎に雇われた多羅尾の忍び。

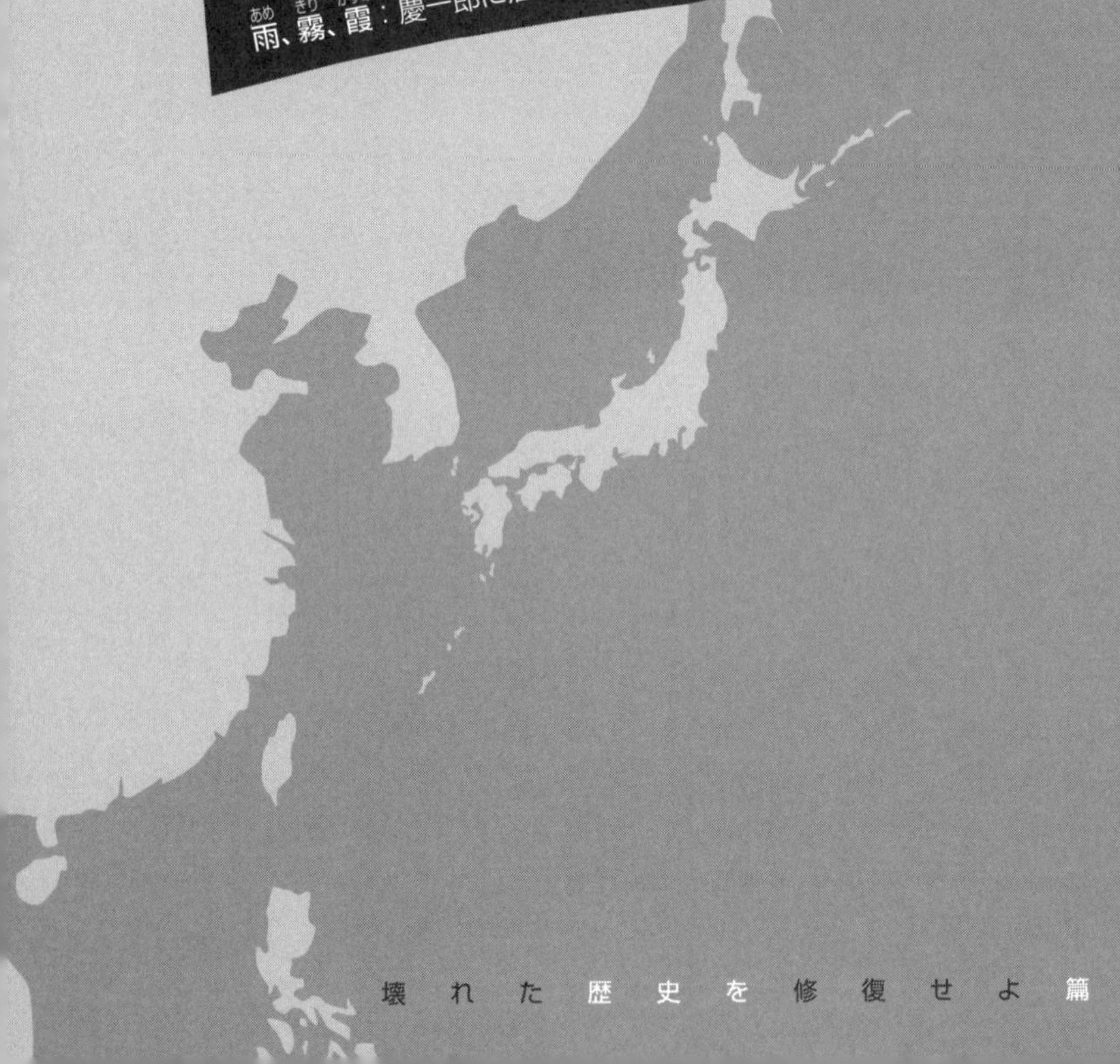

戦国スナイパー 5

壊れた歴史を修復せよ篇

序

それは戦国の時代では助ける術《すべ》がないとされる深手だった。

「か、帰ってきたんだ」

善住坊《ぜんじゅうぼう》の放った弾丸は慶一郎《けいいちろう》の胸部を抉《えぐ》っていたのだ。

激痛を越えた胸の奥を絞り上げる感覚が慶一郎の五体を縛り上げる。慶一郎は立っていることもできず、固い大地に横たわって口から溢《あふ》れる熱い感触に呻《うめ》くしかなかった。

「慶一郎、しっかりして！」

さくらは流れ落ちていく慶一郎の赤い命をなんとか押し止めようと、胸にひらいた傷に布を押し当てた。だがいくら頑張《がんば》っても、さくらは指の隙間《すきま》からこぼれ落ちるそれを止めきることはできない。

「帰ってきた……」

慶一郎の目は、さくらの肩越しに見える景色に向けられていた。

異常を察した迷彩服を纏《まと》った軍人達が次々と集まってくる。

「おい、見ろ！　この人、怪我《けが》をしてるぞ」

「胸部の大出血⁉　これはまずい、医官を呼べ！」

「救急車だ、それより救急車が先だ」

オリーブドラブに塗装《とそう》された救急車がけたたましいサイレンを鳴らしながらやってきて、慶一郎を担架《たんか》で運び出そうとした。

「何よ、何をしているのよ⁉」

さくらは慶一郎を奪われるのを止めようとするかのごとく担架にしがみついている。慶一郎はそんなさくらに手を伸ばして言った。

「さ、さくら……大丈夫だ。だいじょうぶ……だから」

「だめよっ！」

「君、離れなさい。医者に診《み》せるんだ！」

「あんた達は何よ。そもそもここって何処《どこ》なのよ⁉」

さくらは周囲を見渡して混乱しているようだった。

そこに広がっているのは、コンクリートの建物の群れ。

駐車場に止められたオリーブドラブのトラック。

それは慶一郎には見慣れた駐屯地《ちゅうとんち》内の景色だった。

慶一郎は慌てふためき、混乱しきっているさくらに言ってやりたかった。

ここは自分の故郷だ。自分が帰ってくることを夢見ていた平成の現代だと。だが、喉に血液が溢れ、視界は少しずつ薄れようとしている。

「ここは、陸上《りくじょう》自衛軍《えいぐん》宇治《うじ》駐屯地だ！」

誰かがさくらに言った時、慶一郎の意識は遠のき視界は暗転した。

〇一

「曹長《そうちょう》殿！　そろそろ時間です！」

野部《やべ》誠一《せいいち》二等陸曹《りくそう》が、慶一郎の耳元でがなり立てる。

すると迷彩服にブーニーハットという出で立ちで、長大な対物狙撃銃を倒さないように抱えていた笠間《かさま》慶一郎陸曹長が閉じていた瞼《まぶた》を見開いた。

どうやら眠っていたらしい。

夢に見たのは一年ほど昔の出来事だ。あの時のことは、今でもありありと思い出すことができるが夢に見るほど印象深かったとは思わなかった。おそらくは狼狽《うろた》えるさくらの姿というのが慶一郎にとっては珍しかったのだ。

揺《ゆ》すり起こされた慶一郎は、起こしてくれた野部に礼を告げた。

「すまん、眠ってたようだ」

「いえ、良く眠っていらしたのを見て羨《うらや》ましかったです。自分は興奮してしまって。初めての作戦なんで」

「作戦？　……ああ、そうだ、そうだったな」

まだ頭に血液が巡っていないのか、即座に思い出すことができなかったが、少しずつここが何処で、今自分がどんな状況にいるかを思い出せてきた。

今、慶一郎がいるのはオスプレイの機内だ。アメリカの誇る最新鋭長距離輸送垂直離着陸機。航続距離三千九百km。敵の勢力圏奥深くまで入り込み、完全武装の兵士を任意の場所に降下させることが可能だ。

そのオスプレイが飛んでいるのは、中国大陸南部、険しい山々が連なる雲南《うんなん》の上空。太平洋条約機構加盟国のタイを進発してラオスの空を低空で通過、そのまま中華人民共和国への隠密《おんみつ》潜入である。

中国の対空警戒網は条約機構加盟国の日本、台湾、フィリピン、ベトナム、インド、あるいはロシア方面に集中されていて、脅威とも思っていないラオス、ミャンマー方面に対する警戒はザルにも等しい。その隙を突いての潜入作戦であった。

「頭が変になりそうだ……」

エンジン音が轟《とどろ》く機内では普通に喋《しゃべ》った程度では誰にも聞こえない。だが野部は慶一郎が何か自分に向けて喋ったと思ったのか顔を寄せてきた。

「なんですか⁉」

「いや、なんでもない！　独り言だ！」

慶一郎は大声で返す。

先ほどの呟《つぶや》きは、誰かに聞き取って貰《もら》い、意識を共有した上で感想を得ることを期待したものではなく、自分にしか聞かせるつもりのない純然たる独り言だ。その意味では返事をされてはかえって応対に困ってしまう。仕方なくそれっぽい言葉を続けた。

「オスプレイがここまで揺れるとは思わなかったと言ったんだ！」

「俺はもう慣れましたが！」

「そうか⁉　羨ましいな」

「しかし曹長殿と一緒の任務に就けるとは思いませんでした！　戦史《せんし》編纂室《へんさんしつ》なんてところに行けと言われた時はなんで俺がと絶望したものですが、曹長殿のお噂は常々耳にしておりましたので何か訳ありだと希望も抱いてました。このような事情があるとわかった今は、光栄な気分であります！」

「自分の噂？　あまり良いことじゃないだろう？」

「とんでもない！　曹長殿のお名前は、陸自が世界に誇る名狙撃手として轟いています。なのに戦史編纂室なんてどうして……という話です。でも裏を知れば納得したであります。……勉強させて頂きますのでよろしくお願いします」

「そうか……」

咄嗟《とっさ》に、続ける言葉がいくつか脳裏に浮かんだ。

わかった。頑張ってくれ、あるいはお手柔らかに
……だが結局は、深々としたため息を一つ吐《つ》いただけで慶一郎は言葉を継がなかった。

野部は、慶一郎が何か自分に向かって言うのではと期待していたようだが、慶一郎が口を開かないのでがっかりした顔つきで窓へと顔を向けた。

「そろそろですね！」

機内に設置されたベルが鳴った。

「降下《こうか》用意！　立てぇえ！」

右手を突き出した双海《ふたみ》二等陸尉《りくい》が、左手を盛んに上下させる合図をする。笠間陸曹長と野部二等陸曹が立ち上がった。

「装具点検、報告！」

装具の点検を済ませた二人は索環《さくかん》をロープに掛けると後部開口部へと向かった。

機体が降下地点上空で静止する。

激しい乱気流の中で静止状態をつくるために今頃操縦士は冷や汗を流しているだろう。ただでさえオスプレイの操縦は飛行状態から静止状態に移行する時に慎重を要するのだから。

慶一郎にできることは素速く降下し、操縦士が神経を使う拷問《ごうもん》のような状態から早く解放されるようにしてやることだけだ。

「降下！」

まず、慶一郎から懸垂《けんすい》降下する。

ロープハーネスに鉄ビナを二つ掛け、半マストノットを制動器として用いるロープ降下。

手袋越しにロープのざらざらとした感触が駆け抜けて、たちまち掌《てのひら》の温度が上がった。地面が近づいてくると、慶一郎はロープの摩擦《まさつ》を上げるためその一端を腰の後ろまで回した。

地面に両足がつくと、手早く鉄ビナをロープから外し対物狙撃銃を構える。

四方に鋭い視線を向けて厳重な警戒をしていると、その間に野部が降りてきて慶一郎の肩を叩いた。

「よし、行くぞ」

慶一郎は、銃を背負うと合図に応えて前進を指示した。

野部が手を振るとオスプレイはロープを引き上げ、慶一郎らの頭上から去って行く。

二つのローターが放つ轟音《ごうおん》が遠ざかると、慶一郎の周囲は鳥のさえずり、木の葉のふれあう音だけの静寂によって支配された。

遠い異国の地で、慶一郎はこの野部という相棒と二人だけとなる。

自衛隊員だった時ならあり得ないこの状況に、自衛『軍人』たる慶一郎はおかれている。自衛軍……そう、いったいどうして？　憲法第九条はいったい何処に……。

「曹長殿、第一統制点は……あちらになります」

地図を開いて北側にある山の頂《いただき》を指差す野部。殿を付けて呼ばれると、まるで太平洋戦争を題材にした映画を見ているような気分になる。こんな違いが発生しているのも、自衛軍の成り立ちが慶一郎の知る自衛隊とは違ってしまっているからだろう。

大日本帝国は太平洋戦争でアメリカ合衆国に対して無条件降伏したが、日本は速やかに米国の同盟国として自由主義陣営に組み込まれた。中国大陸の覇者を決める国共内戦にソビエト軍までもが参入して戦火が周辺に拡大したからである。

そう、ここの歴史では朝鮮を併合したのは日本ではなくロシアであった。その結果、元から住んでいた朝鮮住民はシベリアに強制移住。朝鮮半島はクリミア半島同様にロシア系住民の住まう土地となっている。そのため共産主義陣営と資本主義陣営の熱戦の舞台は、朝鮮半島ではなく中国大陸となった。

おかげで帝国陸・海軍も解体されることなく専守防衛を旨《むね》とする陸上・海上自衛軍と名称を変え、自由主義陣営対共産主義勢力との冷戦の一翼を担った。その戦いもやがてソビエト連邦崩壊という形で自由主義陣営の勝利に終わったものの、日本への脅威の策源地《さくげんち》は、その源を北から西南部に位置する中華人民共和国へと変えただけで引き続いたのだ。

どうしてこんなことに……。

「頭が変になりそうだ」

地を蹴《け》り、指定された時間に第一統制点にたどり着くべく先へ先へと進みながら、慶一郎はもう一度呟いたのだった。

取り調べと聞けば、大抵の人間は刑事ドラマなどに描かれる薄暗く狭い部屋で、取調官と差し向かいに座らされ、机を叩かれ厳しい言葉を浴びながら容疑者が必死で防戦的な言い訳をしている光景を思い描くだろう。

だが、笠間慶一郎が経験した取り調べはそういうものではなかった。

白く壁を塗られた病室に、清潔なベッド。そこに寝かされて、点滴をされて仰臥《ぎょうが》した姿のまま、何があったのか、何を見たのか、何をしたのかと丁寧に質問される形式で行われたのである。

本来なら、武器を携行したまま無断で隊を離れたことについて、厳しくも過酷な取り調べを受けたとしてもおかしくないのに、ベッド脇に座る係官は、精神的に慶一郎を追い詰めることも圧迫しようとすらもしなかった。

それはおそらく、宇治駐屯地に突如現れた慶一郎が、胸部に銃創《じゅうそう》を負っていて緊急手術が必要だったのが理由かも知れない。出血があまりにも多く体力の衰弱が著しく、意識を回復しても何時間にもわたる聴取《ちょうしゅ》に応じられる状況ではなかったのだ。

その代わりなのか、薬物を投与され朦朧《もうろう》とした意識下での質問を受けることになったが、とは言え彼の待遇は予想していたものに反して非常に穏やかなものだったのだ。

入院して——つまり現代に帰還してから三ヵ月が過ぎると、慶一郎もベッド横に置いた小さな応接椅子に座ることができるようになった。部屋から出ることは許されなかったが、新聞や雑誌等も差し入れて貰い、自由に閲読《えつどく》することができるようにもなったのだ。

聴取の係官も制服自衛軍人から、学者とおぼしき初老の男性に交代し、慶一郎が体験したことを微に入り細に入り聞き取るというものになった。

「まさかこんなことになるなんて思いもしなかったです」

長居栄一《ながいえいいち》教授は、慶一郎の話に根気強く耳を傾けてくれた。

今年五十九歳になるという教授は知る人ぞ知る歴史学の権威だという。

紀尾井町《きおいちょう》大学《だいがく》で歴史のＩＦについて研究している彼は、戦国時代に起きた出来事についても豊富な知識を持っていて、慶一郎は自分の行動の結果が何を起こしたのか、そしてその結果として現代の日本にどのような変化が起きたのかを理解させてくれた。

慶一郎はテーブルの上に置かれた新聞に自分の罪を見ることができた。どうしてそうなったのか、日本は内憂外患《ないゆうがいかん》によって満身創痍《まんしんそうい》の状態に陥っていたのである。

まず、九州で活発化した中国系移民達による独立運動はついに爆弾テロにまで及んだ。

新聞に載っている記事は死者八名。重軽傷者は数十名と書かれている。爆弾テロ犯の行動は無辜《むこ》の通行人を通り魔的に爆殺し多くの人々に恐怖と嫌悪感を広める結果となった。

これらの動きの背後には、移民達の出身母国が見え隠れしている。

こうした犯罪行為を行う移民は追い出せというデモも国内で起きているが、もちろんそんなことは日本政府としてはできない。現在の人権思想では、一度受け容れた移民を追い出そうとする動きは「民族浄化」と呼ばれる国家犯罪として批難されてしまうのだ。

これらは全て慶一郎のいた平成日本ではあり得なかったことだ。しかしこの日本ではそれが毎日のように起きている。中近東で日々起きているような血塗られた事件が、日本の国境地域における日常となりつつあるのだ。

それはまるで戦国時代のようだ。慶一郎が時間を遡行《そこう》する前の日本ではこんなことは起きていなかったのだから、これはもう慶一郎がしでかした行為の結果と言える。

「ふむう。つまりその時の君は、自分がしようとすることの結果を、想像できなかったと言うのだね？」

「もちろん想像するくらいはしました。でも、生き残ることや身の回りにいる人を守ることが最優先となって、どうしても歴史に与える影響まで配慮することができなかったんです」

「そうだね。確かに君は必死になっていただけのようだ。ただでさえ生き残ることの難しい戦国の世だ。歴史に対する配慮なんてものが二の次、三の次になったとしても仕方がないよ。君がその状況の中で最善を尽《つ》くしていたということは、さくら君の証言とも合致する」

「さくら？　……あいつは元気でやってますか？」

「もちろんだとも。貴重な証人だから丁重に扱っているよ。ただ、行動の制限がかかっているだろう？それで彼女は元気を持て余しているらしいんだ。それで最近は剣道に熱中している。大の男達を手玉にとってばったばったと打ち伏せているよ。しかし、戦国の女性ってみんなあんな風だったのかい？」

慶一郎は長居の口にした『あんな風』という表現に込められた様々な意味を正確に受け止めた。後の世に名を残す豪傑揃《ごうけつぞろ》いの、織田家臣団《おだかしんだん》ですらさくらには一目置き、あるいはその扱いを持て余していたのだ。

「あれは特別です。戦国の人々も現代と同じく、いろんな考えやいろいろな生き様の人間がいましたから。今だって同じでしょう？」

性差《せいさ》に基づくコメントを迂闊《うかつ》に発すると窮地《きゅうち》に陥る立場の長居は、これに苦笑いで返した。

「何が、原因だったのかと何度も何度も考えてます。自分のせいで、平成の日本がこんな有り様になりはててしまったと思うといても立ってもいられないんです。でも、考えても考えても出てくる結論は『全てが悪い』というものばかりで何がダメだったとか、アレがいけなかったとか、問題の根源が見いだせません。そうなると自分があの時代にいたことそのものが、悪いということになってしまいます。自分の意志で赴《おもむ》いたわけではないのに……くそっ」

「だから、今になって歴史を勉強している？」

長居は慶一郎の床頭台《しょうとうだい》に置かれている日本史の教科書をチラリと見た。その横には体力回復のために使っている鉄アレイも置かれている。

「しかしここでの勉強は君にとって意味がないのではないかな？」

「ええ。教科書に書いてある歴史は、自分が書き換えた後のものですから」

教科書を開いてわかったことは、後の歴史が、勉強に不熱心だった慶一郎から見ても明らかに違うとわかるほどに変わってしまったということである。

「まず第一に織田信長《のぶなが》が本能寺《ほんのうじ》で死んでない。そこからしておかしいんです」

「君が救ったからだろう？　信長が狙撃手に狙われた話は『信長公記《しんちょうこうき》』にも登場する」

慶一郎は鼻瘤《はなこぶ》の悪尉《あくじょう》の狙撃から信長を守った時のことを思い出した。

「自分が言っているのはあの時のことではありません。明智光秀《あけちみつひで》が起こすはずの謀反《むほん》はどうなってるんですか？　それらしきことはこの教科書に載ってなくって」

「君が言ってるのが妙覚寺《みょうかくじ》の変のことなら、失敗に終わったよ。そういった高校生向けの教科書には載らない程度の些末《さまつ》な事件だからね」

「失敗？」

「そうだ……佐々慶政《さっさよしまさ》の手によってね」

「佐々……慶政？　誰です？」

「知らないのかね？」


長居は「ふ〜む」と鼻を鳴らすような声を上げた。

「織田十二将の一人だ。君が最後に経験したという槙島城《まきしまじょう》の戦いの後、鮮烈《せんれつ》な初陣《ういじん》を飾《かざ》った。高名な武将だから君が会ったことがないとも思えないんだが」

織田十二将の記述は慶一郎が読んだ教科書にもあり、織田家による天下統一を支えた武将達のことを言う。織田信忠《のぶただ》、徳川家康《とくがわいえやす》、羽柴秀吉《はしばひでよし》、柴田勝家《しばたかついえ》、丹羽長秀《にわながひで》、佐々成政《なりまさ》、佐々慶政、滝川一益《たきがわかずます》、森長可《もりながよし》、塙直政《ばんなおまさ》、池田恒興《いけだつねおき》、前田利家《まえだとしいえ》らが数えられている。

これにさらに十二将を加えて二十四将を数えることもある。

織田幕府《ばくふ》を興《おこ》した信長の嫡子《ちゃくし》信忠を加えないこともあり、その場合は筆頭に徳川家康が置かれる。

家康は信長にとっては同盟者であり厳密に言えば織田家の家臣ではなかったが、幕府ができてからはその臣下《しんか》として振る舞った。そして信忠が早世《そうせい》すると織田家の後見人《こうけんにん》を自任し幕府の大老として権力をふるい、本拠を江戸に移させたり、信長の血筋が途絶えた後も幕府が続く仕組みを作り上げたりするなどして、戦乱の世を終わらせる役目を果たしており、誰もがその功績を認めて筆頭に置く。それ以降明治維新にいたるまでの間、徳川家は鎌倉《かまくら》幕府における北条《ほうじょうけ》家のような役割を担ったのである。

慶一郎はそれを聞いて怪訝《けげん》そうに首を傾げた。

何人もの他人からそういう話を聞いている内に、自分が学んだ歴史が、実は何かの思い込みか間違いであったような気分になってしまうのだ。

長居教授は続ける。

「まあ十二将の中で、私が好きなのは家康より佐々慶政なんだがね。彼は佐々成政の長男で天正《てんしょう》元年の第二次長島《ながしま》攻略戦で初陣を迎えた」

「それって松千代《まつちよ》のことですか?」

「そうそう。慶政の幼名は松千代だ……そうか、君がこちらに帰ってきたのは、つまりは彼が元服する前ということなんだな」

慶一郎は「はい」と肯《うなず》く。

「彼の初陣は非常に華々しかったよ。一揆《いっき》軍の追撃を受けた織田軍の殿《しんがり》を見事に務めて見せたんだからね。わずか二個中隊の鉄砲隊を縦横無尽《じゅうおうむじん》に操って、悪天候故に鉄砲は使えないと高をくくって攻めてきた一向一揆《いっこういっき》軍を突き放し、史上希《まれ》に見る見事な退却戦を遂行《すいこう》してみせた。『武功真話《ぶこうしんわ》』に語られる名場面だ。歴史映画やドラマにも何度もなった。けど、その真骨頂は叛乱《はんらん》を起こして攻めてきた明智光秀の謀反を撃退して見せたことだね」

「松千代が明智の謀反を防いだ?」

「そうだ。これも『武功真話』に描かれている。敵は妙覚寺にあり。中国戦線の羽柴軍支援のために出陣した明智光秀はその途上、突如進路を京の妙覚寺へと変えた。だがそれを忍びの報せで察知した佐々慶政が、妙覚寺に駆けつけ光秀の首を討ち取った。これによって信長は危ういところを助かったんだ。慶政は当時、父の代行で尾張比良村《おわりひらむら》を治めていたからね。信長の命令で秀吉の援軍として信長の麾下《きか》に入るために兵を率いて京都に近づいていたんだ。それが功を奏《そう》した。何故慶政が光秀の元に忍びを忍び込ませていたかは、既に叛意を読み取っていたからとかいろいろな解釈が語られている。とは言えこの出来事に感激した信長は光秀の旧領の過半を慶政に与えた。この事件をきっかけに、柴田勝家の与力《よりき》武将に過ぎなかった佐々家の隆盛が始まったんだ」

その後の佐々慶政は、信長に気に入られて各方面軍が窮地に陥った時に派遣される信長の切り札的武将へと成長していく。信長が病没した天正十四年六月には、九州方面軍の現地司令官として島津家《しまづけ》と互角の戦いを繰り広げていた。

「そっか、松千代は方面を任される司令官にまで出世したのか」

慶一郎は松千代が明智を監視していた理由に心当たりがあった。慶一郎が鍛えた鉄砲足軽頭《てっぽうあしがるがしら》達がことごとく引き抜かれた時、各武将達の動きを監視することを雨達《あめ》に命じた。後に信長の命令によって無《む》闇矢鱈《やみやたら》な引き抜きはなされなくなったが、慶一郎は各武将への監視はやめなかった。光秀が本能寺の変を起こすことを慶一郎は知っていたから、そのまま引き抜き防止にかこつけて監視させていたのである。もちろんその真意を雨達に話したりはしなかったのだが、雨達も聡《さと》いから何かを感じていたに違いない。そしてその監視態勢を松千代が「慶一郎のしていたことだから、きっと意味があるのだろう」と引き継いだのだ。あるいは雨達の方から松千代に売り込んだ可能性もある。あの二人にとっては良い副業という程度のものだったのに違いない。

「もしかして君が鉄砲を教えた少年というのが、慶政なのかね？」

「多分」

慶一郎は自信なさげに言った。佐々松千代という人物を直接知っているからこそ、そんな歴史に名を残した人物と同一人物か自信がなくなってしまうのだ。

「ならば誇りなさい。名前に師の名前の一文字を入れるなんて、いい弟子だったんだろ？」

「ええ、熱心な子供だったのは確かです。でもこれも自分がやらかしてしまった失敗の一つだと思うといても立ってもいられません。自分が松千代の人生をねじ曲げてしまった……」

「失敗とは酷《ひど》い。君は慶政の人生を否定するのかね。その後の彼と彼の子孫達は、織田家譜代《ふだい》の家臣として織田幕府による長き太平の世を支えたのに。それに君と出会わなければ慶政の華々しい活躍はなかった可能性が高い。それはもしかすると佐々成政、佐々慶政親子にとって悪いことをもたらしたかも知れないんだよ」

「そうですけど……」

「君が時間遡行する前と、した後の差異なんて気に病む必要はないさ。どうせ我々には、君が歴史を改変する前のことはわからないのだからね」

「では、教授はどうして自分の言葉を信じて下さるのですか？」

本来なら慶一郎は、銃を持ったまま無断で隊を離れ、そしてその銃を紛失して戻ったということの査問と処分を受けなければならない立場だ。にもかかわらず宇治駐屯地にさくらと共に出現して緊急手術を受けた後は、東京の自衛軍中央病院に移送され、ここに隔離されているとは言え丁重な扱いを受けている。

これは明らかに異常と言えた。

「それはだね、君やさくら君の証言を裏打ちする証拠が出ているからだ」

「証拠？」

「そうだ、証拠だ。……持ってきてくれたまえ」

長居教授が、少し声の音量を上げる。すると病室のドアが開いて迷彩服を纏った自衛軍人が四人がかりで横長の木箱を運んできた。

ご苦労なことに、彼らは部屋の外で呼ばれるのを待っていたらしい。

彼らは慶一郎と長居教授の間にその木箱を置くと去って行った。

「これは何ですか？」

長居教授は言うよりも見せた方が早いとばかりに、軍人達が立ち去ると箱を開き始めた。

真新しい木箱の中には、古ぼけた木箱が入っていた。そしてその木箱の中には、湿気を防ぐ目的なのか木炭が大量に詰められていて、その中にまた木の箱が入っていた。

「さあ、見てご覧」

三重の箱を開いて教授が中から取りだしたのが対人狙撃銃だった。

慶一郎はその手に馴染《なじ》む感触に、自分が戦国の時代に持っていったレミントンM24だと即座に理解した。

過ぎ去った年月を感じさせるように全体として古ぼけてしまっているが、油紙に包まれていたせいか銃身には錆《さび》など一つも浮いていない。


「こ、これを何処で？」

「明治時代に行われた河川工事の際に愛知県名古屋市にある蛇沼神社《へびぬまじんじゃ》の敷地から出土した。旧軍の地下倉庫に国家機密扱いでずうっと保管されていた」

「蛇沼神社？」

「そうだ。これが添付されていた由緒《ゆいしょ》書きだ」

慶一郎は長居教授からボロボロになった古文書を渡された。

事実だけが淡々と記されているそこには、笠間慶一郎の名が何度も登場する。

「現代の製造としか思えないほどに精巧なこの銃が、これだけの年月を経た形で発見された。これのせいで、歴史学者やら科学者達は長いこと頭を悩ませていたんだ。だが君とさくらさんが現れたことでその理由が合理的に説明された。それが、君が自衛軍中央病院の第三病棟（精神科）に放り込まれない理由でもある……」

「これが証拠に……」

「そうだ。明治の時代に出土したその銃からは君の指紋まで検出されたよ。だからこそ、我々はタイムスリップという現象が存在することも、君の言葉も信じるのだ」

その時、もう一人の制服自衛軍人が慶一郎の前に現れた。

「笠間君に紹介したい人物がいる。君の言葉を信じるもう一人の男だ」

慶一郎は教授からその男に視線の矛先を移した。肩に一等陸佐の階級章をつけた四十代後半くらいの細身の男が無愛想な顔を慶一郎に向けた。

「はじめまして。私の名は斎藤圭秀《さいとうよしひで》だ」

斎藤はそう言って慶一郎に手を差し伸べた。

慶一郎はそのざらついた手を握ると、この一等陸佐が見た目とは違って、椅子に座ってする仕事で出世してきた人間ではないと確信した。

長居教授はニヤついた顔で言う。

「この男も、君の言葉を借りるなら君に運命をねじ曲げられた男の子孫になる」

「自分に？」

「この男は明智光秀の家臣、斎藤利三《としみつ》の子孫なんだ」

「えっ、そうなんですか⁉」

斎藤利三は明智光秀の有力な家臣の一人で、もちろん慶一郎とも面識があった。

慶一郎が鍛えた足軽達を引き抜いていった張本人である。おかげで悪い印象しか残ってなかったりするのだが、それでも長い時を経た現代でその子孫だという人物に出会えるのは感銘深い出来事であった。

謹直《きんちょく》な表情をしていた斎藤はたちまち破顔《はがん》した。

「ご先祖様が主人を失って浪々の身となっているところを佐々慶政に拾われてね。おかげで君とも浅からぬ因縁ができたというわけだ。君の弟子に光秀が天下を取るチャンスを奪われたと恨むべきか、それとも失業しているところを助けて貰ったと感謝すべきかはわからないがね」

「済みません。なんと言って良いやら」

慶一郎は後ろ頭を押さえながら頭をぺこりと下げる。

すると斎藤はもう一度笑った。

「大昔の話だからね。良くも悪くも思いようがないさ。それに笠間陸曹長のおかげで私の野望がかなうかも知れない」

「陸曹長？　自分の階級は二等陸曹のはずですが」

「君は三ヵ月前に行われた、中部方面隊の狙撃手集合訓練での行動中に殉職《じゅんしょく》したことになっている。そのために二階級特進した」

「殉職扱い……ですか？」

「そうだ。君の失踪は演習中の事故として処理されたのだ。家族にもそのように通知され盛大な葬儀も行われた。そしてそれに変更はない。ここにいる君は死んだ笠間慶一郎とは同姓同名の別人として扱われる。従って君を三五連隊に戻すことはできない」

「理由を尋ねてもよろしいでしょうか？」

「タイムスリップという現象は秘密にされることとなっているからだ。武器を携行したまま失踪した君のことは当時大々的に報道されて関係者が何人も処分された。その君が生きていたとなると当然、その時のことも蒸し返され、君が何処に行っていたかを探る動きも出てくるだろう。

「だから行方不明になった自分と、今ここにいる自分は別人という訳ですか？」

「そうだ」

「では今後、自分はどうしたら？」

「私の部下として働いて貰おうと思っている。君が受け容れてくれれば……の話だがね」

「一佐の指揮されているのは、どのような部隊ですか？」

「内閣安全保障局に総合運用支援部という部局があるのだが、その下に戦史編纂室がある。予算は内閣、管理は国防省の統合幕僚監部《とうごうばくりょうかんぶ》、人事と運用は陸上自衛軍という変則的な扱いを受けている特殊な機関だ。表向きは過去の日本軍の行動記録を整理保存することなのだが、その裏では時間遡行の研究を行っている」

「時間遡行？」

「君が体験したことだろう？　君にはその経験を是非活かして欲しい」

「経験って……いったい何にですか？」

「我が国が置かれている状況を改善することだ」

慶一郎は、身を乗り出した。

「時間遡行ができたとしたら、今の日本を苦しめる、過去の忌まわしい出来事をなかったことにできるかも知れない。そう考えると君の存在は、ロシア、中国、アメリカといった超大国に囲まれ、生きるか死ぬかの瀬戸際に置かれている我が国にとって天佑《てんゆう》なのだ」

慶一郎はテーブルの上に置かれた雑誌や新聞を飾る事件の記事に再度視線を走らせた。

「しかし、過去の出来事を変えてしまって良いのでしょうか？」

斎藤圭秀はきっぱり言った。

「既に君が一度変えてしまったのだろう？　なら同じことだ。それに日本が今のような有り様になったのは、不用意に歴史の流れを変えた君の責任とも言える」

「痛感しています。申し訳ありません」

慶一郎は忸怩《じくじ》たる思いで歯噛みした。

「時間遡行の技術を確立することでそれを少しでも改善できるかも知れない。忌まわしい事件や悲劇をなかったことにできたら、失われた命の多くも助かるだろう。そうは思わないか？」

慶一郎はゆっくりと肯いた。

「はい。それは思います」

「ならば私とやろう。少しでも状況をマシにするために。いや、君にはやる義務があるぞ」

「しかし、本当に良くなるのでしょうか？　下手にいじくったら、もっと悪くなる可能性だって」

すると長居教授が言った。

「それについては私が請《う》け合《あ》うよ。ちゃんと識者を集めて検討して、何をどうしたら今の日本にとって都合の良いことに繋《つな》がるかを考えて見せよう」

「教授がですか？」

「歴史にＩＦはないと言うが、それを考えてしまうのが私の悪い癖だった。そしてそれを試す機会が与えられようとしているのに、どうして関わらずにいられると思うのかね？」

慶一郎が視線を向けると斎藤は大きく肯いた。

「教授には総合運用支援部で諮問《しもん》委員となっていただくことになっている」

「ねじ曲げてしまった物を元に戻すことは無理だ。が、少しはマシなものにしようじゃないか」

斎藤はもう一度、慶一郎の意思を確認するつもりなのか手を差し出した。

「それに、歴史云々よりも先に時間遡行の技術の確立をしなくてはならない。そっちの方なら手伝ってくれるだろ？」


その時、慶一郎の脳裏に元亀《げんき》年間に残してきた沙《さ》奈《な》の姿が浮かんだ。

「わかりました。やらせて下さい」

「良かった。君が来てくれるなら心強いよ。君と私とで、日本を変えよう……」

それが自分のしたことの罪滅ぼしとなるのなら。

慶一郎はそういう気持ちだった。

それに上手くすれば、自由にあの時代に行き来することもできるかも知れない。沙奈の元に戻ることができるようになる。そんな私欲と責任感の二つが慶一郎の背を押したのである。

〇二

斎藤と慶一郎による時間遡行技術の確立実験は驚くべきことに、その後わずか半年で成果を見ることとなった。斎藤圭秀は慶一郎の証言や各種の資料を整理すると、ほんの数回の実験を行っただけで時間遡行の秘密の糸口を得てしまったのだ。

「本当にそれだけで良いんですか？」

「もちろんだ。この山を尾根に向かって真っ直ぐ進んで欲しい。そうすれば時間遡行できる」

言われるままに慶一郎は一人で人気《ひとけ》の無い山道を進む。

背中には発信器を背負い、後方からは斎藤や総合運用支援部の研究員達がカメラを据えて慶一郎を撮影している。

「あれ？　何も起きませんけど？」

「すまない。間違ったようだ」

もちろん最初からは上手く行かない。しかし何度目かの挑戦で気がついたら過去へと遡行していた。それはまるで、斎藤が慶一郎と出会う前から時間遡行の研究をしていたのではと思えてくるほどのあっけなさであった。

そのことを指摘すると斎藤は苦笑しつつこう答えた。

「いやいや、君のおかげだ。君の正確な報告があったから窓の出現法則を摑《つか》むことができたのだ」

しかし当の本人である慶一郎には窓の出現法則は全く理解できなかった。詳しく教えて欲しいと頼んだが斎藤は防衛秘密を楯《たて》にして決して教えてくれなかったのだ。

ただその時の映像記録を見せて貰ったところ、映像には慶一郎が姿を消す瞬間と、それを見て「よし、成功だ」と歓声を上げた斎藤や研究員達の姿が映っていた。紛《まぎ》れもなくそこに窓があったのだ。

慶一郎が考えるに総合運用支援部……いや斎藤圭秀室長は、慶一郎を用いた実験を始める前から何らかの仮説を立てていたのではないか。

慶一郎が戦国期の比良村に置いてきた対人狙撃銃。それが発見されたのは明治期だ。レミントン社の刻印も製造番号も入っていたから、当時に造られたものではないことは見るべき者が見ればすぐにわかったはず。その頃から何十年もの年月を費やした研究が陰《かげ》で行われていて、慶一郎の登場が最後の仕上げとなったのかも知れない。

　実験に参加した慶一郎に理解できたのは、時間遡行という現象を起こす窓は見ることも触ることもできない。そしてその発生は、実は自然現象だということ。慶一郎が戦国時代に遡行したのはそんな自然現象に偶然、触れたことがきっかけなのだ。おそらくは、慶一郎以外にも時間遡行者が国内外にいたはずだ。

　みんな時間遡行した先でその人生を終えたのだろう。あるいは、たまたまその人間にとっての現代へと戻ることができた者がいたかも知れないが、慶一郎のような証拠がなくて周囲にそれを受け容れられることがなかった。だからこうした自然現象を探究しようという動きに繋がらなかったのである。

　しかし斎藤圭秀は多くの人間を説得し、納得させて組織的な動きにまでして見せた。

　それは慶一郎の対人狙撃銃という証拠があったからなのだろうが、それよりも斎藤圭秀自身にこれを形にすることができるという何らかの確信があったからなのだ。

　時間遡行を技術として確立するというのは、つまるところこの窓の発生を予測することだ。身近な物に例えるなら天気予報だろうか？　何時《いつ》何処に台風が発生してどのように移動するかを予報することと同じだ。

　こうして窓発生予測の技術が実用レベルにまで高まると総合運用支援部は、計画を次の段階へと進めた。いよいよ戦史編纂室の本来の目的とされた活動が開始されたのである。

　今回、慶一郎が斎藤室長から与えられた任務は一九三五年、敗北に次ぐ敗北を重ねて西へ西へと逃避行——後に長征《ちょうせい》と名付けられる——する、中国共産党軍『紅軍《こうぐん》』をその途上の雲南で捉え、指導者毛《もう》沢東《たくとう》に重傷を負わせることであった。

「重傷……ですか？」

慶一郎の問いに室長の斎藤は肩を竦《すく》めた。

「そうだ。重傷を負いつつも生きているという結果が欲しい。難しい指令だと思うが君ならばできると信じているよ」

もし毛沢東を暗殺してしまえば、中国共産党は別の者が指導し、後に毛沢東が果たした役割を代行して歴史が変わらない可能性が高い。毛沢東は負傷しつつも生きているからこそ、紅軍の行動力も意思決定力も低下し、歴史が変わっていくことが期待できるのだと斎藤は語った。

記録によればこの時期の毛沢東には敵も多く、後の世のような絶対的存在ではない。

毛沢東が健全であったら期待できなかった内部抗争が発生する可能性も高くなる。そうなれば共産党が中国大陸の覇権を握ることも防げるかも知れない。中国大陸上の国家が分裂、牽制し合う状態を作ることができれば、現在の日本が中国から受けている圧力を弱めることができるし、西南方面の島嶼《とうしょ》を侵奪しようとする動きや、中国共産党の使嗾《しそう》により九州の各地で起きている独立運動がらみのテロも、防ぐこともできるというのが総合運用支援部から提出された仮説なのだ。

慶一郎に与えられた命令は、その仮説を証明することであった。

「そしてそれが、今回の任務で君が選ばれた理由でもある」

「狙撃が必要なんですね」

「そうだ」

歴史の流れを変える実験を行うに当たって、戦史編纂室はこれまでできる限り穏健な方法を用いてきた。教科書に名が残るような要人やら著名人達が片っ端から暗殺されたら、陰謀論者でなくとも何かが闇で動いていると疑うようになるからだ。

これまで慶一郎が最も好んだ手口は交通事故を発

生させるなどして、歴史的に重要とされるその時その瞬間に、目標となる人物を現場に居合わせないようにさせるものだ。

墜落事故で亡くなるはずの人を、飛行機に乗せない。

多くの人間が犠牲になる爆弾テロ事件が発生する寸前に、水道管破裂事故を引き起こして付近の住民を避難させたこともある。

もちろん危険なテロリストを殺害したこともあるが、何時何処に目標の人物がいたかがわかる場合が多くて事故死を演出しやすかったため、都市伝説とされるメン・イン・ブラックのような活動で事足りて、軍事的な襲撃という手段をとらなければならなかったのは戦闘が行われている戦場という場面か、あるいは軍事的に警戒の厳しい施設が作戦目標だった時にほぼ限られていたのだ。そうすることで歴史的な出来事に介入する行動が、現実にどんな結果をもたらすのかを確かめて来たのである。

そしていよいよ今回は軍事的な作戦となった。日本に外圧を加える中国の力を弱めるために、その成立に大きな影響を与えた人物の力を弱める。その手段として『狙撃』というオーダーが出た。

「対象を殺してしまうなら爆弾テロでいい。だが今回は負傷に留めなければならない。爆弾では負傷の程度を調節できないし、飲食物に薬物を混ぜると言う手段は、毛沢東にアレルギーがあったら死なせてしまうことになる。狙撃で実行をして貰いたい」

慶一郎は仕方なさげに斎藤の言葉に肯いた。

「狙撃なら急所を意図的に外せば、重傷で留めておくことができますからね」

「そうだ。君の腕ならばできると信じているよ。君のバディ役に野部という狙撃手をスカウトしておいた。この男、腕前の方もなかなかで、第十二回狙撃技術競技会で最高成績をおさめている」

「それは頼もしいですね」

「では、彼と一緒に『当時』に向かってくれたまえ」

斎藤室長はそう言って慶一郎を、この中国大陸へと送り出したのだった。

慶一郎は、オスプレイが無事に飛び去ったことを確認すると、法和《ほうわ》工業製五十口径対物狙撃銃を担いで前進を始めた。

ギリースーツという出で立ちに、重たい銃を抱える。

背中には各種装備の入ったバックパック。これら全てを合わせると四十kgに達するという出で立ちで二昼夜にわたって、険しい山岳地域を歩きつづけなければならないのだ。

しかも統制点――決まった時間にそこを通過しなければならないとされるという場所――が三ヵ所も設定されている。そのため常人の歩く速度とは同じではいられない。時速六㎞をやや越える急ぎ足を、登りあり下りありの山岳部で続けなければならない。

どうして統制点なる場所を通過しなければならないのか？　それはこの三ヵ所間のどれかに『窓』が出現するからだ。時を遡《さかのぼ》るには『窓』を一つ潜れば良いのに、それをわざわざ三ヵ所も設定しているのはもちろん窓の出現法則を秘密にするためであった。

「あれが第一統制点です」

野部が山の頂を指差した。

「よし、先に行け」

「はい……何も起こりませんな」

野部は統制点を通り過ぎるとボヤいた。いくら秘密を守るためとは言え、そのために無駄な移動を強いられることが不満なようだ。

「曹長殿は、我が国最初の時間転移をご経験なさったとか？」

「自分以外に時間遡行した人間がいるかも知れないから、最初というのは語弊《ごへい》がある。ただ、行って戻ってきたことが証明されたのは自分が最初になるそうだ」

実際、時間遡行して生き残ることができた者は慶一郎以外にもいた可能性はある。

そして戻ってくることができた者だって他にいるはずだ。だが、実際にそういう体験をしたと話しても誰も信じてくれない。宇宙人に誘拐され、金属片を体内に埋め込まれたといった主張をする人がいても、みんなそれを信じないのと同じように、多くの場合は無視されてしまう。そのためにみんな口を噤《つぐ》んでしまうのだ。

「曹長殿は、いつの時代に漂着されたのですか？」

「戦国時代だ。室町末期ということになっている」

「おおっ！　是非自分も行ってみたいですね」

野部は戦国時代で、現代知識を活かして活躍し一国一城の主となりたいと言った。男と生まれたからには思い切り暴れ回りたいと言うのだ。

「お前みたいな奴が居るから時間遡行は秘密にされているんだ」

「無闇矢鱈に歴史の流れを変えては、現代に悪影響が出てしまいますからなあ」

慶一郎は、地元住民の視線を逃れるために、歩く速度を落として姿勢を低くしながら野部の言葉に答えた。

「まあ、今俺達のやっていることが、無闇矢鱈な行為でないかと言われると、そうでないと言える自信はないがな」

これまでの戦史編纂室の実験は上手く行ったこともあれば、うまく行かなかったこともある。

うまく行かなかった例の最大のものは原爆投下といった悲劇の回避だ。

それに対して昭和天皇暗殺を狙ったエルライン事件や、赤軍派によるモターリア号襲撃事件の発生は未然に防ぐことに成功した。犯人はその時代の警察によって逮捕され、多くの国民が命を失うことも回避できた。

作戦が成功したり失敗したりする理由について、総合運用支援部の長居教授らはこう推論している。

組織が企図している行動を阻止しようとする場合、

そのトップをどうこうしたとしても、組織内のナンバーツー、ナンバースリーがトップを代行し、その役割を担うため歴史の流れに大きな変更は生じないのだと。

個人や極めて個人に近い組織が企図していることなら、代理者の登場が発生しないので歴史の流れが変更されるのである。

「だからこそ、今回の毛沢東を殺すな、重傷で留めておけと言うわけなんだが……果たしてうまく行ってくれるかどうか」

「まだそのあたりはわからんのですか？」

「戦史編纂室が歴史の流れを変える作業を始めてまだ日が浅いからな。今は経験を蓄積しているところなんだ。いろいろと手探りでやっているんだよ」

慶一郎は呟くように答えながら、山間部を進んだ。

毛沢東の指導力が低下すれば、大躍進《だいやくしん》政策で二千万人とも五千万人とも言われる餓死者を出すこともなくなるだろう。文化大革命で虐殺される二千万人の命も救われるはずだ。チベット大虐殺も、内モンゴルでの虐殺も、東トルキスタンの虐殺も、天安門《てんあんもん》事件も防げるかも知れない。それだけでもやる価値は充分にあるのだ。

結局、慶一郎と野部は第二統制点と第三統制点のほぼ中間点で時間遡行した。

要するに統制点とは、時間遡行する慶一郎達にミスリードを誘う罠《わな》でしかないのだ。そしてそれにひっかかった野部は自分達がいつ時間遡行したのか気付けないでいた。

実際に森の中や山間部で窓を潜った場合、夏だったのが冬にとか、その逆で無い限りは、周囲の景色も大きく変わることがないため、窓を潜ったのが何時かはなかなか気付けない。慶一郎がそれに感づいたのは、道の傍《かたわ》らに咲いていた花が突如見えなくなったからで、先を急いでいてそうした植物に目を向ける余裕がない者にはまずわからないのだ。

「いったい、いつ時間遡行したんですか？」

「統制点のどれかだろ？」

慶一郎は野部に本当のことは教えなかった。万が一気がついたとしても、それを語ることは禁じられている。そして慶一郎らがきちんと守秘義務を守っているかを監督するための、スパイのような役割を果たす室員が内部にいると斎藤から通達されている。野部がそうでないという保証もないので慶一郎としてもとにかく黙っているしかないのだ。

「目標はあそこだな……」

慶一郎は雲南省の山中に潜伏した。

双眼鏡を用いて覗《のぞ》くと、谷間を進む敗残兵の群れが見える。

一時は十万に達していたのに蔣介石《しょうかいせき》率いる国民党政府軍の攻撃に、敗北を重ね今や数千にまで減った中国共産党軍——通称紅軍であった。

その姿は、斎藤室長から渡された資料写真とそっくりそのままであった。

彼らは、進みながら村や町を見つけると革命税と称して金銭や食糧を力ずくで供出させ、住民には革命の兵士となることを要求する。紅軍には三大紀律《さんだいきりつ》八項注意《はっこうちゅうい》などというものがあるそうだが、そもそも他人の物を奪うなというのは当然のこと。それをわざわざ規則として制定しようとするのは、言わなければそれをしてしまうからに他ならず、さらに言えば規則とはしばしば破られるものなのだ。

さらに言えば、紅軍は土地や家畜を持つ富農を人民裁判にかけ、小作《こさく》を虐《しいた》げたとして有罪とし、処刑してその財貨《ざいか》をことごとく没収している。これも形を変えた盗賊行為と言えるだろう。要するに他人の物を手前勝手な理由をつけて奪うか、それとも故なく奪っているかの違いでしかなく、自分のしている行為について自覚があるだけ盗賊の方がまだマシなのだ。

それらの行為を、長征などという美辞麗句《びじれいく》で華々しく着飾ることができるのも、共産党が中国を支配する地位に就き、歴史書を好きなように記述することができるからだ。後の時代は別にしてもこの時節の紅軍と称するものの実態は、略奪、暴行の限りをつくした犯罪者の集団でしかない。

「その挙げ句の果てに、自分達のやった悪行を我々日本人がやったと、真新しい新鮮な証拠とやらをでっちあげて責任をなすりつけてきているわけだ。お、曹長殿、毛沢東を発見しました」

観測手《かんそくしゅ》の野部が双眼鏡型のレーザー測距器を覗きながら言った。

「偵察員の報告通りだ。あそこが人民法廷だな」

戦史編纂室の上部機関である総合運用支援部にはいくつかの部局がある。その一つに調査室というものがある。そこに所属する歴史偵察員は文民《ぶんみん》で、歴史の記述の行間にあるもっと具体的な事象を調査するのが役割だ。実際に時間を遡行し歴史の流れのどの部分に手を加えるかを検討するための資料や、また慶一郎ら行動要員が任務を果たすのに必要な標的となる人物の動向……例えば何月の何日の何時に、どこにいたという情報を収集している。

慶一郎は、対物狙撃銃の二脚を立てると銃を据えながら尋ねた。

「距離は一二〇六？」

野部は双眼鏡内に表示された数値を読み上げた。

「惜しい一二二二m。アングルはマイナス十六度……しかし噂に違わぬ距離感覚ですな」

「これだけは自慢なんだ……よし」

慶一郎は伏せると銃床《じゅうしょう》を右肩に押さえつけるように据銃《きょじゅう》した。

合わせて野部も双眼鏡を置いて据銃する。

慶一郎の狙撃に合わせて、その周辺に弾丸をばらまくのが彼の仕事だ。

慶一郎は五十倍の照準眼鏡を右目で覗き込む。そこに映し出された景色の中央に写真で見せられた男の顔を重ねた。

その頭の位置から想定して、土壁越しに胴体を狙う。

五十口径の弾丸が胴体にあたってしまったらまず助からない。壁に当ててその破片を浴びせつつ威力が減衰した弾丸が標的の大腿部《だいたいぶ》を引き裂くという結果になるのが最良だ。そうすれば不幸な流れ弾の仕業だと周囲に思って貰えるはずである。

重傷を負えば、それで毛沢東は北進できなくなる。張国燾《ちょうこくとう》の主張に従ってこの付近に拠点建設を進めるしか選択肢がなくなって、中国大陸は国民党軍と共産党軍のそれぞれが支配する二つの国家に分裂するだろう。そうなれば、平成日本を圧迫する中国の力は弱まる——というのが戦史編纂室の目論見なのだ。

慶一郎は、引き金に指を掛けた。そして息を軽く吐きながらゆっくり指を手繰る。

だがその時、慶一郎の背筋に寒気が走った。

意識から切り離していた左目の視界に小さな輝点《きてん》が見えたのだ。

木々に覆《おお》われた山並みの中腹に、太陽光を反射する何かが存在している。それが何であるかを考えるより前に、慶一郎は身を伏せていた。

しかし一瞬遅く、弾丸が飛来して慶一郎のブーニーハットを吹き飛ばす。

「いっ……て!」

帽子と一緒に髪も何本かまとめて引き抜かれ、その痛みに慶一郎は呻いた。

「くそっ……敵だ！ 野部、気をつけろ！」

「ひゅ、とパンの間隔が……あっちです！」

野部が、弾丸が空気を切り裂く音、それと発射音の関係から敵の居るであろう位置を読み取って指さす。

「十時の方角。山の稜線の下……三十ミルほどのあたりに輝点があったぞ」

慶一郎は、狙撃者の隠れていたであろうあたりを野部に教える。

「見えましたか？ それで初弾を躱《かわ》せた？」

「運が良かっただけだ。五百八m先にある山の中腹に敵はいる。二発目が来る。躱せ！」

今から応射しても間に合わない。敵方が使用しているのがボルトアクションならば再装填、照準と、次弾が来るまでにあと、二、一……秒。

慶一郎と野部は飛び退いた。

二人は互いに反対の方角に飛び退いて敵を混乱させるように動く。

だが、同時に二つの的が現れても、弾丸は慶一郎を狙い澄《す》ましたように飛んできた。飛び退いていなければ慶一郎は頭部にしっかりと弾を喰《く》らっていたはずだ。

「このままじゃヤバイ。逃げるぞ！」

慶一郎は、銃の二脚を畳《たた》んだ。そして野部と共に、敵の視界から姿を消すべく森の中に逃げ込んだのだった。

慶一郎は、森に逃げ込んで視界が塞《ふさ》がれてもそれで安堵《あんど》することなく、さらにもう一歩その奥へと進んだ。

やがて周囲の景色が木々ばかりとなったところで、慶一郎は足を止めて窪地《くぼち》に身を伏せる。

野部は大木を楯にして寄りかかると「ふぃー」と盛大なため息を一つついた。

「まさかこっちが狙撃されるなんて……思ってもみませんでしたよ。曹長殿」

野部は大木に背を預けながらずりずりとしゃがみ込む。

慶一郎は、樹の隙間から見える景色に敵の気配がないかを探る。だが敵も真っ正面から近づいてくるほど間抜けではないはずだ。

「曹長殿。こういうことって良く起きることなんですか？」

「よく起きてたまるか！　初めてだ。正直、自分もびっくりしている」

「敵ってこの時代の人間ですかね？」

慶一郎と野部は視線を合わせた。

「違うだろう？」

「やっぱり自分らと同時代の人間？」

「かも知れない」

紅軍が狙撃手対策として周辺に兵を伏せていた可能性も完全に否定できないが、それもあらかじめ狙撃手が近づいてきていることを知っていてこそできることだ。

それに、この時期に腕のよい狙撃手が紅軍にいたなら、それなりに名を残していたはずで、（事実、ソビエトは宣伝の意味も込め、自軍の名狙撃手を英雄として称《しょう》揚《よう》している）この時代の、しかもこの情勢下の紅軍の能力では考えにくいのだ。

となると、野部の言ったように慶一郎らと同時代の人間との遭遇という可能性の方が高い。

言うなれば『同業他社』だ。これまでは戦史編纂室の室員達の間で、自分達以外にも時間遡行者はいるかも知れないと言葉だけで語られていたが、慶一郎はそれと初めて遭遇したのである。

「最悪の形だな。どうしたもんか？」

「任務を諦《あきら》めて帰りますか？」

野部は挑発的な口調で言った。

もちろんそんなことはできないので、慶一郎は頭を振って返す。

「いや、自分達はこの時間に来ることはもうできないから、なんとかして任務を果たしたい」

これまでの度重なる実験の結果、同一人物は同一時空に同在《どうざい》できないことがわかっている。

慶一郎で例えると、慶一郎は自分が生まれてから現在に到るまでの期間には遡ることができないのだ。若い頃の自分を見るとか、会って話をするとかはできないという意味である。それは慶一郎が滞在していた戦国の元亀年間にも適用されていて、その時代にも遡ることはできない。

どうしてそうなるかについての理屈は不明だ。実証された事実のみがそこにある。

斎藤室長の仮説では、同じ時間に何度も遡行できるとなると、極端な話、笠間慶一郎がひと時に何人も同在することになるからで、時の流れはそういう矛盾を避けるように働いていると考えた方が良いのだとか。

つまりこの作戦は慶一郎や野部にとって再度挑戦することのできない一本勝負なのだ。任務を果たすためにはなんとしても踏ん張る必要がある。

野部は、好戦的な表情をして有坂《ありさか》八九式対人狙撃銃を持ち上げた。

「なら、敵を排除しましょう」

自分が邪魔な敵を排除して見せると言わんばかりだ。だが慶一郎は言った。

「いや、自分達は毛沢東を狙おう」

「手分けするんですね」

「野部には観測手をして貰わないと困る」

「自分としては敵と戦いたいんですが」

「それが本音か？」

「狙撃戦は生死を賭けた知恵比べですからね。そう思うだけでゾクゾクします」

慶一郎は、野部が何の躊躇《ためら》いも精神的な負担もなく容赦なく、標的とされた人間に対して引き金を引くことのできる人間であることを理解した。人一人を撃つのに躊躇い、歯を食いしばって引き金を引いている慶一郎なんかよりもはるかに狙撃手向きの人間と言えよう。

だが、それがために何をするべきかよりも、何をしたいかを優先するようになってくると別の問題が浮かび上がってくる。それはさらに一歩先へと進むと、狙撃兵ではなく、快楽殺人者という別のカテゴリーに含まれてしまう。

「自分達の勝利条件は、敵を撃ち殺すことじゃなくて毛沢東を負傷させることに成功することだ。妨害者の排除に拘《こだわ》る必要はない」

「我々を妨害しようとする敵を斃《たお》してしまえば、任務の遂行は簡単になるのでは？」

「敵を斃すことに手間取ったらどうする？　好機を逸《いっ》する恐れもある。それに敵は、こちらが妨害の排除を優先しはじめたと悟ったら、守りに徹して決戦の引き延ばしをはかるだろう。自分が敵だったらそうする」

妨害者たる自分を排除してから本標的の始末……敵がそう考えているなら自分が斃されさえしなければ本標的は守れることになる。

「曹長殿。貴方は、臆……いや、少し慎重に過ぎるのでは？」

慶一郎は野部が言葉を選んだのを感じた。臆病と言いたかったのだろう。

「それは自覚している。だが、だからこそこれまで生き残って来られたわけで、それが上から評価されていると理解してくれ。少なくとも蛮勇《ばんゆう》は自分のやり方ではない。野部、上官として命令する。ここは自分に従え。毛沢東を狙う。撃ったら脱出する。我《が》を通したければ生き残って、命令を下せる立場になってからにしろ……」

慶一郎は、陸曹長としての階級をあえてひけらかすことで野部を抑え込んだ。

案の定、野部は不満げな顔をした。だがそれでも自衛軍人としての順法精神《じゅんぽうせいしん》が勝ったようでこう言った。

「……わかりました」

慶一郎はそれに満足して肯いた。

表向き従ってくれるなら、腹の底でどんな風に思っていようとどうでも良いのだ。どうせこの男と組むのは今のひと時だけ。好かれたいなどと考えて妥協してしまうくらいなら、自分の主義に従うことを優先した方がいい。

どうせ失敗すれば、その時は死ぬだけなのだから。

慶一郎は銃を持ち上げながら戦いの覚悟を決めた。

毛沢東は農村地帯を占拠すると、兵達をあちこちの家屋に分宿させていた。

貧富の落差が激しい時代である。紅軍の手によって富農と判断された人間が集められてきて、次々と人民裁判にかけられていた。判決は死刑。罪状はブルジョワジー。その後直ちに銃殺という形で処刑が実行される。

その光景に貧しき農民達が喝采《かっさい》を上げる。そこで繰り広げられているのは、持たざる者が抱く、持てる者への不満、嫉妬、さらに自分を肯定せずちやほやしない他人……その集合体である社会に対するルサンチマンを原動力とした復讐だった。

その人民裁判の主宰者に毛沢東の姿はある。

地面を這《は》いずりながら先ほどよりもさらに的に近づいた慶一郎は、双眼鏡を目に当てた。

狙撃手が近隣に現れたのに備える様子がない。先ほどの敵が、紅軍の兵士ではないことを示していると言える。

建物の窓にまだ若い毛沢東の顔を見つけた慶一郎は、二脚を広げて銃を据えた。ギリースーツで完全に偽装した慶一郎は森の下草に身を埋めていた。

「目標……八二〇」

だいたいの距離感で照準眼鏡をゼロインする。

すると野部が告げた。

「正確には八二九です。風向《かざむ》きは右から左の二m。温度は二十一度。銃身温度は十九度。湿度は五十二%。アングルはマイナス十五度」

慶一郎はスマホを取り出すと、風向《ふうこう》、湿度、温度といった諸元《しょげん》を打ち込むと表示される数値に合わせて照準眼鏡をさらに微調整した。

「ウィンデージ・ノブを二クリック。エレベーション・ノブを一クリックか……」

これで十字照準刻線《レティクル》の交点に、狙いを定めれば良い。

慶一郎は、照準眼鏡を覗きながら、部下に何かを話しながら歩いている毛沢東が窓の前まで歩いてくる時を待った。

呼吸を穏やかに整え、心を静かに鎮める。

やがて視界から色彩が薄れて、跳ねるように照準を上下させて邪魔していた鼓動が静止した。

窓から毛沢東の横顔が見える。照準はその下の土壁に隠された毛沢東の体幹《たいかん》部分へと合わせる。

引き金に触れた人差し指が、ゆっくりと引き寄せられていった。だが、その瞬間に慶一郎の耳元で風船が炸裂《さくれつ》する。

そのゴム風船は膨らませるとヒトの頭の形状となるもので、ご丁寧に慶一郎に似た顔が描かれており、さらにはカモフラージュペイントまでおなじパターンで施されていた。

狙撃手対策として慶一郎が考案したダミー風船である。

持ち歩く時は空気を抜いてポケットに入れておけば良い。使う時は膨らませて、茂みの中に埋めておいたり立ち木の枝に固定したりして使用する。

風船は表面はつるつるしているが、上から草でも被せれば完璧である。もちろん胴体の代わりには、下草や木の枝などを用いてそれらしく見えるようにする。

これによって敵は風船と慶一郎とのどっちが本物かと悩むことになる。これを慶一郎は十個あまり周辺に設置していた。

「敵か⁉」

瞬間的に色彩が視界に蘇《よみがえ》った。

「左、距離約六〇〇。山の中腹で光りました！　反撃しましょう！」

野部の声が轟く。だが慶一郎そのまま狙いを定め続けた。

「この好機を逃すわけにはいかない。このままいくぞ」

村では死刑判決を受けた富農達がどんどん銃殺刑を受けている。

おかげで一発や二発の銃声が鳴り響いても誰も気にしない。慶一郎はもう一度の好機を待って目標に意識を集中した。

「曹長殿、急いで下さい！」

少し離れた位置に固定した風船が炸裂した。野部としては少しずつ敵の狙いが正確になってくるように感じられるのだろう。

だが、狙撃の瞬間はただでさえ神経を使う。そんな瞬間に、迷う要素がわずかにあるだけで狙いが狂う可能性も出てくる。ましてやそのダミー風船が無数にあったとしたら……。遠目で見たら、敵には慶一郎がそれこそ十人、あちこちの茂みに隠れているように見えているはずであった。

一発必中を旨とする狙撃手にとってその光景は、神経を逆撫でされるような気分になる。一発外して居所を暴露したら逆撃を受けるという状況では、自分の命を危険にさらすことになるからだ。つまり追い詰められているとしたら、それは敵の方なのだ。

慶一郎の耳元にあった風船が破裂。

続いて、少し離れた位置にある風船が割れた。

「大丈夫。この敵なら恐れるに足らない。野部、動くなよ。この敵は動かないでいれば大丈夫だ」

敵は慶一郎とダミーとの区別がついてないから、動かずにじっとしていれば狙われる可能性は十分の一だ。敵の選択肢として毛沢東のいる建物に一発撃ち込めば、毛沢東に狙われていると警告することもできるのにそこまで頭が回らない直情《ちょくじょう》径行《けいこう》な敵なのだから、優先順位の高い順から落ち着いて対処すれば充分に勝てる相手なのだ。

慶一郎はじっくりと狙いを定めて好機が到来するのを待った。

やがて照準眼鏡内に見える光景を見据えていた慶一郎は、村の家々から立ち上る炊煙《すいえん》の方向がわずかに変わったことに気付く。風向きは弾道に強い影響を与える要素であり、観測手は速やかに報告しなければならない。

「野部、風向きが変わってないか？」

だが、返答がない。

どうしたのかと思って頭を動かさずに横目を向け

る。すると、観測手である野部が銃を構えて自分達を狙う狙撃手に銃口を向けていた。

「野部、何をやっている⁉」

「曹長殿は毛沢東を狙って下さい。敵狙撃手は自分が片付けます」

バンバン撃ち込んできている敵は、その都度発射煙をまき散らすから居所がわかりやすい。一方的に撃たれている状況に我慢できなくなった野部はそれを狙うと言っているのだ。

「勝手なことをするな！」

「大丈夫です！　敵は一人。ギリースーツを着ている！」

「くそっ。気をつけろ、風向きが変わってるぞ」

慶一郎の罵《ののし》りを楽しげに聞き流した野部が、引き金を絞り込んだ。

すると野部の銃から発砲煙が上がる。そしてその直後、野部が銃を投げ出し肩を押さえて呻いた。応射してきた敵の弾を喰らったらしい。

「くそっ、馬鹿野郎め！」

身体に襲い掛かった衝撃を堪えるためか野部は罵り声を上げた。そして肩口を押さえながら地を転がり身体を縮こまらせる。

「曹長殿！　助けて、助けて下さい！」

「黙って、そこにじっとしてろ！」

慶一郎は歯を食いしばって時を待った。それは十秒、あるいは二十秒くらいだったのか。だが慶一郎には果てしない長さに感じた。

ついに、毛沢東の横顔が窓から見えた。

「今だ」

引き金を引く。

弾丸は放物曲線《ほうぶつきょくせん》を描いて飛翔した。

コリオリ力に加えて、弾丸が右回転しているせいで十二・七㎜の弾丸はわずかに右へと偏差《へんさ》して土壁に命中する。弾丸はその運動エネルギーを壁に伝え、その破片の暴風を毛沢東の身に叩きつけたのである。

さすがにこの一発は、建物周囲にいた紅軍兵士達の度肝を抜くことになった。

倒れた毛沢東に紅軍幹部達が群がって、兵士達に周囲を警戒するように命令を発している。弾の飛んできた方角から「あのあたり」だと指を差している者もいる。だが、それは見当違いの方角であった。

「よしっ」

毛沢東が倒れたことを確認した慶一郎は、即座に飛び退いた。

敵の放った弾丸が、慶一郎の頭部があった場所を正確に通過。

だがその時には、既に慶一郎は肩を押さえている野部に手を伸ばしていた。

「行くぞ、野部」

慶一郎を狙った弾が、飛んでくる。だが遠距離からの狙撃では、その場にじっとしてるわけではない的に当てるのは困難だ。弾が届くのにどうしたって秒の単位に達する時間がかかるからだ。

「すみません曹長殿……初弾を当てられなくて」

野部は傷を押さえながら、呻くように言った。

「気にするな。運が悪かっただけだ」

「くそっ、たかが一発喰らったくらいで動けなくなっちまうなんて」

慶一郎は、野部の身体を引き摺って森の奥へと進んだ。

「弾丸というのは身体のどの部位に当たっても、深刻なダメージを与える。衝撃で身体から力が抜けちまうんだ。俺も経験がある」

慶一郎は、信玄《しんげん》を狙撃した時のことを思い出しつつ、酷く痛い思いをしたと言った。

「ですが曹長殿は敵と真っ向から撃ち合ったって聞きましたけど。何発も弾を喰らっても撃ち続けていたとか」

慶一郎は善住坊と真っ向から何発も撃ち合ったことを思い出した。

「あの時は頭に血が上ってたからな。アドレナリンが大量に噴出《ふんしゅつ》している時などは、弾が身体に当たっても気がつかない時もある。そのおかげで目の前の敵に弾が当たらないんだけどな。けど狙撃の時は大抵、頭は冷え切っているものだろ？　そうなると弾が掠《かす》めただけでかなりのダメージになるんだ」

森の奥まで入り込んだ慶一郎は、一旦、野部の身体を地面においた。

そこでモルヒネを取り出して巨体の腿《もも》に針をぶっ刺す。

「ってぇ、何しやがる！」

「モルヒネだ。暴れるな」

「注射を打つなら打つって言って下さいよお、曹長殿！」

野部の哀願《あいがん》めいた罵声《ばせい》を聞き流しながら、慶一郎は弾性包帯を取り出し傷口を押さえるように巻いてやった。幸い傷口は僧帽筋《そうぼうきん》の一部を抉るだけで済んでいる。弾も体内に残ってない。止血だけでいい。

「これで少しはなんとかなるだろう」

慶一郎は、手当てを終えるとその場に座った。

「くそっ……情けねぇなあ。俺は」

野部は顔を押さえて嘆いた。

「気にするな。任務は成功した」

「それにしたって妨害してきた敵を仕留められなかったし、その上、弾まで喰らって」

「あそこで撃ち返したのがお前のミスだ。敵はバルーンダミーのせいでこちらの位置が正確に摑めていなかった。それでもバンバン撃ってきたのは、こっちを焦らせたくて反応させたかったからだ。お前はそれに乗ってしまった。撃ち返して敵に居所を暴露したんだ」

「最初の一発で仕留め損なったせいです。くそ、弾倉交換のタイミングを狙ったのになぁ」

「敵が五発撃つごとに間隔をあけていたのは、弾倉に五発しか入らないと錯覚させるためだろう」

「つまり欺《だま》されたと？　くそっ！」

「生きているなら負けじゃない。次の機会に雪辱すれば良い」

「無敗の記録を作りたかったのに」

「無敗？」

そんな贅沢《ぜいたく》な望みを聞いて、慶一郎はなんとも言えない気持ちになった。なんというか巨人軍の四番打者になるんだと言ってブンブンとバットを振り回している中学生を見た時のような気分……に近いかも知れない。可能性はゼロではないから身の程を知れとも言えないし、とは言え夢が大き過ぎて、お前ならきっとできるとも言ってやれない。

しかも無敗という野望はいまの瞬間、挫《くじ》かれてしまったのだ。初っぱなから。

「そりゃ残念だったな」

慶一郎としてはそんな慰《なぐさ》めを投げかけてやるしかなかった。

〇三

『現代』に帰還した慶一郎と野部は戦史編纂室の室長室で復命《ふくめい》をした。

「なるほど、作戦は成功した……ただし目的は果たせなかった。そういうことになるわけだな」

「目的は果たせなかった……でありますか？」

斎藤は慶一郎にチラリと視線を浴びせると、すぐさま手元の書類を拾い上げた。

「そうだ。これを見たまえ」

室長の差し出す地図には、中華人民共和国が中国大陸を制覇している様子が描かれていた。

慶一郎の記憶との違いは、その北側にロシアと挟まれる形で満州《まんしゅう》国《こく》という独立国が存在していることだ。

「今回の作戦の結果、重傷を負った毛沢東は中国南部に足止めされ、中国北部は蔣介石率いる国民党軍の中華民国《ちゅうかみんこく》の領域となった。そこまでは良い。だが第二次大戦が終結するとソ連軍が南下して中華民国軍は南北双方から挟み撃ちにあって壊滅状態に陥り、台湾《たいわん》に逃れるしかなかった。その結果として満州がソビエト連邦に組み込まれる歴史が生まれた……というわけだ」

その後平成三年、ソ連崩壊によって満州国は独立する。

中国共産党政府は満州還収《かんしゅう》を求めたが、満州政府はこれを拒絶したため、中華人民共和国の版図になっておらず現在、様々な次元での係争関係にある。

さらに言うと朝鮮半島はロシアと満州国の間で領有権争いがなされている。チベットやウイグルは中華人民共和国によって不当に占領された。

結局慶一郎は、大躍進政策も文化大革命も防ぐことはできなかったのである。

「つまり自分達のしたことは、意味がなかったということですか？」

「いや。君達のおかげで中国からの我が国に対する圧力は低下した。沖縄と九州の分離独立派の活動はなくなったし、尖閣諸島《せんかくしょとう》も我が国の主権下におかれている。その代わりと言っては何だが、今度はロシアの南下圧力が高まって、北海道に住んでいるロシア系住民が分離独立を訴える行動を起こすようになって、警察が手を焼いている。明らかにロシア軍の兵士とおぼしき人間を送り込んできておきながら、ロシアはあずかり知らぬこととしらばっくれている。日米安全保障条約も、住民の独立運動という形式をとられると意味がないので、日本は相変わらず苦境に立たされたままというわけだ」

北海道にロシア系住民が住んでいるのは、慶一郎が流れを変えたこの歴史では、幕末から日露戦争までの期間、北海道はロシアの租借地になっていた期間があるからだ。

その北海道を策源地として日本全土征服を狙った

ロシア軍の南下に端を発したのが日露戦争であり、日本はこれに辛うじて勝利することができた。それによって得たのは樺太《からふと》、千島《ちしま》列島《れっとう》のみ。朝鮮半島に進出する余裕は一切なく、このロシア化を防ぐことができなかったのである。

「要するに西で起きていたことが、今度は北になったというわけですね？」

「そういうことだ」

「どうしてこんなことに？　毛沢東が重傷を負ったことで、紅軍の内部抗争は激化しなかったんですか？」

「記録によると毛沢東が不幸な事故によって重傷を負った後、指導部の強力なライバル達が食中毒で死んでいる。おかげでかえって毛沢東の権力基盤は強化されてしまったんだ。おそらくは、君達が現地で遭遇した敵が、我々の思惑通りになることを嫌って毛沢東の敵対者に毒を盛ったんだろう。料理人が犯人として処刑されたという記録が残っている」

「ちっ」

その時、野部が小さく舌打ちした。

チラと視線を向けると、だからあの時、斃しておけば……そう思っていそうな顔つきだ。

「問題はその敵です。いったいどんな勢力なんでしょうか？」

慶一郎は、敵が自分達と同じ時間遡行者である可能性を強く示唆《しさ》した。

「歴史の流れを変えられては困る者だろう」

「中国に我々と類似の組織があるということですか？」と野部。

「いや……違うな。もし中国人が歴史遡行の方法を知っていたら、歴史はもっと彼らにとって都合の良いものに改竄《かいざん》されているはずだからな」

「では他の誰が？」

野部が結論を求めてさらに問いかける。

斎藤は野部に逸《はや》るなと言った。

「思考する材料がない段階で、推論を重ねるのは意味がないから止めよう。君達の報告で判明したのは、時を遡行する方法を知っている者が他に存在するという可能性……その一事に尽きる」

慶一郎は手を挙げた。

「もしかすると、これまでの作戦のいくつかが失敗した原因に、そうした第三勢力の介入があるとする可能性は？」

「そうだな。その原因を検討し直す必要もあるか……」

野部が慶一郎に言った。

「曹長殿は我々が歴史をいじくった後を、元に戻そうとする者がいる……と仰《おっしゃ》るのですか？」

「そうだ。他に、あんな敵と出くわした理由があると思うなら言ってみてくれ」

斎藤室長も、慶一郎の意見に首肯した。

「笠間陸曹長。今後は同業他社と遭遇した場合は、確実に排除しろ」

「作戦目標よりも優先でありますか？」

「我々の戦場では通常戦闘のセオリーは通用しないと考えた方が良い。いくら作戦を成功させても敵は後から我々の勝利条件を覆《くつがえ》すことができるのだからな。時間戦においては敵対的意志を持つ者の排除を優先するべきだ。それをＲＯＥ（交戦規則）として改定《かいてい》することにする」

「わかりました。同業他社の排除を優先します」

「ご苦労だった。帰って良し」

慶一郎と野部は背筋を伸ばした。

「失礼いたします」

慶一郎と野部は敬礼して室長室を後にした。

国防省統合幕僚監部廊下の赤絨《じゅう》毯《たん》を踏みながら、野部は言った。

「だからあの時、奴を撃っておけば……」

あの時、まず敵を撃つべきだと主張した野部としては、自分が正しかったことを確認したいのだろう。

慶一郎は足を止めることなく言った。

「あの時はまだROEは改定されてなかった」

「くだらない規則に盲従した結果、自分は怪我のし損ですか⁉」

「任務は果たした。それの何が問題だ？　あの時、妨害の排除に拘ったら作戦に失敗したかも知れない。妨害を無視して作戦を遂行したからこそ、我々の戦場ではその意味がないことが判明したんだ。これでROEも変わるさ」

「あんたの判断ミスのおかげで俺は黒星発進だ。全部あんたのせいだ」

野部はエレベーターホールに出たところで慶一郎を振り返って向かい合った。何が気に入らないのか野部は慶一郎に敵愾心《てきがいしん》を剝《む》き出しにしている。

「次の任務では、曹長殿とは絶対に一緒したくありませんね」

慶一郎はそんな野部の姿を見て、渋面を作る。

「そうだな。自分もお前のような身勝手な奴とは組みたくない」

「お互いに遠くで幸せになりましょう。それでは失礼いたします」

野部はそう言って慇懃《いんぎん》無礼《ぶれい》に敬礼すると、慶一郎に背を向けて立ち去っていった。

「笠間陸曹長？」

背後から自分の名を呼ぶ女声に慶一郎は振り返った。

「あ、小笠原《おがさわら》二曹。君か？」

国防省庁舎は様々な人間が行き交っている。背広組の役人、制服組の幹部、出入り業者、新聞記者等々。声を掛けて来た女性はいったい誰かと思ってみれば、小柄でチェシャ猫のような笑みが特徴の二十代半ばの女性自衛軍人だった。

戦史編纂室には表向きの仕事をするメンバーと裏向きのメンバーがいる。表向きは二十名ほどの規模で過去の日本軍の行動の記録を整理保存し、反日勢力の宣伝戦に対抗できる態勢を整える作業をしているのだが、そのうちの十名が歴史の流れを変える任務に携わっていた。

　この小笠原もその裏向きの仕事をするメンバー……つまり行動要員の一人であった。

「お帰りなさい曹長。……あ、野部君だ。どうしたんです？　あの背中、いかにも怒ってますって感じですけど。なんか陽炎《かげろう》が見えますし」

　小笠原はエレベーターに消えて行く野部に視線を向けた。

　どすどすと床を踏みならすように進む野部の背中は小笠原の言うように、激した感情が溢れているのを感じさせるものだった。

「奴とは、どうも気が合わないらしいんだ」

「曹長の星座は魚座で、野部君は水瓶座。この二つって相性が良くないんですよ。しょうがないことです」

「任務にも失敗したが、それも星回りのせいかな？」

「ええ。今回は手術は成功したけど、患者は亡くなりました、みたいな結果になったそうですね？　時間遡行はその仕組みや制約がまだ良くわかってないんですからしょうがないです。過去に遡って帰ってくることはできても、未来には行けないとか。私達にわからない制約が作戦の足を引っ張ることだってありますよ」

「今回、上手く行かなかった理由はそんなんじゃないんだ。どうやら同業他社がいるらしい。そのせいで失敗した」

　慶一郎は愚痴《ぐち》った。

「同業他社？　……そうですか。私達が時間遡行の秘密を見いだしたように、他の者がそれに気付いていないとも限りませんしね。時間遡行というのは自然現象みたいですから、人類の長い歴史の中で、それを知ることができた者が他にいたとしてもおかしくありません。私達だけで独占できると思っていたことの方がどうかしてたんでしょう」

　小笠原はドライにも、眉《まゆ》一つ動かすことなくそんなことを言った。

所属が国防省の戦史編纂室になったことで、慶一郎はその住み処を愛知県守山《もりやま》のアパートから東京へと移していた。

住まいは市ヶ谷《いちがや》から四ッ谷《よや》に通じる住宅地の中にある。そこはアパートやマンションではなく一軒家で、つまるところ間借りをしていた。

場所柄、この地域にはオフィスビルしかないように思われるかも知れないが、それは表通りだけの話である。裏に回ると一軒家が並んでいて、生活を営んでいる人々がちゃんといるのだ。しかもそういう街は古くからこの地で暮らす人々で構成されているため、他所《よそ》とはまた違った独特の雰囲気がある。

慶一郎が間借りしている家――というより屋敷だが――の大家もまた老人だった。高名な剣道家でもあるその老人は、邸宅の敷地内に立派な剣道場を持っていた。

白辰会松沢道場《はくしんかいまつざわ》である。

ここは江戸時代から続く歴史のある剣道場で、明治以降も市ヶ谷という場所柄もあり、軍人、警察官、あるいは大学の部活動に飽き足らない血気盛んな若者が通っていた。

「ただいま」

帰宅した慶一郎は、いつものように大きく開かれた武家屋敷風の門を潜《くぐ》った。

だが一歩敷居をまたいだ瞬間から、竹刀《しない》が激しくぶつかる音、踏み込みで床が鳴る音などが耳に飛び込んで来た。

音の発生源である道場を覗いてみれば、白道着《しろどうぎ》に白袴《しろばかま》という白一色の装いを許されているさくらが、まるで舞でも舞っているかのように戦っていた。

小柄なさくらが巨漢を手玉に取っているのだから、見ていると痛快でもある。

大男の竹刀が空気を切り裂きながら振り下ろされるが、さくらはそれに触れることもなく躱し、対戦

鮫島

者の面をポンポンと叩く。

巨漢が体当たりをして、さくらの姿勢を崩そうとするが、さくらはひらりと躱して、息を継いだほんのわずかな隙に滑り込むように入り込んできて、胴を割る。

大男は明らかに苛立《いらだ》った素振りをみせた。そして雑に竹刀を挙げた瞬間、稲妻のようなさくらの小手打ちがぴしゃりとそれを叩く。

体格任せに勢いで圧倒しようとすれば、突きが炸裂。前垂《まえだ》れに「鮫島《さめじま》」という名をつけている大男は壁まで吹き飛ばされてしまった。

なんとも見事な戦いであった。

鮫島が弱いわけでは決してない。何しろここにいるのは警視庁の機動隊員や、自衛軍人らで四段五段という段位を持つ猛者《もさ》ばかりなのだから。要するに、さくらがそれ以上に強いのだ。

そんな男達を切り伏せるさくらに、若い女性の剣士達は憬《あこが》れの視線を向けていた。


「そこまで！」

大家でもある師範《しはん》が重々しく宣じると、さくらと鮫島は二手に分かれ互いに礼をしあって正座する。

面を外すとその下から出てくるさくらの顔はほのかに紅色に染まっていて、珠《たま》のような汗がその肌を飾っていた。

その瞬間、男性剣士達が一斉に息を呑むのが感じられた。この道場が繁盛している理由の一端には、この瞬間を見たいがためだという話もちらほちと流れているだけに、慶一郎としても苦笑を禁じられなかった。

「あ、お帰り」

「おう、今、帰ってきた」

道場の戸口にいる慶一郎を見つけたさくらは、汗を拭いながらやってきた。

慶一郎から見ても、さくらはなかなかの美人だ。それに加えて上気した肌と、珠の汗との組み合わせは反則だと言いたくなるほどに魅力的である。さくらの剣呑《けんのん》な中身さえ知らなければ、つい口説《くど》きたくなってしまうかも知れないほどのものであった。

中身さえ知らなければ……の話だが。

「なぁんだ、がっかり。足はあるみたいね。幽霊っていうのは足がないってことになっているそうだから是非一度見てみたいのよ。あんた、戦場《いくさば》で倒れたら、ちゃんとあたしに会いに戻ってくるのよ。いいわね」

さくらは、慶一郎の頭の天辺《てっぺん》から足の爪先までをマジマジと見るとそんな風に言って笑った。この女忍びは、慶一郎が任務を帯びて出かけてくると、心配していたことをこんな物言いで隠しながら、憎まれ口を叩くのである。

「鍵は?」

慶一郎はさくらに問いかけた。

松沢家では稽古の間、母屋の玄関に錠《じょう》を下ろしている。

最近、近所に泥棒が出没して松沢家も侵入されてしまったのだ。

剣道場に入り込むなんて命知らずなと思うところだが、家主以下全員が、稽古に熱中している上に激しく声を上げ、竹刀をぶつけ合うという状況では、誰かが敷地内に勝手に入っても、気配を感じ取るのは不可能だ。そのため練習生数人の勧めで、家主の松沢もピッキングの難しいものに錠を交換したのである。

慶一郎はそのスペアキーをまだもらってないままに任務に出かけていた。

さくらは、鍵を要求する慶一郎に眉根《まゆね》の寄った怒りの表情を向けた。

「今、持ってるわけないでしょ! 練習が終わるまでそこで大人しく稽古でも見てなさい!」

さくらが慶一郎を蹴った。

剣道着に防具という格好のさくらは今、財布すら持ってない。全ては道場奥にある更衣室だ。

「いてて、いていて、わかったよ。蹴るなって!」

慶一郎はそう言うと戸口に置かれた見学者用の椅子に腰掛けた。そしてさくらの稽古が終わるのを待つこととなったのである。

さて、そんな慶一郎とさくらの様子は、否が応でも練習生達の目にとまる。

傍目《はため》からは二人の姿は、なんとも仲睦《なかむつ》まじいものに見えた。

さくらが笑顔で慶一郎の足を蹴ったり、肩を叩いたりしている様子はじゃれ合っているようにも見えるのだ。もちろん、傍目には……の話であって、当の慶一郎は虐待されているとしか感じていないのだが。

地稽古を終えて正座した鮫島も、そんなさくらを見て唇をむすっとへの字に曲げた。

彼は最近、都下の所轄《しょかつ》から紀尾井町警察署に異動してきた警察官である。

それでこの松沢道場の練習生となったのであるが、その厳《いか》つい体格とやくざのような強面《こわもて》のため女性の練習生からどうにも距離を置かれていた。

彼も自分というものを弁《わきま》えていて、自分からは女子練習生に近づこうとしないのだが、今回ばかりはそうも言っていられないと、面を外すなり見取り稽古をしている女子練習生に顔を寄せた。

「おい、あの自衛軍人はなんだ？」

「きゃっ！」

厳つい鮫島に側に寄られて女子の練習生は思わず仰《の》け反《ぞ》る。そして鮫島の用件がいったいなんであるかを飲み込むと、さくらとそれに向かい合って何やら話している制服姿の慶一郎をチラと確認した。

「ああ、あれは、さくら先生のお兄さんですよ」

「何⁉　さくらさんに兄がいるのか？」

「二人で松沢館長のご自宅に間借りしているんだそうです」

「そうか。兄か、それならば良かった」

呟く鮫島に、前垂れに古橋《ふるはし》という名前をつけた男が歩み寄る。

「何故安堵している鮫島？　兄ならば競争相手にならないからか？」

「無論だ」

「ほう、つまりは貴様もさくら師範代に惚《ほ》れた男の一人ということだな？」

「そうだ。あの方は俺を見ても怯《おび》えたりしないからな」

　鮫島は思い詰めた目でさくらを見つめた。

　彼にとっては自分が近づいても怯えたり不安そうな態度をとったりしない女性は、極めて貴重だ。それどころか、竹刀を持たせたら自分をボコボコにしてしまう。彼にとってこれまで女性という存在は壊れ物であり、常にそっと扱わねばならないものだった。だが、さくらにはそんな気遣いは無用。素の自分をぶつけても大丈夫な女性が出現したことで、女に負けては男の沽券《こけん》に関わるという感じ方をする以前に、惚れてしまったのである。

　それだけにさくらの身辺にうごめく有象無象《うぞうむぞう》の男達の存在は鮫島のかんに障《さわ》った。邪魔者はおそらくはこの道場に通う独身男のほぼ全てであろう。

　慶一郎はその筆頭になるかと思われたのだ。だが、兄だと聞けば少なくとも競争相手ではなくなる。鮫島はそのことに安堵のため息を吐いたのだ。

「しかし、あの二人、随分仲の良い兄妹なのだな。俺にも妹はいるがあんな風に笑ったりなんぞせんぞ」

「そりゃお前みたいな奴にはなあ」

古橋が、鮫島の肩を叩いた。

皆、本当のことを告げるのは心苦しいという顔をしながら肯いている。

女子練習生達も、その意見におそるおそる同意していた。

「わかってるさ」

　顔が怖い。自覚している欠点を指摘されて鮫島は悔しそうに鼻を鳴らした。

　だが彼はこの顔を劣等感から武器にかえて街の治

安を守る戦いに挑んでいる。それを今更否定する気にはとてもなれないのだ。

鮫島は、話題を自分から逸らそうとして慶一郎を値踏みする。

「ふむ。お兄さんだが、どうも大した腕前ではなさそうだな」

武道家というのは相手の立ち姿を見るだけで力量がわかるという。鮫島の目には、さくらに蹴られて逃げて回る慶一郎の姿はどうにも情けなく見えていた。

「そりゃそうだ。さくら師範代の兄君は、剣道はおろか武道もなさらないからな……」

「自衛軍人だぞ。それは不味《まず》くないのか？」

「いやいや、もちろん訓練でやる程度のことはなされているはずだ」

「訓練でやる程度か。なら俺の敵ではないな」

鮫島は顎《あご》を撫でながら、それならば大した相手ではないと見学者用の椅子に腰掛けた慶一郎を見下したのである。

練習生達が地稽古をしている。

「めん」

「こていっ！」

かけ声と激しい打突音《だとつおん》が道場に響き渡っている。

「後、ひとーつ！」

そんな中でストップウォッチを片手にしたさくらが、残り時間六十秒を宣言する。一日を締めくくる地稽古の最後の一分に、練習生達は死力を尽くそうと気合の声を高めた。

そんな中、練習生を見守っていたはずの松沢館長が立ち上がって慶一郎の元にやってきた。

「笠間君、どうだね。見てばかりいないでたまには一汗流さないかね？」

「あ、いや……その」

慶一郎は及び腰になった。そこに付け込むようにさくらが迫る。

「兄さんも、久々に練習をしましょう。よかったら稽古相手を務めますよ」

「いや、結構。勘弁して下さい」

慶一郎もこの松沢道場に下宿するようになってから竹刀を握ったことがある。そして、その時に慶一郎は自分が竹刀を手にしての駆け引きに向いてないということを心底理解した。具体的に言うと、さくらに滅茶苦茶《めちゃくちゃ》に乱打されるだけで終わったのである。

木刀と違って相手を叩きのめしても致命傷にならない竹刀を手にしたさくらの目は、サディズムに陶酔《とうすい》した輝きで満たされていた。あれ以来、慶一郎はさくらの前では、二度と竹刀は握るまいと決心したのである。

さくらは腰の退けている慶一郎に笑うと手元のストップウォッチを見た。

「はい、終わり！」

さくらがかけ声をあげながら太鼓《たいこ》を叩く。こうして今日の練習は終わったのである。


さて、松沢道場のような個人が開いている修練の場は大学の体育会系の部活と違い、独特の人間関係の雰囲気が作られる。

それはもっぱら道場主の人徳によるものなのだが、先輩後輩とかいう年齢的要素ではなく技量が上にある者が後ろに続く者を教えるというものになる。

当然と言えば当然かも知れない。大学だと学年が違えば、能力に差が生じるのが普通だが、社会人道場においては極端な話、入ってきたばかりの新人が三十代四十代ということもあり、それを公称二十歳のさくらが師範代として指導するとなれば、先輩後輩とか、年長、若年《じゃくねん》といった物差しは意味をなさなくなるのだ。

そうなると自然に「教える」「教えて貰う」という関係は剣道の練習をする時という極めて限定的な場面に限られ、その枠を外れた場面の上下関係は非常に希薄なものとなる。先輩とか年長だとかで威張り散らす者はいなくなるのだ。

　この道場に若い女性の練習生が多いのも、そんな砕《くだ》けた雰囲気が好まれたからかも知れない。

　全員で礼を済ませ、掃除を終えると松沢館長は言った。

「今日の晩飯は鍋にするつもりなんだが、みんな食べていかないかね？」

　すると家庭があって、帰宅すると既に食事の支度ができている者達が残念そうな声を上げる。それ以外の者は歓《よろこ》んで手を挙げた。

「何か祝い事でも？」

　古橋が問いかけた。

「慶一郎君が無事に帰還した祝いだ。今回は中東だったかね？」

「はい。アフガンです」

　太平洋条約機構に参加している日本は、中東へのＩＳＡＦ（国際治安支援部隊）に陸上自衛軍部隊を派遣している。慶一郎が参加した今回の作戦も、表向きはＩＳＡＦ派遣の一環ということになっていた。

「ほう？」

　中東と聞いた古橋や鮫島らは目を丸くする。

　アフガニスタンは損耗《そんもう》の激しい激戦地として知られる。彼らの慶一郎に対する認識に戦場帰りという要素が加わったことで侮《あなど》りが少しばかり消えたのだ。

　道場の更衣室脇のシャワーで手早く汗を流し、着替えると倉庫から長座卓を引っ張り出し、道場は二十余名の男女が鍋をつつく宴会場となった。

「さあさあ、さくらさん。どうぞどうぞ」

　さくらのまわりには、彼女と親しく話をしたい男女がビール瓶や日本酒の入った銚《ちょう》子《し》を手にして集まって来る。

　さくらは困ったような笑顔で突きつけられる酒を受けていた。

「先生。どうしたら強くなれるんでしょう」

　そんな練習生の中でウーロン茶を飲んでいた気弱そうな少女が、さくらにぼそっと尋ねた。

この道場に通ってきている段階で、この少女も決して弱いとは言えない。高校の部活に戻ればその中では一位か二位の腕前で、名のある大会で好成績をあげている。それでも、この松沢道場に来ると自信がなくなってしまう。周りが強過ぎるせいだ。

さくらはその少女を暫《しばら》く見つめると答えた。

「強さを漠然《ばくぜん》ととらえている間は無理ね。目の前にいる敵に斬《き》られるよりも早く、斬るにはどうやったらいいかって考えるの。……例えば、そこにいる鮫島さん。彼に勝つにはどうしたらいいかしら？　良く見たら弱点いっぱいあるわよ」

「お、俺か？」

いきなり名前が出てきて鮫島が驚く。

少女は鮫島を見て泣きそうな顔をした。

「でも鮫島さんと地稽古しても、一瞬の間に打たれちゃうんです」

「大事なのは相手が何をしようとしているかを読み取る。そしてそれをさせずにこちらが打つ」

「でも、それが相手に読まれてて裏を掻《か》かれちゃうんです」

「なら、こちらはさらにその裏を掻くのよ」

「裏の裏は表じゃないですか？」

「理屈の上では確かにそうだけど、ちょっと違うのよ。……そうね」

さくらは、台ぶきんを一枚取り出すと、それを皆に見えるように座布団の上に置いた。

「これの裏は？」

少女は台ぶきんを裏返して見せた。

「なら、その裏は」

少女はもう一度台ぶきんを裏返そうとした。

だがその時さくらは「違う」と言い放った。

「違うんですか？」

「裏の裏を掻く駆け引きというのはこういうことよ」

そう言って、台ぶきんを載せている座布団ごとひっくり返したのである。

「おおっ！」

「なるほど。裏の裏を掻くというのは、土台からひっくりかえすということか」

みんなさくらの言葉に感じ入ったように肯いていた。

「……うう、鮫島さん」

少女は、おそるおそる鮫島を見た。これまで恐ろしいものとしてできる限りやり過ごそうとしてきた存在を見極め、彼との戦いで裏の裏を掻くため、彼を初めてじっくりと見ようとしたのである。

鮫島は上目遣いの視線を浴びて、妙に居心地の悪さを感じているようであった。


慶一郎は家主の松沢館長と差し向かいで酒を傾けつつ尋ねた。

「松沢先生、さくらの調子はどうですか?」

宴会の参加者達は和気藹々《わきあいあい》と剣道談義をしている。剣道をしない慶一郎は微妙な疎外感を味わうこととなる。おかげで話題は共通の知人についてとなった。

慶一郎は、松沢老人のコップが空になるのを見るとビール瓶を突き出した。

「彼女はなかなかに良いよ。ここで助教になってもらったのは正解だね。一時は怯えた子猫の如く、近寄る者に爪を立て毛を逆立てていたが、今ではだいぶ落ち着いて周りとも関わっていけるようになった。剣の修練の場というのは彼女にとってわかりやすい世界だからだろう」

慶一郎が、入院して隔離されている間、さくらもまた慶一郎と似た状況に置かれていた。

いや、慶一郎にとっては平成の現代は故郷なだけに状況に馴染むことはそれほど難しいことではなかったが、さくらにとってここは異界だ。そこに慶一郎と二人で放り出され、そのあげく慶一郎とも引き離され一人きりで監視を受けた。そのため、相当に神経を苛だたせることとなったのである。

そんなさくらを救ったのは剣道だった。

右も左も分からない状況に置かれたさくらにとっ

て竹刀の感触は、彼女から不安を取り除いて、現実に引き戻してくれた。剣道の稽古をしている間は余計なことを考えずとも済むし、竹刀を手にして向かえばどんな相手も本性が見えてくる。人間関係も単純で、して良いこと、してはいけないことの基準も明快だ。

道場に立つことでさくらは、現代に適応する手懸かりを得たのだ。

「ただ、彼女にとってここの稽古はぬるいようじゃがな」

松沢はそう言って笑った。

「そうなんですか？」

「当然ではないか？　剣刃《けんじん》のきらめきの下で命の遣り取りをしていた者にとっては、いかに荒行とは言え所詮《しょせん》は道場稽古に過ぎぬのだからな。それは、戦場から帰ってきたばかりのお前さんにも良くわかっていよう？」

松沢はそう言うと慶一郎のコップにビールを注ぎ込んだ。

慶一郎はコップを満たしていくビールを見ながら冷や汗を掻いた。

まるで松沢は、さくらがこれまで大勢の敵と戦ってきたことがあると知っているかのような口ぶりである。

さくらはあくまでも笠間慶一郎の妹、笠間さくら。松沢にはそう話してあるに過ぎない。だが、にもかかわらずこの松沢老人は、さくらの素性を感じ取ってしまっているのだ。

「え、いや、実際の所はどうなんでしょうね……」

慶一郎は、咄嗟に誤魔化《ごまか》したつもりではあったが、松沢老人の表情から察するにそれが上手くいっているとはとても思えなかった。

終電を前に女子の練習生達は帰って行った。

「ごちそうさまでした」

その内の何人かは足下もおぼつかないほどに酔っ

てしまい、仲間に抱えられていた。

そろそろ寒くなってきているので、路上で眠ったりしたら危険だなと思っていたら、駅までの道のりは有志の男性陣が送ると名乗り出た。

手を挙げたのは古橋ら警察官達だ。

「おい、古橋。送り狼になるなよ」

鮫島が女子学生をタクシーに乗り込ませながら言う。古橋は心外そうな顔をした。

「俺は警察官だが？」

「だからこそ言っている。警察官の面汚しになるようなことはしてくれるなと言っているんだ」

「お前の方こそ帰り道の暗がりに気をつけろ。女性と出くわしただけで変質者事案として通報されかねない顔してるんだからな、お前は」

「ぬかせ！」

こうして大方の練習生達は帰って行った。

後片付けは残った慶一郎やさくら、あるいは近場に住む練習生達の役目だ。

そしてそれらも終えて鮫島らが帰ると後には松沢と慶一郎、さくらだけとなり、ガランとした道場の戸締まりをして母屋に戻るのだ。

「二人が住んでくれて本当に良かったと思うのはこんな時じゃな」

松沢師範は言った。

早い内に妻を亡くした彼は、慶一郎達が下宿住まいをするまで一人暮らしであった。日中は練習生がいて騒がしい分、彼らが帰った後の寂寥《せきりょう》感は彼にとってたまらなかったのだろう。

「風呂は……更衣室のシャワーを浴びたからもう良いか？」

「ですね。それではお休みなさい松沢先生」

「ああ、おやすみ」

そうして慶一郎は部屋に戻ったのだが、何故かさくらがついてきた。

「どうした？」

「あんたが帰ってきたら、話したいと思っていたことがあるのよ」

　さくらは、慶一郎の部屋にずかずかと入るとあぐらをかいてデンと座り込んだ。

　酒が入って酔っているのか慶一郎を上目遣いに睨《にら》んでいる。

　それは目が据わっていると表現するに相応《ふさわ》しい圧迫感のある視線で、重圧に耐えかねた慶一郎はおもねるような感じでさくらに話しかけた。

「さ、さくら。ここには馴染めたか？」

「そうね。平和ボケという言葉の意味が心底理解できたわ」

　慶一郎は、さくらの言いたいことがすぐにわかった。

　戦国の世にいたさくらにとって、現代日本は異世界でしかない。慶一郎も体験したことだが、戦国の時代は他人を見たら疑い、自分と敵対する者かどうかを見極めなければならない世界だ。挨拶やら、礼儀やらは、端的に言えば敵意がないことを示すためのものとして発祥したのだ。

　だが、この世界に住まう人間は、基本的に他人を害しようとする意志を持っていない。平和な日常においては人間は他人を害そうとしない。日本社会はそういう常識を基にしてでき上がっているのだ。でなくて、どうして他人に肌を押しつけられるような満員電車に乗り込めるだろうか？　だからこそ大した実力を持たないチンピラが無礼を振りまいていられる。

　さくらは、そんな常識がどうにも馴染めないようであった。

　日本国内だけ見ても国境の町ではテロリストの仕掛けた爆弾が破裂し、デモ隊と警官隊との衝突が頻《ひん》発《ぱつ》している。それらは全て、その地域を日本から独立させ、住民から望まれての併合という名目での侵略を狙ってのこと。そうした目的のためとあらば、誰であっても傷つけることができる禍々《まがまが》しさも人間が持つ本性の一面であるのに、多くの現代日本人は、それは異常な思考形態を持つ人間がする異常な行動ということにして目を背けているのだ。

まるで嫌な物は見たくないと言うかのごときに。自分の眠っていた家に火が付き、炎上しているのに、布団に籠《こ》もって目を閉じてさえいれば、今起こっている出来事を夢か幻にできると信じているように見えてくるのだ。

慶一郎は言った。

「平和は当然の姿じゃないよ。戦国時代のお前達、そしてその後に続く人間の努力の結果として行き着いた姿だ。お前達の積みあげた努力の上に、今の平和はあるし自分達は、繁栄《はんえい》を謳歌《おうか》できるんだ。そういうことがわかっている人間もちゃんといる。そういう人間が警察官とか、自衛官――じゃなくてここでは軍人か――になるんだ」

そんな台詞を言い終えた後、慶一郎は猛烈な不満を感じた。

本来なら、もっと平和だったはずだという思いが込み上げてきたのだ。それを壊したのは誰でもない自分だ。

「そうね。でもこの時代の連中はそうした人間の労苦に対する考察が足りてないみたい。人間が邪《よこしま》な考えを持たずに、何もしなければ平和になるって思っているかのよう。だから平和を保とうとする努力を、あたかも平和を乱そうとする行為のように言うんだわ」

さくらは続けた。本来、世界は弱肉強食で、人間はその中でもとても弱い存在だと。

夜中に森を歩いていれば獰猛《どうもう》な肉食動物に捕食される側に人間はいる。だが、この日本はその肉食動物が駆逐淘汰されてしまっている。そのせいで、安全なのが当たり前だと思い込んでしまっているのだ。

「頭がおかしくなりそうよ」

さくらはこちらの常識に合わせるのが大変だと嘆いた。

「まあ、頑張ってくれ」

するとさくらは、今度は自分が攻撃する番だとでも言うかのように、慶一郎を睨み付け身を乗り出した。

「慶一郎、あんたの方はどうなのよ？　こっちの任務とやらには慣れた？」

「どうにか慣れつつあるところだとしか言い様がないな……」

「いいなぁ、好き勝手に行きたい時代に行けて」

慶一郎が具体的に何をしているのかは、当然ながら秘密事項だ。

だがタイムスリップという現象の生き証人の一人であるさくらは、戦史編纂室が開設された当初の目的であるタイムスリップ現象を解明する作業に参加していた。今でも週に何回か、長居教授のところに通って研究を手伝っている。そのため、戦史編纂室という組織が、今、何をしているかを知ることができるのだ。

「任務だとか言いながら、実はちょくちょく蛇女のところに帰ったりしてるんじゃないでしょうね？」

「いやいや、好き勝手じゃないから。どうやったら時間遡行できるかは機密で自分には知らされてないし。信じてくれよさくら。自分は本当に知らないんだ」

さくらは、唇をへの字に歪めると、真偽を見極めようとするかのように慶一郎を見据えた。そして慶一郎が嘘を言っているわけではなさそうだと悟ると、そっぽを向いてぽつりと言った。

「元亀に帰りたい……」

「そんなに戦国の時代がいいのか？」

「そりゃ平和なこの時代は過ごしやすいわよ。快適でもあるし。こんな時間にこんなに明るくできるなんてどんな妖術よって思ったわ。けど、あたしにとってはやっぱりあの時代、あの場所が生まれ故郷なの。父上や弟達、家族がいるの！」

さくらは切々と望郷の念を訴えた。

その気持ちは慶一郎にも理解できる。慶一郎が戦国の時代に遡ってしまった時の心境が、まさに今さくらの語った心境と同じだからである。

それでも帰る術がないのなら我慢するしかない。だが、もう行き来する技術は確立している。ならば、さくらが元の時代に帰りたいと願うのも当然なのだ。

慶一郎も機会あるごとに斎藤室長に、さくらをあの時代に戻してやってくれないかと頼んでいる。しかし斎藤の答えはいつも同じ、ダメの一言だ。

さくらがもし、何も知らないただの農民の小娘だったなら斎藤もそういう態度はとらなかったかも知れない。だがさくらは柳生宗厳《やぎゅうむねよし》の娘で信長に仕えていた忍びだ。しかも、長居の下で戦国時代の歴史をかなり詳しく学んでいる。そんな者を過去に帰して好き勝手することを許したら、日本の歴史は戦国時代を起点に大きく書き換えられてしまう。

戦史編纂室はこれまでに何回も歴史を改変してきたのだから、今更とも思えることだが、実際に慶一郎らは総合運用支援部のコントロール下で、長居ら学識経験者の監修を受けながら慎重に歴史の改変に挑んでいる。

にもかかわらず、それでもなお事態は思ったようになってくれない。そのような状況なのに、自分達でコントロールも予想もできない方向に状況が変わってしまうかも知れないさくらという要素を元亀年間に戻すことなどできるはずがないのだ。

今では逆に「さくらを宥《なだ》めろ」という命令が慶一郎に下っていた。

「さくら。無理なんだ。わかってくれ」

慶一郎は頼むように言った。

するとさくらも顔を歪めた。

「それって、あたしに歴史を変えさせたくないからでしょう⁉ でも、あんた達だって好き勝手に歴史の流れを変えているじゃない⁉ なのにどうして⁉ 『当時者』のあたしには、自分にとっての最善手を選んで行動する権利があるはずでしょ！ 勝手よ！ 勝手すぎるわ！」

「そうさ。勝手だよ！　けどな、お前だってもう『当時者』とは言えないぞ。その時代に生きる人間は、明日何が起きるかを知らない。知らないから何をどうすべきか、確証がないままに勇気を持って自分の進む道を決める。それが失敗だった時のリスクを背負いながらな。だからこそお前の言う自分にとっての最善手を選ぶ権利が成り立つんだろ？　それを後知恵を抱えてやって来た自分達がゆがめるのは確かに罪だ。そのことの批難は甘んじて受ける。けど、お前ももう自分達と同じ側の人間だ。何が起きてどうなるか知っている時点で、お前もこっちと同類なんだ！」

「そ、それは、そうだけど」

「お前さ、御館《おやかたさま》様が何をしでかすかわからないって悩んでたろ？　信長がいない方が良いんじゃないかって思ってたことすらあったじゃないか。それでもって信玄を殺してこいって言われて、その後はすっかり政《まつりごと》に近づきたくないとか言ってた……なのに今は違う。あの時代のお館様とか、周りの出来事とかにまた関わりたいって思うようになってる。それは織田信長という人間が何をしたか、結局どうなったか知って不安がなくなってるからだろう？　違うか？」

するとさくらが慶一郎から視線を逸らした。

慶一郎の指摘が当たっていたからだろう。少なくとも他人を一方的に批判できる立場ではないことをさくらも理解しているのだ。

一方、慶一郎もまた自己嫌悪を感じて顔を伏せた。

この話題はいつも、お互いにやるせない気持ちになって終わる。何処にも行き着けず、何も解決せず常に双方が不快な感情を味わってしまう。

「わかった。斎藤室長にもう一度頼んでおくよ」

そうすると慶一郎は、問題を先送りするために斎藤の名を出し、この重苦しさの原因が自分達以外にあるのだということの理解をさくらに求めたのである。

慶一郎に巻き込まれる形で戦国時代からやってきたさくらには、平成の世に頼るべき人間も、生活を送る上で必要となる戸籍も存在しなかった。

彼女の父祖の子孫が現代に続いていることは分かっているが、まさか「先祖でございます」と名乗って出たところで相手にしてくれるはずもない。現代で生きる上で必要な常識にも欠けている。そのため嫌でも慶一郎を頼りにするしかなかったのである。

幸いさくらは、自衛軍で丁重に扱われた。

時間遡行というものがこの世に存在するということを、内閣や国防省のトップに納得させるための生き証人だからである。

一時は、慶一郎と口裏を合わさせないために隔離され、ずらっと並ぶ偉いさん達を相手に様々な質問に答えさせられたり、忍術の技を披露させられたりと屈辱的なことも強いられたが、最終的には戦国に生まれた人間であることが認められたのだ。

そんなさくらが現代で生活するため、歴史編纂室が新設されるとさくらには笠間慶一郎の妹という立場が用意された。慶一郎も、新しい笠間慶一郎という戸籍を作らなければならなかったこともあり、それに便乗して偽装が行われたのだ。

現在さくらは、四ッ谷にある大学で史学を研究している学生という身分を宛《あて》がわれて、講義を受けつつ、長居教授の研究を手伝っている。室町末期の習俗に精通しているさくらは、当時の研究にはなくてはならない人材として重宝されていたのだ。

「来たわね……」

さくらは駅の改札前に立つと一旦立ち止まった。そして目標を見定めると肩から提げたバッグの中にそっと手を入れる。

今のさくらは、いかにも女子大生と言うべき没個性的でカジュアルな服装をしているため、誰もその存在を気に留めない。ある程度近づいてその顔を見て、初めてその非凡な美しさに気付くことができるのだ。実際、何人かの男がさくらに目を奪われつつ通過していって壁にぶつかっていた。

改札口は大勢の人々が流れるように入っていき、また出て来る。

気合を入れ直し再び歩き出したさくらは、人の流れを妨げないようにしながら、あたかも居合で剣を抜くようなすり足で改札へと向かう。

緊張を高めながら、しっかりとした足取りで改札に近づく。

すれ違うスーツ姿の男、男、そして女。

不躾《ぶしつけ》な視線が浴びせられるが、さくらは気にしない。誰かが咄嗟に正面に出てきたら、その場で切って捨ててしまいかねない緊張感を全身から漂わせているのだ。

やがて、改札にさしかかる。

「はぁ！」

裂帛《れっぱく》の気合に、人々の視線が遠慮なくさくらに集まった。

そんな中でさくらはバッグの中から手を抜いた。そして素速く手を振ると手にした財布を自動改札機にかざし、そして一気に突破をはかる。

だが、さくらの行く手は阻《はば》まれた。

改札機の扉が閉じられて無情にも通過がブロックされてしまったのである。慎重に歩いていたからこそ、転ぶこともつんのめることもなかったのだ。

「くっ……またしても」

膝《ひざ》をぶつけたさくらは呻いた。

素速く手を返して、ＳｕｉｃａをＩＣカード読み取り機に叩きつける。

だが、改札機は反応してくれない。

さくらの背後にたちまち長い列が形成された。

「どうして……」

何やってるんだ、この女。忙しい時にたまらんぜ、という感情の気配が背後で待たされることとなった人々から放たれて、さくらは屈辱に震えた。

バシン、ドシンとICカードを読み取り部分に叩きつける。

が、自動改札は扉を閉じたままだ。料金もきちんとチャージしたし全く問題ないはずなのに。

「気にくわない。機械というのはどうにも気にくわない」

どうも、さくらは機械との相性が良くないらしい。苛立ったらさくらは、軽く跳躍して改札を通過した。

制服を着た鉄道警察官が傍らに居たが、さくらの暴挙にチラリと視線を走らせるだけで黙認してしまう。毎朝毎朝同じようなことを繰り返したため、ついには鉄警ですらさくらについては放置を決め込んでしまった。どうせ降車駅で、同じように止められるとわかっている。朝の最も多忙な一時を、不器用な娘のために誰も費やしたくなかったのだ。


「こんにちは。さくらです」

午前中の講義を聴き終えたさくらは、午後になると長居教授の研究室に赴いた。

書類を何層にも積もらせた机に向かっていた長居は、さくらが声を掛けると老眼鏡を外してさくらに笑顔を向けた。

「やぁ、さくら君。待っていたよ」

「今日は、何をしますか?」

さくらは、壁際にずらっと並べられたパイプ椅子に荷物を置くと袖《そで》まくりしながら尋ねた。

「あれを見てくれ」

教授が指し示したのは古文書の入った箱であった。

「斎藤一等陸佐からやっと返却されたんだ」

さくらが箱を開いてみると、そこからは山のように積まれた手紙が出てきた。

「これは?」

「佐々文書の一部だ。これは佐々家の当主佐々慶政と、川守《かわもり》沙奈という女性との間で遣り取りされた手紙でね。笠間君の証言が本当かどうか照合するために、安土《あづち》県立大学から借り出してきた」

さくらの脳裏に松千代と沙奈の表情が思い浮かんだ。

「へぇ、そんな大昔の物、よくぞ残ってましたね。あたしは嫌だな。誰かと遣り取りした手紙が後世に残っちゃうのは」

「気持ちはわかるよ。けど、こういったものは自然と残ってたりはしない。誰かが遺《のこ》す意味があると考えて、遺そうと努力をしてくれた。だから現代の我々は当時の人々の面影を思い浮かべることができるんだ」

「なんだって遺そうだなんて考えたのかしら」

「そりゃ、現代に生きる我々は突然湧いて出てきたわけではないからさ。一人残らず君が生まれ育った時代に生きていた誰かの子孫だ。けれど、大抵はそんな代まで遡って知ることはできないだろ。遠い昔のことは忘れ去られてしまうんだ。けど、誰かが思った。自分達の生きていた時のことを覚えていて欲しいって。それをその子孫が受け継いで大切に保管してきたんだ」

長居教授は書類の山を見渡した。

さくらは書類の山の一番上に載っている手紙に手を伸ばすと、そっと開く。すると中から癖のある文字が出てくる。

「あ、これは松千代の手（筆跡）ね」

手紙の冒頭を軽く見ただけで、それが誰の筆跡か見極めてしまうさくらに長居は目を輝かせた。

「良くわかるね。どんな特徴が？」

「慶一郎に読みやすくするために、草書《そうしょ》で書く手紙に微妙に楷書《かいしょ》を交ぜる癖が残ってしまってるんですもの。それと独特の撥《は》ねかたをしています。格好良く見せようとし過ぎ」

さくらはそんな風に松千代の筆跡を解説した。

「あ、なるほど。現代人の笠間曹長は草書は読み慣れてないから、どうしても意思の疎通に困る。ふむ、それで彼の弟子だった慶政は楷書交じりの文字を書く癖がついたわけだ」

「そうです」

「それで、これをどうすれば？」

「安土県立大学に返却する前にきちんと内容を整理、記録しておきたい。役人共はすることがいい加減でね、箱や袋の中身と外が入れ違ってたりすることがあるんだ。他の学生連中に任せると、当時の文章を読み間違うこともあるし……」

「そこであたしの出番ですね」

「どれだけ時間がかかってもいいから丁寧にやってよ」

「わかりました」

さくらは二つ返事でこの膨大な量の仕事を請け負った。

これは当時の手紙も苦労なく読めるさくらに適した仕事だ。ただし、パソコンなどという機械が彼女の前に立ちはだかることになって、そっちの方にこそ時間を取られることになるわけだが。

さくらは箱を自分の机に運ぶと、手紙を一通ずつ収納する袋の説明書きを読み、まず中身と外とが一致しているかの確認作業から始めた。

○四

「笠間曹長、急に呼び立てて済まない」

中国での作戦（雲南作戦と呼ばれる）から戻ってきて一ヵ月が過ぎたこの日、慶一郎は登庁した途端に小笠原から室長室に行くよう求められた。

そこで慶一郎は、斎藤の無表情さの奥に隠された厳しい眼光にさらされることとなった。

「何でしょうか？」

「緊急事態だ！」

何かのっぴきならない事態が発生しているのだ。

「いったい何があったんですか？」

「一昨日《おととい》、任務に出た太田《おおた》と坂崎《さかざき》の二人が、予定の時刻になっても戻らない」

「まさか⁉」

慶一郎は重苦しい雰囲気の理由をようやく理解した。

普通の作戦と違って時間遡行における帰着遅延は、そのまま遡行者の遭難を意味するのだ。

用意周到な斎藤は慶一郎ら行動要員を時間遡行させるにあたって『当時』における様々なトラブルに備え、帰還方法を記したカードを封緘《ふうかん》した緑、青、赤の三通の指示書を手渡して時の向こうへと送り出す。

前述したようにその内容は『第一統制点を現地時間の何月何日何時何分に、第二統制点を何月何日何時何分に、第三統制点を何月何日何時何分に通過せよ』というもので、作戦が順調に進めば緑の指示書に従って行動してその何処かにある『窓』を通過して現代の『予定時刻』に帰還する。

その際、使用しなかった青、赤の指示書は未開封のまま斎藤に返納《へんのう》するのだ。

青の指示書は多少のトラブルがあった場合に備え、一日から二日レベルの余裕のある時刻が設定されたもので、緑のカードで示された予定の時刻に統制点にたどり着くことができなかった場合に使用する。

三通目の赤はさらに余裕をとって、作戦から一～二週間後の予定が記されており、生きて行動可能な状態ならば多少の時間を食っていたとしても、二つの統制点を通過することは可能になるよう設定されていた。

これら三つの帰還方法はどれも、『帰着時刻』は同じ年月日に設定されている。そのため、その時刻が過ぎても帰還してないとなると、深刻な事態が起きていると考えるしかない。

「おそらくトラブルが発生したのだ。そう考えた私は作戦の遂行と、彼らの救出のため、昨日午前に篠《しの》原《はら》と望月《もちづき》の組を、そして午後には双海と香坂《こうさか》の二組を派遣した」

「一日に二組も⁉」

「帰着時刻がその日の昼に設定できたからな。だが戻ってきたのは篠原と望月だけだった。太田と坂崎らを救出することまではできなかった……」

「それで双海二尉達を追加した？」

「そうだ。だが太田、坂崎らの救出はかなわず、さらには双海と香坂までもが未帰還となってしまった」

「二重遭難……で、帰還できた篠原達は？」

「二人とも重度の火傷《やけど》を負っていてね、病院に直行させた。現在は絶対安静の状態だ」

慶一郎は深々とため息をつくと瞑目した。

太田・坂崎組も篠原・望月組も、双海・香坂組も、短い付き合いだが別班設立以来のメンバーであり、慶一郎は六人それぞれと組んだ形で作戦を行ったことがある。それだけに四人が行方不明、二人が人事不省の状態と聞いて、少なからずショックを受けた。

斎藤は慶一郎が目を開くのを待っていたようで、慶一郎が顔を上げてから続けた。

「大丈夫か？　作戦の説明をしてもいいか？」

「はい。申し訳ありません。続けて下さい」

斎藤は続けた。

「まず言っておく。これは一応救出作戦だが、成功確率は限りなくゼロに近い」

慶一郎は、四人のことを諦めてしまうような言葉を口にする斎藤に言った。

「どんなに成功確率が低くとも、自分がきっと四人を助け出して見せます」

「いや。これはそういう精神論でどうにかなる問題ではないんだ」

「どういうことですか？」

「実は先月、君と野部が一九三五年の雲南から戻った後、私は太田・坂崎組、そして双海・香坂組の二組を現地に送り込んで、毛沢東のライバル達に食中毒を仕掛ける人間を探し出し、排除するよう命じた」

「それで？」

「失敗した」

「よっぽど星回りが悪かったんでしょう」

「それが一回ならな」

「……どういうことです？」

「双海達が戻ってきた後、私はとある仮説を実証するために、周到に計画を練った上で篠原・望月組を送り込んだ。でも失敗した」

要するに行動要員の全員が、雲南の作戦に投入されたということである。

「慎重に計画し、準備し、腕のしっかりした彼らを送り込んだにもかかわらず失敗してしまった。私は偶然とか運勢とかを信じない。充分な準備と、用意があったにもかかわらず、三回、同じ失敗が繰り返されたなら、それは……」

「それは？」

「必然と呼ぶべきだ。おそらくは時間遡行者が手を加えた出来事は、その結果を見た後では、何をしようにも変えられない仕組みがあるのだ。同じ人物が存在する時間には遡行できないという原則が存在するのと同じようにな」

同一存在、同時同在不可の原則というのは、斎藤や慶一郎らが時間遡行の仕組みを解明するために実験を繰り返しながら見つけ出した法則の一つである。

「だから、今回も太田達は助けられないと仰るのですね？」

「そうだ。篠原達が帰ってきたことで、我々の失敗は確定してしまったと思う。おそらく君は、これからその事実を確認することになるだろう。だから私が君に期待するのは彼らの行動を観察しその結果がどうなるかの情報を持ち帰ることだ」

慶一郎はそんな斎藤の言葉を鼻息で一蹴した。

「時間遡行にそういう原則があったとしても、何処かに抜け道があるはずです」

慶一郎の言葉に勇気づけられたように斎藤は言った。

「そう言うと思った。だから救出作戦と言った。しかし私は優秀な部下を失いたくはない。彼らに何としても帰ってきて貰いたいが、救出に拘泥《こうでい》して君まで戻って来られなくなるという事態は避けたいんだ。そこを理解して欲しい」

「はい。任せて下さい」

慶一郎は胸を張った。

「明朝、〇九二〇時に航空自衛軍入間《いるま》基地の第二格納庫で会おう」

「明日ですか？」

もっと早く行かなくていいのかと慶一郎は尋ねた。

「過去というものは、そうそう都合良く行き来できるほど便利ではない。明日の統制点だって、使わずに済むならそうしたかった」

「そんなに不味いのですか？」

「ああ、非常に不味い。何しろダミーの『統制点』を設定できない上に、季節の整合性を取ることができない」

「それは不味いですね」

「ま、君は元より『窓』のことを知っているから今更なのだけどね。なにしろ君と私は一緒に実験を繰り返したからね。そろそろ君も、『窓』がどのような法則で出現するかわかってきたのでは？」

慶一郎は、買いかぶられていると言って眉根を寄せた。

「どうやら、自分は室長ほど頭が良くないようです」

「違うな。これは頭の善し悪しではない。強いて言うなら意欲の問題だろう。そして君には自由に過去に行き来できるようになりたいという強烈な動機がある。違うか？」

「それは、そうですけど……」

実際斎藤の指摘通りで、慶一郎は過去に残してきた沙奈や、過去に帰りたいというさくらのために、時間遡行の秘密をそれとなく探っていた。自分がこれまでに参加した実験や、作戦、あるいは行動要員達の報告から、統制点がどのような法則で設定されているのか導き出そうとしていたのである。

だが、慶一郎のそんな動きは、斎藤に気付かれていたようだ。今、このような言葉が斎藤の口から出るのもそれ以上は近づくなという警告なのかも知れない。ここで下手に隠そうとすると、疑いを抱かれる。そう思った慶一郎はどの程度知っているかを、全て打ち明けることにした。

「正直に打ち明けさせて貰えば『窓』の出現法則は全くわかりません。任務に就くようになってからは室長はダミーの統制点を置くようになりましたし。そのせいでますますわからなくなってます。自分に言わせてもらえれば、斎藤室長こそ、よくぞあの程度の実験で、技術として確立なさったなと思います」

「つまりダミーの『窓』を複数置いて、そこを歩き巡らせる方法は、有効だったというわけだな？」

「ええ……」

ふと気がついて慶一郎は尋ねた。

「室長の動機は、なんだったんですか？」

「私の動機かね？　多分、血だな。先祖から連綿《れんめん》と伝わる執念という奴だ」

意味がわからず慶一郎は困惑顔をする。すると斎藤はニヤリと嗤《わら》った。

「さて話を作戦の件に戻そう。今回の君のバディだが……」

「統制点が一つしか設定できないなら、自分一人で行きますよ」

「そうはいかない。時間遡行の任務は常に二人一組。その原則は堅持《けんじ》したい」

斎藤が二人一組に拘るのは行動要員達の安全確保という目的があるが、その裏には時間遡行する要員を相互監視させるという意味もある。要員が手の届かないところで余計なことをするのを避けるための安全装置なのだ。そのため派遣される人数は、常に二の倍数というのが原則となっている。

参考までに言えばアメリカ海兵隊のネイビーシールズも最小単位は二名。特殊作戦というのは一般人が思う以上に人数を必要としないものなのだ。ましてや、歴史の改変作業が戦闘に発展するケースは希だ。基本、二人組で充分で作業量に応じて調整するものなのだ。

「なら、野部はどうですか？」

行動要員は現在太田組、双海組、篠原組、そして慶一郎と野部の計八人である。

野部とは先日の作戦で気が合わないことが判明してしまったが、仲間を助けるためなら慶一郎も我慢するし、野部だって嫌がったりはしないはずだ。そこまで子供ではないと思いたかった。

だが、斎藤は眉間の皺《しわ》を深くした。

「野部は現在、病院だ」

「なんですって？」

「雲南作戦の後の別の作戦で負傷してな。そこから感染して熱発《ねっぱつ》した。大事をとって医師から入院を命じられている」

「なら、室長は自分を誰と組ませるおつもりだったのですか？」

その時、女性自衛軍人が室長室に入ってきた。

「小笠原二等陸曹、参りました」

「まさか、彼女に？」

冗談だろうという疑念顔で慶一郎は斎藤を振り返る。

彼女も戦史編纂室の一員ではあるが——しかも非常に有能な人材だが、慶一郎はその有能さの適応範囲を後方支援と考えて、行動要員の人数に含めていなかったのだ。

だが斎藤はいつもの無表情で「そうだ」と肯き、慶一郎の先入観を挫いた。

「えっと、何ですか？　今週の私は幸運なので大抵のお仕事も歓んで承りますよ」

当の本人の小笠原だけが事情を解してないのか一人で笑っていた。

「今回、初めて『窓』を通過した瞬間がわかりました。大収穫です」

小笠原は、肩にのし掛かるリュックの重さが辛いのか、位置を上げようと揺すり上げながらそんなことを言った。

その格好はモンペにリュックという姿だ。脇には、防空頭巾をぶら下げている。慶一郎もスーツ姿だが胸に名札の布きれを縫《ぬ》い付けている。テレビや映画でお馴染みとなっている太平洋戦争中の日本人一般の服装だ。

慶一郎と小笠原がやってきたのは、一九四五年五月二十五日の東京。既に敗色は決定的で、帝都東京も数次にわたって行われた空襲によって焦土と化している。

慶一郎らのやってきた代々木周辺はまだどうにか戦火を逃れ建物が並んでいたが、そこも今夜から二十六日にかけて行われる大空襲で、焼け野原になるはずであった。

その被害規模はＢ29が四百七十機。犠牲者は三千六百五十一名。焼失家屋十六万六千戸。

焼けた家の数に対して被害者数が少なく見えるのは、既に多くの住民が疎開を進めているためだ。

今も、慶一郎達が歩く横を、荷車に家具を載せた家族連れがすれ違った。彼らは明日になって、自らの幸運を自覚するだろう。

そんなことを慶一郎が考えていると小笠原が話しかけてきた。

「でも、特定の時間に潜らないといけないということは、『窓』って移動してるか、閉じたり開いたりするって考えた方が良いですね。そして、時と場合によっては空に出現するってことです。曹長、聞いてますか？」

「ああ、聞いている。だがその話はここまでにしてくれ。時間遡行の方法を詮索《せんさく》することは禁じられているんだぞ」

慶一郎はそう言って小笠原を咎《とが》めた。

だが小笠原は、まるで気にしてない表情だった。

時間遡行の秘密に近づくことができたことに興奮しているのだ。慶一郎の目には彼女がはしゃいでいるようにも見えた。

今回、慶一郎らがこの時代にやって来る際に斎藤から指定された移動方法は、千葉県上空からの自由降下というものだった。

落下傘《らっかさん》を着けて降下する慶一郎が、そこで見たのは青い空と白い雲。

雲を割ってその下に出た時には、上空に自分達の乗っていた輸送機はなく、眼下にはこの昭和の景色が広がっていた。

つまり小笠原が言うところの『窓』は、雲の中にあったことになる。

雲の中に入っていた間、慶一郎は手首に装着した高度計をずうっと見ていた、その高度は七千フィート前後と推定できる。

慶一郎が話に乗ってきたと見たのか、小笠原は続けた。


「ただ、本当に何も見えませんでした。その意味では『窓』の正確な位置を知るには、窓を通過する瞬間を誰かに観測していて貰うしかないですね」

「小笠原、その話はそこまでにしておけ。このままだと室長に報告しないといけなくなる」

「曹長。任務に従事している間に、必然的に知ってしまうことまで話すことをダメって言われたら、私たちどうやって任務を果たせばいいんですか？」

「確かにその通りなんだが……」

それは慶一郎も、かねがね思っていたことだけに肯くしかなかった。

「それに時間遡行の秘密に興味のない戦史編纂室のメンバーなんていません。興味本位にしろ、別の動機にしろ、みんなどんな仕組みで『窓』の出現予測ができるのかって知りたがってます。曹長だって興味がないわけじゃないんでしょ？　私知ってるんですよ、曹長が検討会と称して、太田さんや、双海さん達が任務に就いた時に与えられた統制点がどこなのかそれとなーく探ろうとしているの」

慶一郎は小笠原に本音は全て見透かしてますと言わんばかりの笑顔を向けられ、答えに窮《きゅう》してしまった。慶一郎が、構えて無関心を装っていたのも、興味を持っていることを隠したかったからにほかならないのだ。

「頼むから、今は任務に専念してくれ」

慶一郎にできたのは、これ以上詮索してくれるなと頼み込むことだけだった。

「今、太田組も双海組も生存して作戦の準備を進めている。二人ともまだ生きているんだ。そして自分達が頑張れば奴らを救えるかも知れない。仲間の命がかかってるんだ。頼むからもう少し真剣になってくれ」

するると小笠原は心外そうな顔つきをした。

「わかってます。でも、今それぱっかり考えててもしょうがないじゃないですか。ここで頭の中でぐるぐる太田さん達のこと考えてたら、助けられるんですか？」

「そりゃ、そうだが……」

「だったら、もう少し話し合いましょうよ。そうすれば室長が仰っていたという、救出の成功可能性ゼロを覆す方法が見つかるかも知れないでしょう？」

「どういうことだ？」

「斎藤室長は言ってたそうですね。時間遡行者が手を加えた出来事は、その結果を見た後では、何をしようにも変えられない仕組みがあるかも知れないって。私達の今回の任務は、その原則を確認することになるだろうって」

「時間遡行の仕組みそのものが手探りだからな。何が大丈夫で、何がダメで。どんな制約があって……そういうことは任務を繰り返していく中で知るしかないんだ。自分が存在している過去には、遡れないという原則があることも時間遡行を実際に繰り返すことで確立できたことだ」

すると小笠原は唇を尖らせた。

「そうして見ると、私達ってモルモットみたいですよね？」

「そうだな。そういう側面はある。だが納得ずくでやっていることだ」

「笠間さんは、そんな実験に良く付き合う気になりましたね。怖くなかったんですか？　最初の頃なんて行ったっきり、帰ってこられるかもわからなかったんでしょ？」

「別に初めてではなかったしな……それに帰ってくるのは、実はそう難しくないんだ」

「そうなんですか？」

「ああ。実際、自分が一番初めの時間遡行から帰ってきたのは、お前の言う『窓』を使ってではなかったし」

「窓を使わずに⁉　どうやってですか？」

「それは秘密に指定されている」

時間遡行者が歴史の流れを変える。それが蓄積して一定の限度を超えると時間遡行者は元いた時間にはじき飛ばされる、というのが斎藤の仮説だ。

一度やってしまったことだけに、慶一郎もその説は正しいだろうと思えた。慶一郎は、武田《たけだ》信玄、杉《すぎ》谷《たに》善住坊と無人斎道有《むにんさいどうゆう》の史実とは異なった死の原因となっている。それによって慶一郎は現代に戻って来られたのだ。

「流石、最初の時間遡行者」

「最初じゃないって言ってるだろ？　それに自分は『窓』が開く法則にたどり着けてない。それを見つけ出したのも斎藤室長だ」

「そう考えると斎藤室長って凄《すご》いですよね。まるで正解を最初から知ってたみたいに結論にたどり着いてる」

「ああ、そうだな。だが優秀な人間っていうのは得てしてそういうものだろう？」

慶一郎は優秀という言葉で斎藤という人物評をまとめた。

しかしそう答えつつも、彼の業績がそれでは収まらないことに気付いた。だがその違和感《いわかん》は小さかったし今は作戦中だ。慶一郎は、そのことについて深く考えることなく、保留事項というマークを付けて脳内の片隅にそれを放り出してしまったのである。


太田・坂崎らがこの第二次大戦末期の時代で担当していた作戦とは何か。

それは、戦後日本にとって重要な仕事を行うであろう人間を救出することであった。

要人のコードネームは『ヨハンセン』。現在は陸軍刑務所に収監《しゅうかん》されている。今夜の大空襲で死んでしまうことになっている。

そして太田らの作戦は結果からすると、成功した。

空襲を受けて炎上した刑務所の混乱に乗じ、陸軍の軍人に扮した太田らが内部に突入。『ヨハンセン』を含む四百名余りの収監者を脱出させることに成功したのだ。


だが、その直後に問題が発生する。

当時の陸軍刑務所には米兵捕虜も六十人ほど収監されていたのだが、その一部が火災の混乱の中で騒動を起こし、それを制止しようとする看守との間で争いが起きてしまったのである。

太田達も軍人に扮していたため、その騒動に巻き込まれて脱出の機会を逸してしまう。

「まあ、米兵からすれば監房《かんぼう》を開けてもらえなきゃ焼け死んでしまうんだから騒ぐのは当然だ」

「一部の看守が独断で監房を開いて脱出させて、それで騒ぎになったそうですね？」

「そうらしい。篠原達の報告では、双海二尉と香坂一曹は九四式六輪自動貨車を使って陸軍刑務所に突入、太田達をつれて無理矢理陸軍刑務所からの脱出をはかった。と、言うことなんだが、問題は外に出ても安心できなかったことだな」

「その時の東京は、絨毯爆撃を受けてる真っ只中ですからね」

その日の東京は何処もかしこも危険で安堵できる場所など存在しない。

双海や香坂は、太田らを助け出したが、その後で四人の乗ったトラックは高射砲に撃墜されたB29の墜落に巻き込まれてしまうのだ。

「篠原達はそれを見て救出困難と判断して、現代に戻ったというわけだ。そこでなんだが……」

慶一郎はそういった状況の中でどう四人を救出するか。刑務所の見取り図を指差しながら、小笠原に作戦を示した。


昭和二十年五月二十五日二十二時二十二分、空襲警報が発令された。

房総半島《ぼうそうはんとう》および駿河《するが》湾《わん》からB29が東京上空に侵入、低空からの少数機の編隊をもって焼夷弾《しょういだん》攻撃を行っていく。強風によって煽《あお》られた火は、たちまち周囲に飛び火して辺り一面を焼き尽くすのである。

代々木の練兵場《れんぺいじょう》に設置された高射砲が火を放ち、無数の弾丸を大空に向かって放つ。だが空を飛ぶ物に向けて放つ弾丸はそうそう命中するものではない。たまたま放った一発がB29に直撃したが、それも明治神宮に墜落して周辺に被害をまき散らすものとなってしまった。

「酷いもんだ」

空襲が落ち着くまでの間、その頃までに既に焼け落ちていたが故に、既に燃える物のない明治神宮境内に隠れていた慶一郎は辺りの状況を見渡して呻く。

空襲警報は翌二十六日一時に解除されたが、燃えさかる炎はその後も強さを増すばかりだったのだ。

「曹長。そろそろ行きませんと」

「よし。君はここにいてくれ」

「ついていきます」

「危険だぞ」

「危険なのはここにいたって同じです。星占いからすると今日の私は、結構強運なんですよ」

小笠原はそんなことを言うと強引についてきた。何処にいても危険というのは慶一郎も同意できたので、周囲の警戒のために同行を許可した。

二人は炎熱の渦巻く街中を代々木陸軍刑務所へと向かった。

「曹長もホロスコープを作って占ってあげましょうか？　なんか危険なことがわかったら避けられますよ」

「いや、自分はそういうのは遠慮しておく」

慶一郎らが到着した時、刑務所は既に火が付いていて収監されている囚人の救出が始まっていた。

そこに帝国陸軍将校の制服をまとった太田達が飛び込んでいこうとしている。

「よし、行くぞ。小笠原」

「はい」

慶一郎の立てた作戦とは、特に難しいことでもなんでもない。作戦を開始する直前の太田らに接触し、その後に起こる事態を告げ、作戦の段取りを変更させることであった。

要するに、収監されている米兵が騒ぎを起こすことが予め《あらかじ》わかっていればそれを避けることも可能だし、双海二尉達がトラックで突入してくることも予測できれば、それにスムーズに乗って脱出することもできる。さらにはB29が墜落してくることもわかっていれば、別の道を行けばいい。それだけのことなのだ。

が、慶一郎の目論見は思った通りにはならなかった。

「危ない！」

慶一郎が二人に声を掛けようとしたその時、炎上した建物の建材が道路側にサァアァァァァァッと音を立てて倒れてきて、慶一郎の前の道を閉ざしてしまったのである。

危ういところを、小笠原に押し倒されて逃れた慶一郎は、強烈な熱から顔を庇《かば》うために腕で覆った視界の炎越しに、刑務所内に突入していく二人を見送ることになった。

「くそっ！　通信機の類《たぐ》いを持って来なかったのが悔やまれる」

小笠原は、慶一郎を助け起こしながら言った。

「しょうがないですよ。そんな物、この時代で持ち歩いてたら、たちまち通報されて取り調べられちゃいますから」

「そうだな……」

慶一郎は舌打ちして立ち上がった。

「次はどうします」

「もちろん、双海二尉達に報《しら》せる」

そうすればB29の墜落に巻き込まれることは避けられる。

しかしその時、慶一郎は激痛に横面を張り倒されて吹き飛んだ。

「な、なんだ？」

地面に横たわりながら、頬《ほお》を押さえた手に鮮血がついているのを見る。

頬が切り裂かれていることに気付いた慶一郎は、強烈な炎によって周囲の空気が熱せられているにもかかわらず、寒気が背筋を遡るのを感じた。

「狙撃だ！　小笠原、伏せろ！」

慶一郎は、しゃがんで慶一郎の傷を見ようとしている小笠原に叫んだ。

だが、小笠原の反応は鈍かった。いや、違う。反応できなかったのだ。

小笠原は、驚いた表情で自分の腹部《ふくぶ》を押さえている。その押さえた掌からこぼれ落ちるように赤い染みが衣服に広がろうとしていた。

何者かの発射した弾丸が、彼女の腰部《ようぶ》に命中して腹部から突き抜けたのだ。

「なんで？　どうして？　今日は運が良かったはずなのに」

戦時中の日本。慶一郎らを狙うような敵兵がいるはずのないこの場所でどうして？　そんな疑問を口にしながら小笠原は、慶一郎に覆い被さるように崩れおちた。

「あっ、そっか。私間違ったんだ……今日は昭和二十……年の五月だった……」

小笠原が口から血を吐きながら呻く。

「もしかして、今日って私にとって最悪の星回り?」

腹部の銃創なら致命的とは限らない。即座に応急処置を施した上で医療環境の整った場所に運ぶことができたら、助かる可能性もある。だが、こうした味方の支援を受けられない場所では致命的だ。この時期の医療機関は既に薬も包帯もなく、医者は死亡宣告をするためにだけ存在しているようなものなのだ。

慶一郎は小笠原二曹の身体を抱えて防火水槽の陰に隠れると、モルヒネを取り出した。せめて苦痛だけは取り除く。それしかできることがなかったのだ。

慶一郎の報告を聞いても、斎藤はその無表情を少しも歪《ゆが》めさせることはなかった。

「君の力でもどうすることもできなかったというわけか」

「残念です」

「いや、時間を遡った人間がすることを妨害しようとしても、それが成功したという結果を見てからの場合はうまく行かないということが確認できたから全くの無駄ではなかった。意義のある作戦だったと考えることにしよう」

「意義……ですか?」

「そうだ。小笠原君のことは残念だったが、君が苦に思うことはない。これは作戦中のことだし必要な損害でもあったのだ」

斎藤のその物言いは、戦史編纂室が壊滅状態に陥ったというのに、まるでなんとも思ってないかのようであった。

「しかし、君に落ち度がないわけでもないぞ。そのことを指摘しておこう」

「は、はい」

「君は努めて武器を用いることを避ける。我々の目的は歴史の流れを変えることにより『現在』が少しでもマシな状況になることで、戦闘ではなかったのだからこれまではそれで良かった。しかし君が雲南で遭遇したような敵が我々には居るらしい。ならば考えを変えて、これからは自分達の行うことの全てが戦闘なのだと思わなければならない」

「はい」

慶一郎は斎藤の厳しい言葉に反論せずただ叱責を受け容れた。

「謎の狙撃者が雲南に引き続いて戦時中の日本にも現れたとなると、これまで以上に注意が必要だ。笠間曹長、その敵の正体をなんとしても摑むんだ。わかったな！」

「はい」

慶一郎が返事をしながら胸を張った。

すると斎藤は机の引き出しを開き、中から紙を取り出して慶一郎に突きつける。

「笠間曹長……これを受け取りたまえ」

慶一郎は渡された書類をさらっと斜め読みした。

それは新規に戦史編纂室に迎え入れる行動要員のリストだった。それを見ると行動要員は大幅に増員されることになる。篠原達が復帰するとこれまでの倍以上——二十人だ。

「室長、どうしてこんな物が用意されているんですか？」

問題は、何故こんな物が前もって用意されていたのかということだ。これではまるで、慶一郎達がこのような事態に陥ることを斎藤が予め知っていたみたいに見える。

慶一郎の詰問口調から、そんな思考を読み取ったようで斎藤は言った。

「誤解するな、別にこうなることを知っていて黙っていたわけではない。元々戦史編纂室は君を除いてメンバーの過半を入れ替える予定だった。それは、そのために用意した物だ」

「どうしてですか？　みんなようやく任務に慣れてきていたのに」

「慣れるのも善し悪しだ」

「つまりは秘密を守るために人員の入れ替えを？　しかし逆効果ではありませんか？　時間遡行経験者がどんどん増えていってしまうんですから」

「時間遡行に『窓』を用いるなんてことはさほど大した秘密ではない。窓という現象が何時何処に発生するか。その法則性こそが時間遡行の要諦なのだ。それに気付かれることのないように、今後は戦史編纂室の行動要員を定期的に入れ替える。それが上の――総合運用支援部の決定事項だ」

「ならどうして自分を除いて……なんですか？　自分こそが、もっともその秘密に近づいている存在でしょう？」

「君はもう既に知っているじゃないか。上の方もそういう認識だ。だから、君については異動させることなく戦史編纂室に籍を置き続けて貰うことになっている」

「監視のためですか？」

「まさか。自衛軍では当たり前のことじゃないか」

自衛軍では幹部は良く異動させられるが、陸曹は同じ部署に長く居続けて現場仕事の専門家にまで養成されることが多いから不自然な人事とは言えない。

「とんだ買いかぶりですよ」

慶一郎は軽く舌打ちして俯《うつむ》いた。斎藤と同じ、いやそれ以上に時間遡行を繰り返してきたのに、その秘密に未だたどり着けない自分が情けなく思われてきたのだ。

「私は、私から何かを君に教えるつもりはない。だが君が自然に気付く分にはかまわないと思っている。今後も先任として戦史編纂室を束ねて貰いたいからね」

慶一郎は顔を上げた。

「そうですか。わかりました」

「新メンバーが異動してくるまで一週間かかる。報告は私の方で行っておく。君には申し訳ないが後始末を頼む」

「後始末……ですか？」

「そうだ」

「……了解しました。後始末をいたします」

後始末……そのなんとも事務的な物言いにやるせない気持ちを抱いた慶一郎は、返事の言葉に様々な感情を込めたつもりだ。だが斎藤には、それが伝わらなかったようであった。


——一ヵ月後——


航空自衛軍入間基地。

国旗に包まれた十数の棺《ひつぎ》が、C－2輸送機から降ろされていく。

双海二等陸尉以下五名は、中東の派遣部隊で敵と交戦中に戦死したと公式の記録に載せられる。そのため、亡骸《なきがら》は中東の戦死者と一緒に帰国する形式をとるのだ。

制服で身を固めて式典に参列した慶一郎は、本来はまだ入院していなければならないはずの篠原、望月らとともに棺を迎えた。

まだ顔やあちこちに火傷の跡が残り包帯を巻いている二人は、謹直な顔をしている。野部二等陸曹だけが一人ふて腐れてぶつぶつと呟いていた。

「野部。静かにしろ」

「だって篠原一曹、あの棺、小笠原のを除いた四つは中身は偽物なんでしょ？」

直立不動で口だけ動かしているせいで、少し離れたところには聞こえない。野部の声の出し方も絶妙で、周囲にいる別班の仲間にだけ聞かせようという声であった。

「四人とも死骸は何十年も昔に置き去りに。みぃんな誰かのせい……」

慶一郎が黙して反論しないのを良いことに、野部の当てこすりは聞くに堪えないまでにエスカレートした。

篠原が叱りつける。

「野部、やめないか。不謹慎だぞ」

「失礼しました篠原一曹殿。けどね、空っぽの棺に哀悼《あいとう》の意なんて示せませんよ」

「その態度をやめろと言ってる」

篠原の声が大きくなりそうになった時、号令がかかった。

「弔銃隊《ちょうじゅうたい》、控《ひか》え銃《つつ》！」

整列した一個小隊三十名の隊員が、指揮官の号令に合わせて一斉に小銃を抱え持つ。

「射撃用意！」

弔銃隊の隊員達は斜め上方に銃口を向けた。

「撃て！」

三十丁の小銃が放つ銃声が追悼の式場を満たす。

それが三度繰り返され、指揮官の「弔銃やめ！」の号令をきっかけに静寂が周囲を満たした。

その後も追悼式典は粛々《しゅくしゅく》と進む。

さすがにその後、野部は憎まれ口を叩くことはなかったが、解散がかかるまでずっとふて腐れた態度をとり続けていた。

式典が終わり、解散となって皆がそれぞれに散って行く。

「先任……野部の態度をどう思います？」

皆が家路に就《つ》く中、篠原一等陸曹は慶一郎に歩み寄って声を掛けた。

「あいつ、なんとかした方がいいと思うんですが……」

だが、慶一郎はそれに答えることはなかった。

野部に言いたい放題を許していたのは、それどころではなかったからだ。

式典が行われている最中、慶一郎は顔にレーザー光を浴びせられていた。

他人の顔にレーザー光を浴びせるなど、悪質な行為である。出力によっては目に悪い影響を与える。場合によっては網膜《もうまく》が焼けて永久に失明しかねない。それをあえて狙って行うのは悪意があると解釈するしかないのだ。

死者を悼む大事な場で、このような行為は断じて許しがたい。

本来なら何処の誰がしていることなのか、捕まえてとっちめるべきことと言えよう。しかし式典の真っ最中ではそれもできない。こう言った厳粛な場では、一度気をつけの号令がかかったら自動車が突っ込んでこようと狙撃を受けようとも直立不動でじっとしていなければならないのだ。

反射的に伏せたり動いたりすることが許されるのは、手榴弾《しゅりゅうだん》が投げ込まれた時くらいであろう。

そして慶一郎が、甘んじてレーザー光を浴び続けなければならない理由は他にもあった。レーザー光の照射源が遺族席だったのだ。

「どうしたんです？」

慶一郎の意識がここにないことに気付いた篠原が、訝《いぶか》しげに慶一郎の視線をたどる。

「ああ、皆の遺族ですか」

篠原は慶一郎の視線の先にあるものを誤解し、それ以降、慶一郎の行動を詮索するのをやめる。

「すまん……先に行っててくれ。自分は用がある」

慶一郎は篠原に告げると、遺族席へと向かった。そんな慶一郎を篠原は黙って見送ってくれたのだった。

慶一郎は、遺族席に向かった。

そこで慶一郎は、式典に参列した遺族を送迎するためのバスの乗降口脇に立ち、乗り込んでいく遺族一人一人と挨拶を交わす。

双海二尉をはじめとする行動要員は戦史編纂室に所属した段階で、中東に派遣されていることになっている。そのため実際は東京にいたなんてことは遺族に対してすら秘密だ。市ヶ谷に下宿を借りてそこで生活している慶一郎だけが特別なのだ。

おかげで慶一郎は彼らと同僚であったと遺族に説明することはできなかった。

故人を偲《しの》ぶ会話を遺族とするには教育隊での知り合いだったとか、集合訓練で知り合ったとか、一緒に仕事をしたことがあるといった嘘をつくしかない。

その中にはもちろん小笠原の両親もいて様々な言葉が思い浮かぶ。しかし、結局は彼女は部内でも人気のある娘でしたよと、当たり障りない言葉しかかけることができなかった。彼女の最後の最期を看取ったというのに、何一つ話すことが許されないことが悲しい。

慶一郎はやり場のない悔しさと罪悪感に責め立てられながら、遺族と別れた。

そうやって、ほぼ全員に声をかけ終えた慶一郎は、他に誰かが残ってないかと振り返る。

しかし、後にはもう誰も残っていなかった。


言葉をかけた遺族に、慶一郎にレーザー光を浴びせかけたと思わせるような素振りを見せた者はいなかったのだ。

これが遺族がしていたことなら、それは慶一郎に対する何らかの意思表示である。それも、恨みとか怒りといった種類の……それは慶一郎が、甘んじて浴びなければならないものだ。

なのに、そういう人物はいない。

では、いったい誰が？　何故？

慶一郎はバスの中で、名簿を片手に人数を確認している若い三等陸曹に声を掛けた。

「ここには、ご遺族以外は立ち入ったりできるか？」

「別に身分証の確認とかしてませんから、入ろうと思えば出入りできますよ」

「ご遺族はこれで全部か？　トイレに行っているとかは？」

「いえ、いないはずですが？　これで全員です……よし、出発」

その言葉を受けて運転手が、バスのドアを閉じる。そして慶一郎らが見送る中で、バスは式場から去って行った。

慶一郎は自分の部屋のベッドに横たわると天井を見上げていた。

ふと思い立ったように身体を起こした慶一郎は、足音を立てないように慎重にドアに近づくと誰も居ないことを確認した。

次に本棚の前に立つと、その裏に手を突っ込んで大きな画用紙帳を引っ張り出す。軽く埃《ほこり》を払いながらそれを広げると、中から地図が現れた。

それを机の上に広げた慶一郎は、小笠原と自分を昭和へと遡行させた『窓』の出現ポイントを書き込んでいった。

「二〇一×年。十月十二日。一一〇四時……場所は五四SVE二二七七三六四九。高度七千フィート……か。くそっ、これまでは高度は気にしたことがなかったな」

陸上自衛軍が使用するUTMグリッドの入った地図には、慶一郎がこれまで参加した実験や、作戦で使用された統制点の位置が詳細に記されている。だが、それらの表を見ても慶一郎には窓の出現の規則性は全く摑めないでいた。

それらの情報を表に並べ、気象予報図を取り出して照らし合わせてみたり、潮汐表《ちょうせきひょう》などのデータと見比べてもみたりした。しかしそれらの変化と符合するような、規則性は見られない。

「天気もダメ、気温も違う。潮の満ち引きとも関係はない。地磁気の揺らぎでもない……」

窓がいつ何処に出現したか、判明している範囲で並べてみても、慶一郎にはデタラメとしか思えないのだ。これでは予測どころではないのである。

もし、自分だったらこれだけで「ああ、自分が時間遡行したのはそれこそ偶然の事故だったのだろう」

で終わらしてしまったかも知れなかった。

しかし斎藤は、見事予測して見せている。それどころか、慶一郎らに窓の出現パターンを気がつかせないよう工夫すらしているのだ。

戦史編纂室の行動要員も、作戦にそれほどの回数参加させず、人員を入れ替えて経験が蓄積しないようにしているのがそれだ。

おそらくは斎藤が室長の席に座っている限り、時間遡行の秘密は守り通されるに違いない。慶一郎はそう思った。

「くそっ、こんなわけわからんものから規則性を見いだすなんて斎藤室長……あんたは天才だよ」

斎藤は、天才。そう思うことが自分の無力を慰める唯一の方法である。慶一郎は、再びベッドに戻るとそのまま突っ伏すように眠ってしまった。

○五

竹刀の打ち合う音が体育館の高い天井に反響して響いている。

その中で一際目立っていたのはここでもさくらだった。

大学に学生として籍を置いているさくらは、剣道部に所属していた。

先輩後輩などという要素で、階級社会を作る体育会系の独特のノリについていけないこともありあまり熱心に練習に参加してないが、何処にも所属してないと「ウチのサークルに入らない？」という引き合いがうるさくなるため籍だけ置いているのだ。

大学には「イベント系サークル」などと称する——要するに男女の交際を目的とする——団体もあって、さくらぐらいの美形ともなると勧誘がしつこい。

あるいは昨今の世情を反映してか、過激な政治主張を行う団体も学内に多く存在していて、首相官邸前へのデモ活動に鉄パイプを抱えて参加して機動隊とやり合ったなどということを自慢げに喋っているのを耳にしたこともある。

これらのオルグ活動からも、さくらは勧誘されていた。

右派学生と左派学生の乱闘騒ぎが学内で頻発している昨今、そうした政治系の団体は学生達から敬遠されつつある。しかし目立つ女性を置いて広告塔にすることで、皆の関心を引き寄せ人員勧誘の足がかりにしようとしているのだ。

なのでさくらは、そういった類いの連中の気配を感じると剣道部を避難場所にしていた。

「練習、終わり！」

「ありがとうございました！」

部員達が一斉に挨拶する。

その後片付けを終え、さくらが防具を外して汗を拭いていると部長や副部長といった実力者がさくらに歩み寄ってきた。この大学の剣道部では、部長が男子、副部長が女子という構成である。

副部長の黒田《くろだ》が、さくらに猫なで声で近づいてきた。

「さくらさん、よかったらこの後、お茶しない？　ちょっと話があるの」

さくらは背筋が寒くなるのを感じた。何か良からぬことが起きそうな予感である。

「ごめんなさい。この後、長居教授の研究室に行かなくてはならなくって」

「あれ？　笠間って長居ゼミに入ってるんだ？」

部長が知らなかったような顔をする。

「武井《たけい》君知らなかったの？　さくらさんは長居教授のお気に入りなんだから」

「そうか。だったら俺も長居ゼミに入れば良かったかな」

「三年生にもなって何を言ってるのよ」

さくらは武井の言葉に首を傾げた。

「『ぜみ』って、そういう風に決める物なの？」

「いや。ただ、さくらさんにお近づきになりたくってね」

「そんなことで学ぶことを決める姿勢は、あまり感心しないわ」

「そうかな？　男の生き様なんて案外そんなものだと思うけど。その場その場で出会った見目麗《みめうるわ》しい女性に近づいて、いい顔をしたくて、進むべきでない方角へと歩を進めてしまう。笠間が歴史好きなら、大学に残って史学の研究をするのもいいかも知れない」

「ったく武井君ったら」

副部長の黒田が呆れ果てたとでも言うように武井をじろっと見る。さくらもだ。

武井は「あはははは」と苦笑していたが、やがて二人分の眼圧に耐えられなくなったのか視線を逸らして「進路は、主体性を持って真剣に考えることにするよ。元々、自衛軍を志望するつもりだったしね」と嘯《うそぶ》いた。

「自衛軍？」とさくら。

「そ。今の、日本をなんとかしなきゃ……ってね。海上の一般幹部候補生を志願するつもり」

周辺環境が悪化している世情を反映してか、一般大学からも自衛軍や警察を志望する学生が多くなっている。武井もそんな若者の一人のようである。

「それで私に話というのは何？」

さくらの問いに副部長が答えた。

「実は関学同《かんがくどう》の大会に出場して欲しいのよ。美玲《みれい》が貴女をつれて来い、つれて来いってうるさくってさ」

「試合か……そういうのは避けたいんだけど」

これまでさくらは目立つことを避けてきた。この時代の風習に馴染めてないうちに、皆の注目を浴びるとボロが目立ってしまうからだ。

剣道部に入って最初の頃は、その力量も可能な限り隠していた。

最近ではようやく現代社会に溶け込むこともできるようになったと思っていたのだが、その慢心がついつい油断に繋がった。うっかりと他大学との合同稽古の際に、練習相手となった前回の関学同大会優勝者——が美玲だ——を手玉に取ってしまったのである。以来、部長副部長の二人から目を付けられてしまっている。

「お願い」

黒田が拝むように両手を合わせる。

「神や仏じゃないんだから、拝まれても困るんだけど」

「そこをなんとか……学同系サークルの連中の件じゃあ、助けてあげたじゃない。ねっ」

そう言われてしまうとさくらも無下《むげ》に断ることは難しかった。

左派政治団体系サークルの勧誘攻勢が厳しかった頃に、さくらは咄嗟の嘘として、まだ所属してなかった剣道部に入っていると答えてしまったのだ。武道系サークルは、学内では中道右派とみられているから、左派の人間も敬遠するかと思ったのだ。

厄介なのは勧誘してきた相手が「本当かどうか確かめる」とか言って、剣道部まで来て「この娘、ホントに部員？」とやってくれたことだ。その時、その嘘に合わせてくれたのが黒田なのである。

おかげで練習に参加しなければならなくなってしまったがそんなことは、大したことではない。

「ね。お願い！」

「ううっ……」

さくらにできたのは、長居教授が待っているからと言って答えを保留し、その場から逃げ出すことだけであった。

「こんにちは、さくらです」

剣道部を逃げ出していつものように長居の研究室を訪ねたさくらだが、当の長居は研究室にいなかった。

「あれ？　何処だろう」

耳を澄ませてみると、研究室棟の廊下の奥で話し声が聞こえる。

「ああ、ガス室か」

昨今の禁煙ファシズムは今や大学にまで及んでいて、大学教授も自分の研究室なのにそこでタバコに火を付けることすら許されない。喫煙者は劣等民族《れっとうみんぞく》というレッテルを貼られ、廊下のどん詰まりに設けられた『ガス室』——ガラスで塞がれ、換気設備の整った喫煙コーナーでしか生息することが許されなくなってしまった。そしてさらに、副流《ふくりゅう》煙《えん》の害を畏れる者はそこに全く近づこうとしなくなっている。

もちろん、そんなことは喫煙の習慣のないさくらには、どうでも良いことだった。

副流煙の害について説かれてもどうにもしっくりとこないし。

明日とか、来月とかに死んでるかも分からない人生を送っていたさくらにとって、何十年も先に影響のでるかも知れないことを今言われても、ピンとこないのだ。

そのためタバコを吸いたいがためにいらいらして、喫煙コーナーに向かう教授を見る度に大変だなと思う。嫌煙権を主張して止まない意識高い系の人々は、その場所に近づこうとしないが、さくらは全く気にせず踏み込むのである。

「教授……こちらにおいでですか？」

喫煙コーナーを覗き込んで見る。

するとそこには長居教授と横溝《よこみぞ》が何やら深刻そうに話をしていた。

横溝は内閣の総合運用支援部……つまり戦史編纂室の上部組織に所属する二十代後半の若手官僚である。

彼らは、慶一郎ら行動要員が作戦にとりかかるにあたって実際にその時代における要人の動向を観察し、報告する調査員の統括を主任務としている。慶一郎らから『歴史偵察員』と呼ばれている者達のいわば親玉で彼自身もまた時間遡行経験者である。

彼らは調査員が集めてきた情報を元に、慶一郎らにどのような活動をさせるかを、つまり歴史をどのように変えるかを長居ら学識経験者達と検討し提言を行っている。つまり慶一郎らに、作戦目標を与える――歴史の年表にある出来事のどれをなかったことにするか、どう流れを変えるのか――を決めるのは彼らなのだ。

さくらを元亀年間に帰すべきでないという判断を下しているのも、それが歴史に自分達では制御不可能なレベルの、重大な改変が起きてしまうと恐れる横溝らである。その意味では、さくらにとっては横溝は不倶戴天《ふぐたいてん》の敵と言えた。

その二人が熱心に何かを話している。あまりの熱心さのため、二人はさくらが声を掛けていることに気付いていない。

さくらはもう一度声を掛けようとした。

「問題は織田信長です……」

だが二人の会話にその名が出た瞬間、さくらは口を噤んだ。

忍びの本能だろうか、何を話しているのか気になったのだ。

横溝は続ける。

「現状の日本の問題点を考えると、やはり地域の独立意識の強さに原因があると思われます。日本人は郷土愛はありますが愛国心は持ってない。戦時中に過度に愛国心を高めようとした反動もあるんでしょうが、愛国という言葉を耳にしただけで、アレルギー反応を起こしてしまうようになったんです。おかげでイギリスのスコットランドやスペインのバスク地方みたいに独立志向が強い」

「実に興味深い主張だ。君はその問題に織田信長が深く関係していると考えているのだね?」

「笠間曹長が歴史の流れに影響を与える前は、織田信長は天下統一の道半ばで、家臣の明智光秀に討たれて死んだんだそうですね？　そしてその後の日本は、少なくとも地域ごとにばらばらに独立しようなどという運動はなかったとか。私はそれを聞いてから、日本人が日本という国に一体感を抱けていないのは戦国時代に原因があるのではないかと思いました」

「詳しく説明してみてくれるかな？」

横溝は「はい」と肯くと話を続けた。

「織田信長は天正十四年に病で倒れるまで征服戦争をシステマティックに展開しました。そのやり方は巧妙《こうみょう》且つ恐るべきものと言えます」

信長の戦略は、一言で語るなら敵の力で敵を疲弊《ひへい》させるというものだ。

調略を駆使して敵陣営内に内応者を作り、その者を尖兵として敵勢力圏内を常時戦争状態に追い込むのである。

年がら年中戦闘状態に置かれた敵陣営は、これによって人的、経済的に疲弊する。それに耐えられなくなった敵配下の武将達は、織田方に靡《なび》くことに救いを求めるようになるのだ。

だがそれは、さらなる苦境に踏む込むことを意味している。信長は降伏してきた者を使って戦線をどんどん広げる。信長方についたことで征服される重圧感から逃れることはできても、今度は常時戦闘状態を強いられ、危険に絶えずさらされ続けることになるのだ。

元より信長に靡いたのは安寧《あんねい》を求めたからで心の底からの忠誠心ではない。そのため戦いに追いまくられている間に心身共に疲れ果て、信長に対する叛意を膨らませる者も現れる。

高島郡《たかしまぐん》の領国を捨てて出奔《しゅっぽん》してしまった磯野員昌《いそのかずまさ》や、叛乱を起こした荒木村重《あらきむらしげ》がその代表と言えるだろう。我慢しきれなかった者達がそうやって信長に対する叛乱を起こす。そしてそれが討伐されると、その跡地には信長に逆らう者が全くいなくなっているのである。

反抗する者が根こそぎにされ、安定化の済んだその土地は、信長が直轄領《ちょっかつりょう》として組み入れるというわけである。

信長は元亀争乱の間に近江《おうみ》でその手法を確立し、天正に入るとそれをその外縁部へと押し広げていった。この方式の戦略を北陸、中国、四国、信濃、南紀の全ての戦線で展開したのである。

この戦いに従事する兵は、慶一郎が行った採用、訓練方式によって、織田家で一貫して教育が施された者ばかり。おかげで最前線の武将達は、兵の休養や採用のために本領に戻る必要性が減り、敵をさらなる戦いの泥沼へと引き込むことができるようになったのだ。

しかしながら、同じ手を繰り返していれば、敵方も信長のこの戦い方に気付くようになる。

『信長の誘いに乗って寝返ってもろくな目に遭わない』

『毎日毎日戦ばかり強いられて、息つく暇もない』

『織田家は実力がある者は出世できると言うが、お主達は、それほどに自信を持って実力があると誇れるか？　儂《わし》ら程度の者は、戦にこき使われて潰されるのが落ちじゃ』

『田舎者には田舎者の生き様があるんじゃ。中原《ちゅうげん》の連中なんぞに乗せられてたまるか！』

信長の手に乗って、内応者を出したら自国が荒されて疲弊を強いられる。そうならないようにするため、それぞれの土地で有力な大名を核とした郷土主義的な思想が啓発され、中央に対する対抗意識を育てることで信長の戦略に対抗するようになったのだ。

横溝は指を四本立てた。

「それらの核となったのが後に四管領家《しかんれいけ》と呼ばれるようになる毛利、島津、上杉《うえすぎ》、伊達《だて》といった大名家です。この四家が残ったことが、今の日本の各地が強い独立志向を持つことになった理由です」

信長の戦いは年を追うごとに熾烈《しれつ》きわまりないも

のとなっていった。

調略しようにも靡いてくる者は、問題を起こしたり、主君に刃向かったりして疎《うと》まれている者ばかり。つまり有力な者はなかなか裏切らなくなってしまったのだ。

おかげで信長は征服戦争の進め方を、より力尽くなものに変えて行く必要ができた。

万全な備えで迎える敵に、自軍の大兵力を正面からぶつける形での征服戦争を展開するしかなくなってしまったのだ。

佐々慶政のような軍事作戦の巧者が、台頭するようになったのもそのせいである。

結局、織田家が天下統一を成し遂げたのは、信長が病死し信忠の代となってからであった。

信長と違って気性の穏やかな信忠は、日本統一を力尽くで行うという方針を捨てた。外交交渉を駆使して、それぞれの土地の大名を安堵し、それぞれを服従させることで、織田家を中心とした連合国家的な政権を樹立するという方針に切り替えたのである。

戦いに疲弊していた各地の武将達もこの方針転換を受け容れた。これによって織田幕府が開府《かいふ》されて天下の統一が成功。四家もそれぞれの地方を管轄とする管領に任じられて、安土・江戸幕府時代の長きにわたる太平の世が始まるのである。

「問題はそれをきっかけに形成された地方の自立性の高さです。それが後々の害に繋がった。明治維新前の混乱期に、東北の伊達はロシアと結び、九州の島津はイギリス、信越の上杉はフランス、中国の毛利はプロイセン・ドイツと関係を深めた。おかげで日本は危うく分裂してしまうところだった。しかもその影響が後々まで続いている」

「なるほど、君が言いたいことは分かった。確かに今の日本が抱える問題の根源は、そこにあるかも知れないね」

「そうです。笠間さんの言っていた歴史……織田信長が天下統一を前に死んでいれば、その後に続く羽柴秀吉、徳川家康の統治で、日本の地方はもう少し細切れとなった形で安定します。そうなれば明治維新以降の地域間の対立も少なくなるでしょうし、あちこちで独立運動が起きるなんてこともないままに、統一した国家意識を持つようになる。私はそう考えます」

「だが、織田信長を歴史から退場させるとして、君は何時の時点が良いと考えるのかね？」

「羽柴秀吉が天下統一事業を引き継げる時期として考えると、天正六年の中国侵攻作戦以降になります。その時に、彼には充分な戦力がないといけない。鳥取城《とっとりじょう》攻略戦、高松城《たかまつじょう》の水攻めの結果秀吉は備中《びっちゅう》・美作《みまさか》・伯耆《ほうき》を領有してます。ただそれが過ぎると、泥沼の長期戦となる第二次毛利攻略作戦が始まって中央のことに関われなくなりますからその直前が良いでしょう」

さくらは、愕然《がくぜん》とした。

長居や横溝の議論が、信長の命運に関わるものだったからである。

「歴史から退場って……お館様を殺すということか？」

さくらは深く考え込んだ。

歴史の流れのはるか下流にある現代では、信長はこの世の人ではない。既に死んでいる。天正十四年にだ。しかし不思議なことにさくらはそう感じてはいなかった。

信玄暗殺の際に、武田家に抑留《よくりゅう》されていたのはさくらの体感時間で二年ほど前である。そして、信長が死ぬのはそれから十二年も後であるのだから、つまり今のさくらの中の体感時間においては信長はまだ生きているものとして扱われているのだ。

それだけにこの話を聞いてさくらは動揺した。

ここにいる二人は、単なる茶飲み話としてそれを語っているわけではない。二人の提言は戦史編纂室を通じて実際に時を遡って実行される可能性があるのだから。

その時、ようやく横溝がさくらの存在に気付いた。

「あ、さくらさん」

さくらは咄嗟に、今ここに来たばかりに見えるよう振る舞った。

「こんにちは横溝さん。教授、探しましたよ。こんなところにいたなんて」

「いやあさくら君、済まん済まん。君が来ることは知ってたんだが、どうにも煙が恋しくなってしまってね」

「しょうがないですね」

苦笑して許すさくらに、長居は感激したように言った。

「なんて寛容な娘さんなんだろう⁉　今時の若い子は、臭いが移るとか言ってタバコを毛嫌いするのに」

「それは私が今時の若い娘でないことへの皮肉ですか？」

さくらは若くはあるが、今時の娘とは明らかに言えない。

「いやいやいや、とんでもない！」

慌てた長居は前言を撤回し、さくらもそれを受け容れた。こんな遣り取りは人間関係を円滑にするためのものであり、相手を打ち負かしてやり込めるためのものではないからだ。そのためさくらはすぐに話題を変えた。

「で、今日の作業、どうします？」

「うん。今日も佐々文書のまとめを頼むよ……今、行くからちょっと待ってて」

長居はそう言うと、すぱすぱと半分程度にまで短くなったタバコを急いで吸い始めた。フィルターの付け根まで吸ってしまおうとしているのだ。

「先に行ってますから、慌てずゆっくり吸ってて下さい」

さくらはガス室に白煙を充満させつつある教授をその場に残して、研究室に戻ろうとした。

すると、横溝が追いかけて来た。

「さくらさん、良かったら今度晩ご飯でも一緒にどう？」

「えっ、食事？　……どうしようかな？」

さくらが横溝に誘われたのはこれが初めてではない。これまでも何度か食事に行こうと誘われていた。だが、さくらは何かと理由をつけて断っていた。横溝が自分を元亀年間に帰すことに反対している最大の敵であり、なおかつ、そんな自分に対して下心のある視線を向けていることに気付いていたからだ。

横溝の誘いに乗って、こちらが望む以上に距離を縮めようとされると困る。どれだけ嫌っても教授との関係もあって遠ざけられる相手でもないから、相手のそういった感情を刺激しないよう普段からそれとなく距離を置くよう気をつけていたのだ。

しかし、今回ばかりは我が身を安全な場所に置いてばかりもいられない。

先ほどの、信長の行動が現代にもたらした影響の議論について、横溝がどんな心づもりでいるのかをもう少し確認しておく必要がある。

くノ一の技なんてものは自分は使わない。かつてさくらは、慶一郎にそう言い放った。

だが異性の自分に対する感情を利用した諜報活動は立派なくノ一の技である。そう思うと、今いち乗り気になれない。が、それでもさくらは一歩を踏み切ることにした。

「いいですよ」

さくらは快諾《かいだく》して見せた。

「やたっ！」

すると横溝は、全身全霊で喜びの声を上げた。

夕刻である。

その日の仕事を終えて国防省を出た慶一郎は、横断歩道を渡ると靖国《やすくに》通《どお》り沿いを歩いていた。

同じような時刻に仕事を終えて帰宅の途に就いた慶一郎の同僚達も、市ヶ谷、四ッ谷、曙橋《あけぼのばし》駅とそれぞれの通勤に便の良い駅へと群れをなして歩む。

本省勤めの人間達の特徴は、制服ではなくスーツ姿の者が多いこと。

通勤電車内での制服姿は目立ってしょうがないし、街で活動する上でスーツというのは本来的な意味で、迷彩服とも言えるからだ。

慶一郎もこの日はスーツを着てその上にコートを纏っていた。

電車に乗らないこともあって制服で移動してもかまわないのだが、戦史編纂室の新メンバーを局長に紹介するために内閣府に赴いたこともあり、この日はスーツに着替えたのである。

おかげで今日は、人からの視線を浴びることもなく済んでいる。

松沢道場に向かうには駅に向かう人の群れから外れ、右に曲がり、左に曲がり、路地の一つを折れる。

だがその時だった。閑散《かんさん》とした住宅地の路地で、角の向こう側で待ち構えていた人物から突然、赤いレーザー光を浴びせられた。


「むっ」

すぐに身体を捻《ひね》って光を躱す。だが、そのレーザー光はしつこく慶一郎の頭部を狙った。

「何をする⁉」

慶一郎は腕で顔を庇い視線を光源に向けないようにしながら、レーザーの照射源に向かった。

すると、路地の角にいたその人影は、路地の奥へと消える。

後を追う慶一郎。路地にたどり着いてみると、路地の向こうへと逃げ去る黒いレザーコートを着た人物が見えた。

その人物は男なのか女なのか……男ならばやや華奢《きゃしゃ》な感じがするし、女ならやや長身といった感じである。いずれにせよ子供のものではないため悪戯《いたずら》とは考えにくい。

これが慶一郎が制服姿の時だったなら、反戦平和主義者による悪質な意思表示という可能性もありえる。最近の平和主義者は基地に出入りする車に大人数で襲い掛かるという、その主張に矛盾する行動を平気でとるのだから。しかし今日の慶一郎は制服姿ではない。それに先日の追悼式のこともあった。きっと慶一郎個人に何らかの用がある者の犯行なのだ。慶一郎は断固追い付いて、相手の正体を確かめるという決意でその後を追った。誰が何の目的でこのようなことをするのか解明しなければならないのだ。

相手は、走りながら自動車通行量の多い幹線道路を渡り、何ヵ所かの住宅地を抜ける。

やがて慶一郎は、自分が何処に誘い込まれようとしていることに気付いた。この人物、慶一郎を引き離そうとせず、それでいて追い付かれないように速さを調整しつつ逃げているのだ。

罠かそれに類するものの可能性も強くなる。

だが、慶一郎は追い続けることにした。

我が身を庇って危険を避けていては情報も何も得られないからだ。戦闘では罠とわかっていても、あえて踏み込む覚悟が必要な時もある。

「いいだろう。とことん相手してやる」

どれだけ長い距離を進まされるのかわからないので、慶一郎は追跡速度を少し落とす。そしていつ襲い掛かられても良い心構えで突き進んだ。

すると相手も、逃げる速度をやや落とした。

慶一郎が目的を『捕まえる』から『追跡する』に切り換えたことを感じ取ったようだ。そして安定した速度で南へと向かったのである。

「何処まで行く気だ？」

やがてその人物は、新宿通りに出ると四ッ谷へと足を向けた。

四ッ谷駅前の雑踏を抜け、真田堀《さなだぼり》の土手を上ってそこの桜並木で足を止める。

真田堀は、堀と言いつつも既に水はなく埋め立てられていて、現在は四ッ谷にある紀尾井町大学がグラウンドとして使っている。そのためこの時刻ともなると人通りはほとんどなくなっていた。

「ここは、さくらの通っている大学？」

大学生が部活動をしているが、学生達はこちらが特に騒いだりしなければ関心を払うこともない。

長い距離を追跡してきたせいか、慶一郎は軽く肩で息をしていた。

相手は、それ以上に疲れているようで両膝に手を当て大きく深呼吸している。

慶一郎はその人物にゆっくりと距離を詰めつつ問いかけた。

「お前は何者で、何の用だ？」

ここまで距離を詰めると、慶一郎もレザーコートを着た人物が女であることに気付く。

髪はショートにまとめているしパンツルックではあったが、ほぼ間違いない。

「頼む、呼吸が整うまで……もう少し……待ってくれないか？」

その相手が振り返る。するとその女は、戦国のあの地で出会った比良村の沙奈にそっくりであった。

〇六

その女の顔を見た瞬間、慶一郎は夢か幻でも見ているのかと思った。

戦国の時代に置いてきてしまった沙奈を慕う気持ちが昂《こう》じ、ついに幻覚まで見てしまうまでになってしまったのかと思った。その女はそれほどまでに沙奈に顔の造作が同じであった。

だがしかし、その女は明らかに沙奈ではない。他人のそら似であることは明らかである。

背丈は沙奈などよりも遥《はる》かに高いし、何かスポーツでもしているのか体格もしっかりしている。髪型もうなじを完全に見せるショートカット。おかげで近づくまでは優男《やさおとこ》に見えて、女性だという確信を抱けなかったほどだ。

だが近づいてみれば、沙奈とはまた違った意味で

女性的な非常に魅力ある肢体《したい》を、レザーコートで包んでいる。これで女性だとわからなければ男を廃業した方が良い。

「どうした？　何か悪質な薬物でもキメたような表情になっているではないか」

その沙奈に似た女も呼吸を整え終えたのか慶一郎に相対すると、慶一郎を頭の天辺から足の爪先までまるで値踏みするように見た。

「ふむ。これが笠間慶一郎か？　なるほどな」

「何の用で自分をここまで呼び出した？」

「用があって呼び出されたと、理解できるだけの知性はあるようだな？」

「当然だろう？　でなくて、どうしてこちらが追跡速度を落としたら、それに合わせて速度を落とすんだ？」

「そうだな……そのことでは礼を言っておこう。君がこちらの意図に気付いてくれたおかげで、体力の限界に挑戦しないで済んだ」

「全速力で追い続けた方が良かったようだな？」

「そうなっていたら、私は君のことを痴漢だと叫びながら逃げたかも知れない……そうしたら現職自衛軍人が痴漢で逮捕なんて記事が明日の新聞を飾っていただろう」

「正しい選択をすることができた自分を褒《ほ》めてやることにするさ」

「それには同意するよ。ただ、君はこれが罠だという可能性を考えなかったのか？　私は君が罠を避けるために途中で追跡を諦めてしまう可能性を危惧していた」

「もちろん考えた。けど、それを避けていたらいつまで経ってもお前の正体を摑めない」

「『虎穴に入らずんば虎児を得ず』という心境か？」

「そうだ。この間の殉職者追悼式典で、自分にレーザーを浴びせたのもお前だろ？　何故だ？」

「今日の君の反応を促すためだ。先日の件があったからこそ、今日の君は私を追ってここまで来てくれた。今、こうして私の話を聞く気にもなった。そうだろう?」

「もちろんだ」

「では、付いてくるがいい。話をしよう」

女は、そのまま振り返るとスタスタと土手を歩き始める。慶一郎は遅れまいと慌てて追った。

「何処に行く?」

「立ち話もなんだろ? 疲れたので座りたいんだ」

「……そうか。わかった」

毒を食らわば皿までとも言う。慶一郎はこの人を食ったような女のすることに、付き合ってやることにした。


毒を食らわば皿までの心境で、何処までもついていく構えでいた慶一郎だが、女はそのまま真田堀の土手を歩き続け、紀尾井町の高級ホテルにはいるとその最上階のレストランに入った。

人気のない薄暗い倉庫で、複数の敵に囲まれるといった状況を想定していただけに、慶一郎は大いに戸惑ってしまった。

「な、なんでレストランなんかに?」

「座りたいと言ったろ?」

「だからってレストランはないだろ?」

「ここなら周囲の目があるからお互いに安全を確保できる。格調高い場所では人間は落ち着いて話そうとする。興奮したり怒鳴ったりを避けることができるし、最上階だから狙撃も防げる。フランス料理なのは、まあ、ついでだよ」

「ついでで、こんなところに来るのかよ……」

女が声を掛けるとウェイターは、まるで慶一郎達が来ることを予めわかっていたかのようにテーブルへと案内する。夜景の見える窓際の席に『reserved seat』というプレートが置かれていたところを見ると、この女は最初から慶一郎をここに招待するつもりだったようだ。

ウェイターが椅子を引いて女を座らせる。慶一郎は彼女が腰掛けるのを待ってから席に着いた。

「で、何のつもりだ？」

慶一郎は早速用件を問うたが、女はその気忙しさが気に入らないとばかりに目をメニューに向けっぱなしにしていた。

「君、まずは注文を済ませてしまわないか？」

その女は、ウェイターを呼ぶと食事を注文した。高いワインに、目玉が飛び出るほどの金額が書かれているアラカルトを何でもないかのように注文してしまう。

慶一郎はようやく気付いた。ここは敵地なのだと。店の高級感。正体不明なワイン。メニューに書かれているフランス語。そして金額。

手に取りやすいように並べられているフォークやナイフは、どれから使ったら良いのか全くわからないと来ている。

慶一郎に味方する要素は、ここには何一つ存在しない。要するにこの場所は、慶一郎を心理的に圧倒するための罠だったのである。

これら諸職種連合軍の圧倒的な威圧感にたじたじとなった慶一郎は、メニューを開くことすらおそるおそるとなった。コースメニューはA～Dの四種類。内容は見ないで金額だけをチェックして財布の中身を思い出しつつ下から二番目の額のコースを頼んだ。一番安いのにしなかったのは見栄だ。

ウェイターが去ると、女は初めて慶一郎に向かって微笑みかけた。

「君とは前々から話をしたかった。このような機会を持てて嬉しい」

先ほどから気になっていたが、この女は明らかに慶一郎より年下である。年齢は二十代前半といったところで、まず三十には達してないはずだ。なのにどうにも口ぶりが偉そうで、しかもそれが妙に合っているから不思議である。

化粧っ気のほとんどない顔貌《かんぼう》は整っていて、最低限に女性だと主張する程度に紅を唇に載せている。

それでも周囲を圧倒する冴《さ》えた美しさを放っているのは、内側から放射される何かオーラのようなものがあるからだろう。

「お前はいったい何者だ？」

「まず属性から問うてくるわけか？　ふむ、その問いに対する答えは私の中に二つ用意されている。最初はこう答えよう。『君に恨みを抱く者』と」

やはりそうだったかと慶一郎は思った。

「やっぱり、死んだ誰かの家族なのか？」

「違う。先日亡くなった君の同僚五人とは、直接的にも間接的にも関係がない」

慶一郎は戸惑った。もし自分が恨まれるとしたら、自分が助けることができなかった五人の家族だと思っていたのだ。どうやって知ったかは不明だが、殉職した五人のうちの誰かの家族が、秘密を知り仲間を救えなかった自分を恨んでいる。そう考えていた。

だが違うと言う。ならばいったい何故、どうして恨まれなければならないのか？　それがわからなかった。

「君は、身に覚えがないのか？」

女は食前酒を傾けながら不思議そうに首を傾げた。

「君のような女性に、恨まれるようなことをした記憶がない」

「どうやら、本当に罪の意識がないようだな」

「罪の意識だと？」

「そうだ。君は、女と理無《わりな》い仲になっておきながら、ある日突然、女を放置して姿を消してしまった。……そんな風に扱われた女が相手の男をどれほど恨み、憎むか想像できるか？」

「そ、それは……」

慶一郎は後頭部を殴《なぐ》られたような衝撃を受けた。そして必死に自分とこの女の接点を記憶の奥から探った。本当にこの女が言った通りのことをしたのなら恨まれるのも当然なのだ。しかし、思い起こそうとしてもこの女とは初対面である。慶一郎のこれまでの人生で、この女が言うような行為をしてしまった相手は沙奈しかいない。

「身に覚えがないのか？」

「済まない。いくら思い返しても君とは初対面だとしか思えない」

「まあ、私と君が初対面なのはその通りだ」

慶一郎は、ホッとしたようにため息をついた。

「初対面なのにどうして恨まれなくてはならないのだ？」

「それだけ罪深い人生を送ったと理解したまえ。自分のしでかしたことの重さを感じたまえ」

意味が分からない。慶一郎は戸惑いを含んだ苦笑をする。

「さて、君の質問に対する答えは二つあると言ったな。二つ目の答えをしよう。適切な表現が思いつかないのだが、あえて言うならば君達の商売敵かな」

商売敵という言葉を聞いた瞬間、慶一郎は脳裏に、撃たれて倒れる小笠原の姿を思い浮かべた。

「なんだと!?」

慶一郎が思わず立ち上がったその時、前菜が運ばれて来た。

ウェイターは皿をテーブルにおいて良いのかと悩んでいる。周囲の客達も、慶一郎の剣幕に驚いて視線を浴びせかけてくる。

女は笑いながら慶一郎に言った。

「落ち着いてくれ。食事を続けたい」

なるほどこれがこの女がレストランを話の場所に選んだ理由かと慶一郎は納得すると、ウェイターに驚かしたことを詫びながら腰を下ろした。

女は、フォークを手にとると前菜を口に運び始めた。

「うん。美味《うま》い……」

「商売敵とは、いったい何の業界だ？」

「言わずともわかるから興奮して立ち上がったのだろ？　戦史編纂室の笠間慶一郎陸曹長」

「それは秘密のはずだ、何故それを？」

「蛇《じゃ》の道は蛇《へび》。それだけのことだ」

同類のことは同類がよく知っているという意味の言葉から類推《るいすい》できるのは、この女が時間遡行をする人間であるということだ。そしてもしそうなら、この女が小笠原を射殺し、行動要員達が殉職する原因を作った可能性も高くなる。

慶一郎は腸《はらわた》が煮えくり返るのを感じて、女に怒りの目を向けた。

すると女は、その視線を避けるように顔を伏せた。

「言っておくが昭和二十年の代々木の件は、私の仕業ではないぞ」

「では誰が？」

「待て……見たまえ」

「？」

女に促されて窓の外に目を向けたその時、街の夜景が揺れ動いた。

まるで右から左へと波が押し寄せて行くように、窓から見えるビル群とその照明からなる夜景の色がより鮮やかに強い輝きへと変貌しているのである。

その色彩はやや青白いものに変わったように見える。

「なんだ？　どうしたんだ。いったい今、何が起きている？」

「世界が書き換えられている真っ最中なんだ」

「世界が書き換えられてる？」

慶一郎はこれまで過去に遡って、歴史を書き換える工作活動に何度も従事してきた。だがそれによる変化は、戻って来ると既に終えていた。それだけに、このような目に見える形で変化が生じるのは初めてなのだ。

「我々『逸時者《いつじしゃ》』でも、世界が書き換えられる瞬間をこういう形で、実際に目にできることは滅多にない。実に感動的だな」

「いつじしゃ？」

「一度でも時間遡行を経験すると、過去の出来事が変わっても、変わる前がどうだったかという記憶が残る。他の人間が記憶している知識は改変されたものに上書きされてしまっているのにな。それは君も既に経験しているはずだろ？」

「あ、ああ」

「そう言う存在を私は逸時者と呼んでいる。時の流れから逸脱してしまった者という意味だ。時間遡行経験者と呼ぶよりは格好良いだろ？　我々はそういう特別な存在なんだ」

慶一郎は、この店にいる客の全てがこの大スペクタクルに対して全くの無反応であることに気付いた。それは慶一郎や目の前に座る女と違い、時間の書き換えにともなって記憶が上書きされてしまう存在だからである。そのためにこの光の津波のような現象を認識してないのだ。

「なるほど……特別か？」

「そう、我々は特別なんだ」

やがて、慶一郎らがいるレストランの照明の色や形状が変化して、世界の書き換えは完了したようであった。

「今のはちょっとした見物だったと思わないか？」

「あ？　ああ」

「こうしたものを見ることができるのは我々にとっての利点だ。しかし同時に欠点でもある。何が改変されたかいちいち確認しないとならない」

女は内懐《うちぶところ》からスマホを取り出し何かのアプリを起動させた。

「そんなもので何が変わったのかわかるのか？」

「スマホに落としてあるデータと、ネット上の公共クロニクルとのデータを定期的に照らし合わせ、記載されている内容に相違が発生すると示してくれるようにしてある。逸時者が身につけている物も上書きの影響を受けないからな」

「そうなのか？」

女は画面をスクロールさせる手を、ふと止める。

そして慶一郎に画面を示した。

「見たまえ……」

女が突き出したのは、歴史ウィキの科学技術の項目で、青色発光ダイオードの開発者の名前だった。赤く表示されているのはそれがデータに違いが発生しているということなのだろう。

「今起きたスペクタクルは、これが原因だな」

「良くわからないな。いったいどういうことなんだ?」

「頼むから軍事的なこと以外にも知識を持ちたまえ」

　女は言った。

「青色発光ダイオードを開発したのは、極当社《きょくとうしゃ》の研究員をしていた青木《あおき》教授だ。しかしそれがソラー電子の研究員だった山崎《やまざき》教授に変わった。何者かが、山崎教授に青色発光ダイオード発明のヒントを囁《ささや》いたのだろう。発光ダイオードを用いた照明や液晶開発も十年早くなり、当然その普及も早くなった。今さっき、街の夜景が一気に変化したのもそのせいだ」

　女はワインを、ぐいっと飲み干した。

「それによって栄えるはずだった極当社は、地方の小さな部品会社のまま。代わってソラー電子の株価はとんでもない額にまで上がっている。はぁ、大損させられてしまったな。参った参った」

　女は空になったワイングラスを慶一郎の鼻先に突き出す。

「大損って……極当社の株を持っているのか?」

　慶一郎は、ソムリエが置いていったボトルを拾い上げるとそれに注いでやった。

「株価が上がるとわかっていて買わない手はないだろう?」

「まさかと思うが、お前が歴史を変えるのはそれが理由か?」

「その問いが私個人ではなく、逸時者一般について尋ねているのならそうだと答えよう。今さっき歴史を変えたのは私ではない別の同業者で、その目的はおそらくは利益のためだ。ま、私の場合は、時の流れを変えるような危険なことはしないがね」

　慶一郎は、時間遡行の技術を持つ者が他にも存在するという言葉を受け容れた。

この女の言葉だけならそのまま信じることはできなかったろうが、中国大陸の雲南や昭和二十年の件を考えると、自分達以外にも時間遡行の秘密を解き明かした人間がいると考えるしかなかったのだ。

と、なれば、それがどの程度の人数で、そして組織立って動いているかを知る必要がある。

「危険か？」

「もちろんだ。稼ぐだけなら過去の自分に暴騰《ぼうとう》する株の銘柄《めいがら》や、宝くじの当たりナンバーを教えるだけで十分だろ？」

「自分が生きている時代に遡行できないはずだが？」

「その通り。だが自分が生まれるよりも前に戻って、未来の自分宛にメッセージを送るという方法が使えるだろ？　君も車で過去や未来を行き来するＳＦ映画を見たことはないか？」

「あ、……ああ、あれか」

その映画では、タイムマシンを発明した博士から依頼された探偵社がその後何十年もたった後に指定された場所にいる主人公にメッセージを届けるという連絡方法を描いていた。

「そうやっていけば歴史に手を加えずとも多少裕福というくらいには暮らしていける。そうすれば他の逸時者と出くわすこともない」

「他の逸時者か……逸時者って多いのか？　何か組織を作っているとか？」

「この業界に組織が長続きしたためしはない。人数は今現在の時点で、全世界に八、九人といったところだろう。私みたいに目立たないようにしている者もいるだろうから、実際にはもっと多い可能性もあるがね」

「組織が長続きしないというのはどうしてだ？」

「逸時者というのは同業者の存在を好まないんだ。時間遡行し、全てを思いのままにしていると周りが自分と同じ人間とは感じられなくなって唯我独尊な考え方をするようになる。組織では裏切りや内部抗争が始まって内部崩壊する。個人でやっている逸時者も、同業者と出会うと殺し合いを始めるほどなんだ。だから私みたいな弱虫は大人しくしているしかないのさ」

「殺し合いって、なんで⁉」

「時間遡行の暗黒面に魅入られたとしか言いようがないな。何しろ世界を自分の物にできるんだからな」

「世界を……自分の物にだと？」

「そう。わかりやすく言えば支配者だ。世界征服と言い換えてもいい。時を制することは神になれるのと同じだと言い放った人間もいた」

「おいおいおい……言うに事欠いて神って、そいつの頭大丈夫なのか？」

「私もそう思う。だが時間遡行の技術を独占すると限りなく神に近くなれるのは本当だ。過去を弄《いじ》くることで現在の世界を好きなように彫琢《ちょうたく》し、望むような姿にすることができる。欲しい物は何だって手に入れることができる。何もかもが望むままだ。ほら、それはもう神と同じだろ？」

慶一郎はあきれ果てつつも、言うほど自由ではない事例を挙げて反論した。

「で、でも毛沢東を撃っても、それほど歴史は変わらなかったぞ」

「それは他の逸時者に邪魔されたからだ。だからこそ逸時者は、同業者を不倶戴天の敵と見なすんだ。支配者は世界に二人もいらない、邪魔はさせないってね……そうやって他の逸時者を始末してしまえば世界は思うがままさ」

「世界を支配して、何が面白いんだか？」

「君は欲がないな。けど、それを面白い、この上もなく喜ばしいと思う者もいる。そういう人間がうじゃうじゃいた時代がこの日本にもあったろ？」

「ああ、戦国時代だな」

慶一郎は、信長や信玄といった群雄が覇者の地位を奪い合った戦国の時代を思い出した。

「そう、それだ。逸時者は天下を我が物にしたいと考えている武将と同じなんだよ」

「時の流れを変えることに抵抗は感じないのだろうか？」

「戦国武将が戦で人を殺《あや》めることに抵抗を感じるかね？　領地を奪うことに抵抗を感じるかね？　戦によって変えられてしまった他人の運命に気を使うかね？　それと同じことさ」

女の言う通りである。慶一郎は肯くしかなかった。

「わかった……他に時間遡行できる人間が全世界に何人かいるということ、そしてその連中が誇大妄想病患者の類いだということもな。だが、逸時者がそういうものなら自分達が止めて見せる」

慶一郎は戦史編纂室がそのために動くことができると言った。

「やめておいた方が良いぞ。そんな動きを見せたら、君達はたちまち潰されてしまうだろう」

「国の機関をか？　どうやって？」

「案外簡単なんだよ。君達は組織によって縛られているからな。そもそも、これまでの人類史の中で『窓』を用いて、今君達がしているような政治目的を達成するための国家機構が存在しなかったと思うかい？」

「あったのか？」

「アメリカ、旧ソ連……それなりの規模を持つ国なら何処にでもあった。だがその全てが潰され存在した記録すら抹消されている」

「まさか、お前達の手でか？」

「さっき言ったように内部崩壊が七割。三割が民間同業者の仕業といったところだ」

「民間人にどうやってできる？」

「通常の戦いでは組織の大きさが強さに繋がるのだろうが、逸時者の業界では全く逆となる。組織というのは君達の動きを縛る足枷《あしかせ》であり弱点だ。時間戦における強者とは個人。しかも何の柵《しがらみ》も持たない、何の足跡も残さないで縦横無尽に動き回れる根無し草な個人こそが最強なんだ。良かったら近日中にその証拠を見せてあげようか？」

女の自信たっぷりの笑みに慶一郎は薄ら寒さを感じた。

「わかった。しかしどうしてお前はそんなことを自分に教えてくれるんだ？　逸時者は同業者の存在を好まないんだろ？　なのにお前と自分はこうして出会っていながら殺し合いをしてない。しかも恨みがあると言いつつも放っておけば良いのにこんな警告めいたことも教えてくれる。それはいったいどうしてなんだ？」

「もちろん相応の理由がある。それは、恨みを晴らす前に君に死なれたくないからだ。私は君に……」

女は、そこまで話したところで口を噤んだ。

「えっ⁉」

慶一郎の背後から伸びてきた手が、慶一郎の首に巻き付いて動けないようにがっちり固定したかと思うと、その頬に食事用のナイフを押しつけたからであった。

「なっ……」

驚いた慶一郎は咄嗟に振り返ろうとした。

だが、首がしっかりとホールドされていて立つことすらできない。

油断、そして死の恐怖。慶一郎は体中の体毛が逆立つのを感じた。

「兄様……こんなところで何をしている？」

耳元からの囁きが、こんなことをした人間が誰であるかを教えてくれる。

「さ、さくらか？」

その名を呼ぶと、さくらは慶一郎を解放して横に立った。首元に突きつけたナイフはそのままだから少しも緊張を解くことはできなかったけれど。

「なっ……なんだその格好は？」

慶一郎はさくらの姿を見て驚いた。

その時、さくらは真紅のイブニングドレスをまとい、完璧な化粧で着飾っていたのだ。こんな妖艶なさくらの姿は見たことがない。

顔を良く見ると少しばかり酒が入っているようで、頬と耳朶《みみたぶ》を薄紅色に染めていた。

「どうなってるんだ？」

やがて慶一郎は、さくらの背後にあるテーブルに総合運用支援部の横溝がいて、情けなさそうな表情でこちらを見ているのに気がついた。同伴者が、席を立ってしまったものだから、所在なげだ。さくらの行為に困惑している様子も見受けられる。

「横溝君か……もしかしてデートの真っ最中だったのか？」

するとさくらは重々しい口調で慶一郎を睨んだ。

「でーとじゃないわよ」

「でもおまえその格好……」

これでデートでなければ何なんだろうかと慶一郎は思ったりした。

「これは横溝があたしに着ろと押しつけたのよ。えすてぷらん付きとか言って、見ての通りの化粧までされてしまったわ」

「押しつけたって……可哀想《かわいそう》に」

横溝としては精一杯の誠意を示そうとしたつもりなのだろう。しかしさくら相手ではそれも通じなかったのである。

「邪魔が入った。続きは、また別の機会にしよう」

するとその時、女が立ち上がった。

伝票代わりに置かれたプラスチックプレートを手にとりテーブルから離れていく。

「ちょっと待て」

「今夜は私が誘ったから奢っておく。それと警告の続きだ。過去に遡るための知識を持っている人間には気を許すな。今言ったように逸時者はこの技術を独り占めしたがっている」

「それは誰のことだ？」

「君の近くにいるだろう？　おそらくは、その人間が君の同僚を殺めた、あるいは、殺めさせた張本人だ」

「なんだと!?　どういうことだ？」

もっと詳しく話をしろと慶一郎は女を呼び止めた。だが、女は答えることなくそのままニヤリと笑っただけで立ち去ってしまったのである。

〇七

慶一郎は女を追おうとした。だが、ナイフを首元に突きつけるさくらの手で止められた。

「あの女、誰?」

「いや、誰かはちょっと、その……」

さくらに睨まれて慶一郎は今更ながら気付いた。名前を尋ねそびれていたのだ。

「何、ふざけたこと言ってるの? あんたって、名前も知らない女とこうして差し向かいで酒を酌《く》み交わすわけ? どう考えてもあり得ないでしょう? さあ、白状なさい。今の女は何処の誰で、どういう関係なの?」

慶一郎はテーブルに載っている食事とワインを見た。

このような高級レストランにやってきて上等な酒を酌み交わしている。慶一郎が、さくらと横溝を見てデートしていたと解釈したように、他人が見たら慶一郎もあの女とそれなりの仲だと思われても仕方のない状況なのだ。

慶一郎は己《おのれ》が言い訳のしようのない事態に陥っていることを悟《さと》った。

するとその時、おずおずと横溝がやってきてさくらの肩を軽く叩いた。

「あの、さくらさん? オードブルが来たよ。みんな見てるから、やめようよ。君がお兄さんと仲良しなのはわかったからさ」

周囲を見ると、レストランの店内は深閑としていた。ウェイターや他の客達はさくらの行為をどう解釈して良いか戸惑っているのだ。

だがさくらはにべもなく「いらないわ」と言い放

った。そして慶一郎に向けて言った。

「雑音がうるさいから場所を替えましょう」

「ちょっ、さくら！　雑音って、横溝君のことか？」

「そうよ……、横溝さん。今日はこれでおひらきにしましょう」

「ま、まだ、食事は始まってすらいないのに？」

テーブルに並べられつつあるのは一番高い料理であった。ワインもかなり上等な銘柄だ。

慶一郎はメニューに記されていた金額を思い返して、どれほど横溝が頑張ったのかを思う。

しかし、さくらは素気ない。

「うん。貴方が、あたしにどれだけ好意を持ってくれているか今日はわかったし嬉しくもあったわ。けどごめんなさい。どうしてもあたし、その気になれないの」

さくらはそう言い放って、横溝とのデートを切り上げてしまった。

客が帰る素振りを見せたのでギャルソンが慌ててコートを持ってくる。慶一郎はさくらがそれに袖を通しているのを見て仰天した。

「ちょ、おまっ、それっ……毛皮のコート⁉　それももしかして横溝君からか……」

「そうよ、貰ったの」

その時には既に横溝は席に戻っていた。

運ばれてきた料理をもったいないとでも思ったのか、もそもそと食べている。その姿はいかにも心ここにあらずといった様子で哀愁が漂っていた。

「可哀想って思わないのかよ……」

「いいのよ。必要な話は聞くことはできたし」

「必要な話？」

「そうよ。それにあたしって、高価な品物を贈って食事して、雰囲気に酔わせればなし崩しに褥《ベッド》に連れ込めるって思い込んでいる男は、苦手なの」

さくらは横溝に聞こえるように言うと、慶一郎の腕を引っ張って店から出たのだった。

慶一郎はさくらと連れ添ってホテルを出た。

夜も更けると冷たい風を全身に浴びて、慶一郎は肌寒く感じた。

毛皮のコートが羨《うらや》ましくてさくらをつい見てしまい、普段見つけない美しさに慶一郎は目が奪われてしまった。

それが妙に悔しく感じられて何処か難癖付けられる場所はないかと、さくらの容姿を隅から隅まで点検する。だがそれでわかったのは横溝の計画が完璧であること。化粧から何から何まで文句のつけようがなかったのである。

エステやら何やらと至福の気分を味わわせ、徹底的に着飾らせて気持ちを高揚《こうよう》させる。さらに食事と酒で心身を陶酔させることでベッドに誘うというプランだったのだろう。

「こうして見ると、まるで別人だな」

「ふふん……あたしの実力に恐れ入ったか？」

「ああ。でも、さすがにあれは酷かったんじゃないか？」

「ふ〜ん、じゃあ、あんたは、あたしが横溝に誘われるままに応じる女だった方が良かったって思うわけ？」

そう言われると慶一郎も、それは嫌だなと思ったりした。

「誘いを最初から断るという選択肢は、なかったのか？」

「聞きたい話があったんだからしょうがないでしょ？」

「聞きたいことって？」

「総合運用支援部や戦史編纂室が考えていることよ。長居教授のところでお館様が話題になっていたの」

「お館様？　織田信長のことか？」

「そうよ」

慶一郎はさくらから総合運用支援部の横溝と、長居が交わしていたという会話について説明を受けた。

そしてさくらが元亀に戻ることを全く諦めてないのだと理解した。いつか必ず元亀年間に帰る。そう決めているからこそさくらは織田信長という人物に起きることを『当時者』として受け止めているのだ。

「ちょっと動かないで」

するとその時、さくらが慶一郎の肩に手を伸ばした。

慶一郎の肩を支えにしてハイヒールを片っぽずつ脱ぐ。慣れない靴のせいで爪先や踵が痛いと言う。そして靴を脱ぐとハイヒールをぶら下げて素足で歩き始めた。

「裸足《はだし》なんて……痛くないのか?」

「痛いって言ったらおんぶしてくれる?」

「いや、いくら何でも……タクシーに乗るか?」

「嫌よ。帰る前に、さっきの女についてあんたを問い詰めるんだから」

仕方なく、片腕にさくらをぶら下げながら歩くことになった。

「ゆっくりと、邪魔が入らずに話のできそうなところへ行きましょう」

「そう言われても、このあたりにそんな店は……」

「こっちよ」

さくらは四方を見渡しながら大学の側を通り四ッ谷駅周辺の繁華街へと向かった。

「あそこにしましょう」

やがて、さくらは個人営業の居酒屋を指差した。

その店は、大学生御用達《ごようたし》だけあって料理や酒の安さで売っている店であった。

当然、店内は雑然としていて、少なくとも今のさくらのような高級感ある服装をしている人間は一人も居ない。おかげでさくらは客達からじろじろと見られることとなってしまったのである。

だが、さくらはいっこうに気にしていないようであった。

「じゃあ、聞かせて貰うわよ」

「わかった。自分も状況を整理したかったところだからな。聞いてくれ」

箱席に座って落ち着くと、慶一郎は殉職者追悼式典に端を発するあの女との邂逅《かいこう》、そして逸時者と呼ばれた人間がどういう連中かを説明していった。

さくらは、ビールをあおりながらまず感想を述べる。

「……言われてみればそうよね。邪魔が入りさえしなければ、自分にとって何もかも都合が良い世界を作れるんですもの。時を制するのは、天下を獲るのと同義だわ」

他の逸時者を排除して、時を制することができれば世界を征服することができるとさくらも認めた。

「そしてそういう野心に取り憑かれた人間が何人もいるそうだ」

「でしょうね……」

「問題はあの女が、時間遡行の方法を知っている人間に気を許すなと言っていたことなんだ。その人物こそが、双海二尉らが帰って来られなくなった原因を作ったとも」

さくらはビールを置くと慶一郎を睨み付けた。

「ちょっと待って。あたしや慶一郎が知る範囲で、時間遡行の方法を知っている人物って、斎藤圭秀さんしかあり得ないんじゃない？」

「そうだ」

厳密に言えば、総合運用支援部の幹部達も知っている。

だが、慶一郎とは仕事で一、二度しか言葉を交わしたことがないため身近とは言えない。そして警告者であるあの女を除外すると、慶一郎が気をつけるべき相手は斎藤圭秀しかいないのだ。

「そうなんだ。だから困ってる」

おかげで慶一郎は『あの女』と接触したという事実を、斎藤に報告するべきか悩むことになってしまったのである。

翌朝、慶一郎はいつものように起きて、いつものように徒歩で出勤した。そして歩きながら昨夜のことを考えていた。

「逸時者の女をどうしたものか」

あの女のことは本来ならば斎藤に報告すべきだ。しかし、慶一郎は躊躇していた。

小笠原二曹や双海達の死に斎藤圭秀が関与しているという女の言葉がどうしても気になってしまうからだ。

そんな慶一郎の心の内を聞いたさくらはこう返した。

「その女は逸時者なんでしょ？　そして、逸時者は同業者を好まない。時の支配権を独占したいから出会えば即殺し合い。でも、それってその女の自己紹介じゃないって言える？　組織的に活動している戦史編纂室を壊滅させるための、組織の上司と部下を反目させ合うための離間の計という可能性もあるでしょ？」

「そ、それはそうだな」

「その女は、こうも言ったわよね。時間遡行の方法を知っている人間に気を許すなって。それってその女自身のことも入るんじゃない」

「お前だったらどうする？」

慶一郎は忍びの智恵に頼ることにした。

「当然様子見よ」

「様子見って……保留するってことか？」

「だって何もわかってないも同じだもの。それに慶一郎がなんの反応も示さずにいればその女はもう一度接触してくるはずよ。その女は何か目的があって慶一郎に近づいたけどそれが果たされてないんだもの、そういう時は判断を保留するしかないでしょ？」

慶一郎は、さくらのそんな言葉を思い出しながら身分証を見せつつ市ヶ谷駐屯地の営門を潜った。そしていつもの通り国防省の建物に向かおうとして、はたと立ち止まる。

「えっ⁉　国防省の建物がない⁉」

「国防省は六本木だろ。何を寝ぼけてるんだか……」

立ち呆けていると、警衛隊の隊員から可哀想な人間を見るような目を向けられてしまった。

「国防省が六本木に⁉　いったいどうして⁉」

慶一郎はようやく気がついた。自衛軍に関わる歴史が大きく変わっていたのだ。

国防省はかつて六本木にあった。それが二十年ほど前に市ヶ谷へと移転したのである。だが、何故か国防省が市ヶ谷に移転してなかったことになっているのだ。

昨夜の女は「逸時者の業界ではしがらみのない根無し草で有能な個人こそ最強であり、組織の大きさは弱点で足枷に過ぎない」と言っていた。どうやらたった一晩で、それを証明してくれたらしい。

「このままじゃ遅刻してしまうな」

慶一郎は舌打ちすると、大慌てで市ヶ谷駐屯地を出て靖国通りを走るタクシーを拾った。

「すまんが、相乗りをさせてくれ」

すると慶一郎の後から、慶一郎の背中を押すようにして誰かが乗り込んでくる。

「室長？」

誰かと思って振り返れば斎藤だった。斎藤も慶一郎と同じく、時間の流れが変わってもその影響を受けないから国防省の場所が市ヶ谷にあると思い込んで登庁してきてしまったようだ。

「君がいてくれて良かった。私一人でこんな体験をしたら、頭がおかしくなったかと思うところだったからな」

斎藤はそう言って運転手に「国防省に！」と行き先を告げた。


六本木の国防省。

それは慶一郎にとって全く知らない場所だった。

全く知らない建物の、知らないフロアの知らない部屋に、自分のロッカーがあって戦史編纂室の事務室には自分のデスクが置かれているという不思議な経験をした慶一郎は、引き出しの中の状況が自分の記憶通りであることを確認すると、室長室の斎藤を訪ねた。

「室長……」

　その時、斎藤は窓から外を眺めていた。

「まるで記憶喪失にでもなったような気分だよ。この景色を見るのは初めてだと言うのに、この部屋は戦史編纂室創設以来私が使っていたと言うからお笑いだ」

「原因はわかりましたか？」

「ああ。これを見てくれ」

　斎藤は慶一郎に対して新聞の縮刷版を差し出した。付箋の入った頁《ページ》を開いてみろと言う。

「これは？」

「国防省が六本木から市ヶ谷に移転する決定が下されたのはちょうどバブル経済華やかなりし頃。その時に政府の意思決定に携わっていたのが与党資本主義者党《よとうしほんしゅぎしゃとう》の笹原《ささはら》代議士だ。しかしバブル崩壊時に発覚したレクラーノ株事件に、笹原代議士までもが関わっていたことがマスコミに暴露されて平成三年に失脚。国防省の市ヶ谷への移転計画も、その跡地の払い下げ先の選定に疑惑があると見られて移転計画も霧散。以来、この六本木におかれたままとなった……と報道されている」

「なるほど」

　鮮やかな手口だと慶一郎は肯いた。検察にたれ込んだか、マスコミを動かしたか……慶一郎が目指してもなかなかできなかった歴史改変の手本を見せられたような気がした。

「君が昭和二十年で遭遇したのも、この敵の仕業ではないかと私は考えている」

　斎藤の推論を聞いて、その解釈は無理があると慶一郎は思った。

　あの女にこれだけのことができるなら、空襲を受けている最中の東京でわざわざ危険な狙撃などせずとも、自分達戦史編纂室を無力化することなど簡単なのだ。

女が語ったように、時間を遡れる者にとって組織とは足枷にしかならないようだ。その足枷を狙って撃てば戦史編纂室そのものですら存在してなかったことにできるのだ。

にもかかわらず斎藤室長は、昭和二十年の狙撃と、今回の出来事とを無理矢理結びつけようとしている。あの女に出会わなければ斎藤の言うことだからと受け容れてしまったかも知れないが、実際の所を知ってから見れば、そのこじつけ具合が良くわかる。

時間遡行の方法を知る身近な者に気をつけろという女の言葉が思い出された。

あの女の目的が慶一郎に猜疑心《さいぎしん》を吹き込むことにあるのは確かだ。だが斎藤の言動もまた、その猜疑心を膨らませる方向へと動いているのだ。

「敵の目的は何だと室長はお考えになりますか？」

「我々に対する挑戦だ。いつでも我々にダメージを与えることができるという宣言だ」

「どう対処しますか？」

「やられっぱなしでいるのも業腹《ごうはら》だ。それに時間遡行の技術は独占してこそ意味がある。同業他社の存在は許しておくことはできない。なんとしても発見し排除しなくては、と思う。が実のところお手上げだ。何か上手い手はないか？」

「我々は、同業他社に対して圧倒的に不利な立場にあります。我々の行動は敵に筒抜けなのに、敵の影すら摑めていない。なら、ここはあえて行動を起こし、それに対する敵の動きを見るようにしてみてはどうでしょう？」

「なるほど囮《おとり》を出すと言うことか」

「もちろん、囮役には言い出しっぺの自分が志願します」

慶一郎は斎藤の反応を待った。斎藤はしばらく慶一郎の顔を眺めていたが、やがて頭をふった。

「いや、その作戦はやめておく」

「どうしてですか？」

「危険だからだ」

「危険だからと言って避けていては、敵の実体は摑むことができません……」

「この時の流れという戦場で優勢を確保しているのは残念ながら敵だ。敵は情報的にも様々な次元で我々より優位にある。この劣勢をひっくり返すのは簡単なことではないぞ。せめて二十二歳以下の行動要員がいてくれたらと思う」

斎藤は呻きながら椅子に座った。

行動要員は入隊して六年以上の経験を持つ陸曹、あるいは幹部から選抜されるため、二十二歳未満の者はいない。最若年で小笠原が二十四歳だった。

「二十二歳以下の若い人間がいたらどうなるんですか？」

「笹原代議士の失脚を仕掛けたのは誰なのかを調べさせることができるだろう？　検察や、最初の報道をしたマスコミに、敵が接触するタイミングを見張っていれば人物像を摑むことも難しくないはずだ」

慶一郎は「ああ」と言って手を打った。

レクラーノ株事件が報道されたのは平成の一桁《ひとけた》の時代だ。同一人物は同じ時間に存在し得ないという原則によって、時間遡行は自分が生まれるより前でなければ行くことができないから二十二歳以下の者でなければ調べに行くことができないのだ。

その時、慶一郎はふと思いついたことを口にした。

「室長。こうしてはどうでしょう？」

「なんだね？」

「将来も戦史編纂室が活動を続けていると仮定してのことなんですが……」

「なんだね？」

「五年とか十年先の行動要員に、今の室長が命令を遺すということは不可能ですか？」

「将来の戦史編纂室に申し送り事項として、今必要な作戦を命令として遺すというのか？」

「そうです。はい」

「ふむ……なるほどな」

五年後、十年後の戦史編纂室なら、平成一桁の年代に隊員を遡行させて調査に従事させることができる。

慶一郎の提案に、斎藤は目を輝かせた。

「そんな方法は考えたことがなかった。試してみるか」

「そうしてみて下さい。我々は組織なんですからその優位を活かさないと」

「ん？」

その時、慶一郎は斎藤に睨まれた。

慶一郎もすぐに己の失言に気付いた。対比的に組織である我々が有利だと口にするということは、敵が組織ではないと知っているということになってしまう。

焦りを抑え込みながらしらばっくれる慶一郎。

すると斎藤もその発言を聞き流すことにしたのか顔を降ろした。

「いや、いい。わかった。君の提案を試みてみよう」

斎藤はそう言うと、命令を書面で残すために机のパソコンを起動する。慶一郎は、結局昨日接触した謎の女について斎藤に話すことはできなかったのだった。


提案の成果は早速その翌日に出た。

早朝に届いた斎藤からのメールで、国防省が市ヶ谷に戻っていることが知らされたのだ。そのメールには間違って六本木に行かないようにという一言が付け加えられていた。

「でも、どうやって？」

市ヶ谷に出勤した慶一郎は、見慣れた風景が戻ってきたことに安堵しつつ、どのような方法で市ヶ谷に国防省が戻るように工作したのか尋ねた。

「これだよ」

斎藤は慶一郎に昨日同様に新聞の縮刷版を差し出した。

それには、笹原代議士が首をつって死んでいるのが発見されたという記事が書かれていた。

日本人はその気性として死者にむち打つことを忌む。ハイエナがごときマスコミも、死んでしまった人間の疑惑はそれ以上追及しようとしない。おかげで国防省の移転計画も潰されずに済んだと言うのだ。

時間遡行者の行った検察への情報リークという行動については、どうあっても覆すことはできないが、その後の動きはどうとでもなるということらしい。

「まさか笹原代議士を？」

「同業他社に舐められたままでいられないからな」

「でも……」

異議を唱えようとする慶一郎に、斎藤はきっぱりと言い放った。

「我々は断固として引かない姿勢を示しておく必要がある。戦史編纂室の存在に影響を与えるような動きを見せたら、叩き潰してやるぞという意思表示をな」

それを聞いて慶一郎は狼狽《ろうばい》した。表面では平静を装っていたが斎藤のこの言葉にかなり動揺したのだ。

狙撃手であるからには、人を殺めることについて他人をとやかく言う資格はない。

これまでだって慶一郎も、何人もの人間の命を奪ってきた。だがそれは慶一郎の任務意識、公の仕事に従事するという使命感によって成し遂げられたことなのだ。

だが、戦史編纂室の威信《いしん》や、意思表示のために日本国民の命を奪うことが本当に『公』の行為と言えるだろうか？　確かに汚職は忌むべき行為だが、それが死に値するとは思えないのだ。

自分が甘いだけなのかも知れない。しかしテロを起こそうとしているとか、大勢の命が懸かっているといった危険な状況の中心人物というわけでもないのに軽々に暗殺してしまうことには、やはり何か思わないではいられない。

この斎藤という男の行動原理は慶一郎とは明らかに違っている。

慶一郎の公意識は、日本という国を一つの船に例えるなら、この日本という船とそれに乗る人々のためという視点から発生する。だがこの斎藤の公意識はもっと狭い範囲でしかない。斎藤の意識の中には、少なくとも笹原代議士は守るべき対象として含まれていないらしい。

あるいは、この男にはそもそも公意識など存在してないのかも知れない。となるといったい何が斎藤を突き動かしているのか……。

あの女の語った、時間遡行の暗黒面という言葉が思い出される。

自分の思い通りの結果を導き出すために人間を目的ではなく、手段と見なしていくようになるのだ。

「それから近いうちに作戦があるかも知れない。君にも参加して貰えないだろうか？」

斎藤は慶一郎が己に対する不信感を高めつつあることに気付いていてか気付いてないのか、そんなことを言った。

「どんな作戦ですか？」

「正式決定したら詳細は知らせるが、要するに織田信長の暗殺だ。織田信長は病死するよりもっと前に歴史から退場することが日本にとっては望ましい。君が言っていた本能寺の変だったか？　それを我々の手で再現するんだ」

「お館様を我々の手で？」

斎藤は苦笑した。

「おやかたさま？」

「あ、いえ。織田信長をです」

さくらから前もって聞かされていたとは言え、こうして斎藤の口から聞かされると、慶一郎はショックであった。

「信長暗殺は、やめておいた方が良いでしょう」

「どうしてだね？　織田信長を歴史から退場させる

ことで羽柴秀吉、徳川家康という、君の言っていた本来の形で支配者が移り変わり、江戸時代、そして明治維新ももっと円滑な形でなされる可能性が高くなる。そうなれば日本はもっと一体感を持って、現代の様々な問題に対処できるようになるはずだ。今の日本の危機的状況をこれで一気に解決できるかも知れない。それは、君の願いがかなうということなんだぞ」

「しかしこれまで我々の活動領域は近代以降に限っていたではないですか？　なのにどうして戦国時代……」

「これまでの我々の作戦は所詮、実験に過ぎなかったからだ。時間遡行で何を何処までやれるか、その影響を確かめるためのな。当時の詳細な記録が残っていて、何処をどう弄れば良いかということも判断しやすかったのもある。だが歴史という川の下流をちまちま弄っても、それほどの成果は得られないことがわかった。ならば、やはり大河の流れを変えるには上流からということになる」

「だからといって」

「やはり織田信長を撃つのが嫌かね？　君にとってはかつての主君だからやりにくいことは理解できるが……」

「斎藤室長にとっても影響ある事案だと思いますが。ご先祖に影響がでますよね？」

「私自身で試してみる好機とも言える。何か不都合が起きれば対処するさ。しかしながら君の心情もわかる。なのでこの任務については別の者に回しても良いと思っている」

「その場合は誰になりますか？」

「野部と、新規に戦史編纂室に引き抜いた者の二人ということになるな」

「野部には無理だと思います」

「確かに野部は経験不足だが野心が強い。きっと困難を克服して使命を完遂《かんすい》してくれるだろう」

「自分が言っているのはそういうことではありませ

ん」

「では、何だというのかね」

「戦国期の織田家は常時臨戦態勢にあります。そしてそこには自分が選抜、訓練を施し、そして充分な経験を積んだ対狙撃組織『猟《りょう》兵衆《へいしゅう》』が存在します。その守りを抜くのは……奴ではおそらく無理です」

「火縄銃で、現代のライフルに敵《かな》うとでも？」

「武器の優劣が全てを制するわけではないことは室長とてご存じでしょう？」

「無論だ。だがね、次元が違い過ぎる……」

「どんなに武器が発達してもそれを運用するのは人間です。ましてや狙撃は心理戦だ。戦国期の経験豊かな相手を野部なんかが出し抜けるとは思えません」

「君が心配しているのは、野部二曹かね？　それとも織田信長か？」

斎藤の視線に直視され慶一郎は一瞬息を呑んだ。

「もちろん……野部であります。同僚ですから」

「まあ、いい。君がそこまで言うならその意見だけは部長に伝えておく。猟兵衆だったか？　その鉄壁の防禦を抜くのは戦史編纂室には不可能だと。信長をどうこうすることは再検討を要するとね」

斎藤は最後の一文を馬鹿丁寧に強調した。

「そうです。くれぐれも、よろしくお願いします」

慶一郎は繰り返して頼み込むと、斎藤の前から退出した。


四ッ谷、真田堀の土手へと向かう。すると遊歩道の柵にあの女が座っていた。

まるで慶一郎がやって来ることが予め分かっていたかのようだ。

慶一郎もあの女が待っているかも知れないという思いでここに来たのだからお互い様なのだが、こうして実際に出くわしてみると何やら運命めいたものを感じる。

「待っていたよ」

女は慶一郎を見るとニコッと笑いかけてきた。

沙奈に良く似た顔でそんなに微笑まれるとドキッとしてしまう。その直後に猛烈な寂しさに襲われる気分になるのでやめて欲しかった。

「今日、自分がここに来るのも、全ては予め決まっていたということか？」

慶一郎は女と向かい合って立つと声を掛けた。

「いや、別に決まっていたこととかではないさ。昨日は待ち惚けたからね。寒空の下、君がいつまで経っても来てくれなかったから寂しい思いをした。どうしてくれる？」

「約束もしてないのに待たれてもな」

「また会おうと言ったろ？」

この女はそんなあやふやな一言を頼りに慶一郎を待っていたことになる。もし今日も、慶一郎が来なかったらどうするつもりだったのかと思ってしまった。

「期日も場所も決めてないのに……いや、いい。すまん、自分が悪かった」

慶一郎が言い訳を重ねれば重ねるほど、女がだんだんと悲しそうな表情になるので、慶一郎は自分が悪かったということを受け容れることにして頭を下げた。

「ものわかりが良くって嬉しいよ。良かったらどうだい」

すると機嫌を直した女は、レザーコートの懐から白い紙袋を取り出し慶一郎に突きつけた。

「肉まん？」

コンビニで売っている肉まんが二つ入っていた。この寒空の下どうやって保温していたのかまだ湯気が立っている。

「……ありがとう」

先日がレストランで値段を見るのも怖いくらいの高級料理。今日は肉まん。慶一郎は戸惑いながら受け取るとその一つを囓《かじ》った。

「どうだい、柔らかいだろう？」

「……ああ」

そこは温かいだろう？　ではないかと慶一郎は思った。まあ冷えたら硬くなってしまう物だけに柔らかいかと問いかけるのもあながち間違っているわけではないが。

「私の胸と比べてどうかね」

「………………」

コメントの難しい一言に慶一郎は動きを止めた。

「ははははは、冗談だよ」

「だろうな。比較するにも触ったことがないし」

「なんなら触ってみるかい？」

女は、慶一郎に向かって胸を突き出した。

レザーコートにスーツという男装のせいで外見からはわかりにくかったが、こうして差し出されてみると、隆起部《りゅうきぶ》の質量は慶一郎が手にしている肉まん以上はありそうだった。そのあたりは顔の造作同様、沙奈と良く似ていた。

「だが断る」

慶一郎は頭を振った。

「そりゃ残念だね。触った瞬間の写真を撮っておいて、それをネタに君を脅迫するのに使おうかと思ったのに」

「そんなこったろうと思った……そんなことより聞きたいことがある」

「斎藤君のことかい？　彼は今回なかなか大胆なことをしたよね」

「ああ」

大胆なこと……笹原代議士暗殺のことだろう。どうやってこの女はそんなことまで探り出すことができるのか、慶一郎は不思議に思いつつも肯いた。

「この私もさすがに怖くて、これからは戦史編纂室に手を出そうとは思わなくなっちゃうよ。目的のためなら身内ですら簡単に始末できる冷血漢だけのことはある。並の人間にはできないことだよ」

「やはり小笠原達が死んだ原因は、斎藤室長なのか？」

「私の言葉から、彼以外の誰かを指しているように感じたのなら、君の聴力か知性を疑わないといけないね」

「どうして室長が？」

「逸時者は同業者の存在を嫌うと言ったろう？」

「みんなあの人の部下なんだぞ⁉」

だがこの女は、きょとんとした顔をしていた。慶一郎の言葉の意味がわからないという風である。

曰く、部下だから何なのだと言いたいのだろう。

「おそらく君の同僚は時間遡行を繰り返すうちに、その秘密を嗅ぎ付けつつあったんだ。『窓』がどのような法則で現れるか知るための鍵をね」

慶一郎の脳裏に、窓の出現日時などの情報を書き込んだ地図の画像が蘇った。戦史編纂室の中で誰よりも時間遡行を経験している慶一郎がわからなかったものを、他の行動要員が気付けたとも思えない。だが、斎藤のように短時間でたどり着いた者もいるのだからこの女の言うように、誰かが法則性を摑みつつあったのかも知れない。それで斎藤は、その者を始末するためにあのような危険で難しい作戦を強行したのだ。

「斎藤君は秘密を守りたければ、もっと早く部下達を入れ替えるべきだったんだ」

女の言葉を聞いて、慶一郎は新メンバーを斎藤が用意していたことを思い出した。

「室長はその用意はしていたぞ。何も起きなければ、メンバーは少しずつ入れ替えられていた」

「つまり君達のうちの誰かは斎藤君が思っていた以上に優秀で、予想よりも早く窓の秘密にたどり着いてしまったわけだ。だから斎藤君は大急ぎで君の同僚達を始末しなければならなかったんだ」

「なるほど。理屈には合っているな」

「だろう？」

「だが信じるには値しない。そもそもお前が、そうやって自分に、室長に対する疑念を吹き込もうとするのは何故だ？　自分達の間に仲間割れを起こさせるのが目的なんじゃないのか？」

女は肩を竦めて肯いた。

「そうだね……結果から言えばそう言うことになる。私は君に斎藤君を疑え、警戒しろと言っているんだからね。けど考えて欲しい」

「何をだ？」

「君が上司に対する不信感を内攻《ないこう》させつつあるのは確かに私の指摘をきっかけにしている。けど、それを打ち消すことができないのはどうしてだ？　事実を知って君の心に斎藤君に対する疑念が育ちつつあるのは、紛れもなく斎藤君の責任なんだ」

「だが、斎藤室長への疑念を裏付ける証拠はない。現状では単なる言いがかりに過ぎない。自分の中にある猜疑心も裏にある事情を聞けば解消するようなものかも知れないしな」

「確かに物的証拠は何もないね」

「さらに言えば逸時者は、同業者を嫌うと言っていたな。なら、お前には、自分に虚言を吹き込み戦史編纂室を内部から崩壊させようとする動機があると言える。これはやっぱり、室長に報告しなければならない事案だな……」

どうしてこんな女の話に耳を貸したのだろう。沙奈に良く似た容貌に何かを期待してしまったからかも知れない。慶一郎は自分の愚かさに内心で舌打ちしながら踵《きびす》を返した。

だが、女は手を伸ばすと慶一郎のコートの端を捕まえた。

「ちょっと待った。確かに証拠はないが、私が君に嘘を吐く理由もないぞ」

「自分に恨みがあるんじゃなかったのか？」

「もちろんある。だが我が一族の、君に対する恨みは複雑なんだ……愛憎の混在というか何というべきか、その……」

「一族だと？」

「そうだ。私の名前は時守沙那《ときもりさな》。君が知る川守沙奈を初代《しょだい》とすると、二十一代目にあたる」

慶一郎は驚いて振り返った。

「お前が沙奈さんの子孫⁉」

女は慶一郎が立ち去ってしまわないと確信したのか、慶一郎のコートから手を離す。そして立ち上がって尻の埃をぽんぽんと払いながら言った。

「そうだとも。それが、我々時守の女が逸時者となった理由でもある。これから君がどれほど罪深い存在か教えてあげることにしよう。その上で私の言葉を信じるかどうか決めてくれたまえ」

さすがの慶一郎も、その言葉を受け容れるのには少しばかりの時間を必要とした。

〇八

慶一郎を乗せた真っ赤な911カブリオレが、お台場の五十五階建てタワーマンションの地下駐車場に滑り込む。

急制動でタイヤが軋む音を立てて停止。見れば白線で囲われた停車スペースに、カブリオレはすっぽりと収まっていた。

車から降りた慶一郎は、乗れと言われた時から抱いた疑念を解消しようと問いかけた。

「何を考えて冬場にオープンカー？」

「冬こそオープンカーにとっては最適な季節なんだぞ」

実際に乗ってみれば、想像したほど寒くなかったのは確かである。

走行時の風は身体に当たらないから寒いと言っても、外を歩いているのとさほど変わらない。足下のヒーターが利いていてかえって温かく感じたほどだ。幌なしの高機動車で炎暑の演習場を走り回った経験からすると、オープンカーというのは夏の方こそ太陽に照らされて乗るのに適さないものだということはわかる。

二十一代目『さな』を名乗ったこの女もレザーコ

ートに、手袋、マフラーとしっかりと外歩きの格好をしていたからそう寒くはなかったのだろう。

「だが見た目ってのがあるだろう？　どう見ても吹きっさらしで寒そうだ」

「なあに、冬場にミニスカートをはくのと似たような心理だと思ってくれれば良いさ」

「……わからん」

「君が、女心を理解できない男だということはわかった」

女は車に鍵をかけると、ツカツカと靴音を立ててエレベーターに向かってしまう。

もしかしたら機嫌を損ねてしまったのかも知れない。慶一郎は慌てて置いて行かれまいと後を追ったのだった。

「ここだ。入れ」

女は部屋のドアを開けると、慶一郎に先に入るよう促す。

中に入って明かりが点いた瞬間、慶一郎は思わず感嘆の声を上げた。

「なんだこれ⁉」

通常マンションの部屋と言えばそれぞれの階層をコンクリートの壁で仕切って、居住用に分譲あるいは賃貸するものでこれをフラットと呼ぶ。

だがこの部屋は中が二層になっていて——つまり高層階にあるのに居住空間に二階があって——しかも二階に上がるための階段はリビングから始まるという贅沢な造りをしている。そのためリビングは二層分の高さの吹き抜けになっていて天井が大変に高いのだ。

「こういう造りをメゾネットって言うんだろ？」

「そうだ。君はここでしばしの間、寛《くつろ》いでいてくれ……私は着替えてくる」

『さな』はそう言い残して二階へと上がって行ってしまった。

仕方なく、慶一郎はリビングの各所を見て回ることにした。

壁は、本棚と食器棚が並んでいて隠されている。

本棚は書籍や映画のＤＶＤがいっぱいに詰まっていて、この女が読書や映画鑑賞を趣味としている人間であることを示していた。

その中にはテレビか何かで見たことのある書籍もあった。

それは、古本屋が防犯カメラに映っていた万引き犯の姿をネットで流すという警告を発したことで一躍有名になったタイトルで、二百万とか三百万円で取り引きされるマニア垂涎《すいぜん》の稀覯本《きこうぼん》だ。それが新品同然の姿で本棚に収められていた。

食器棚に視線を移せば、これまた触るのが怖いくらいに高級そうな食器が並んでいる。市場に出せばきっと骨董好きが莫大な額を投じて購《あがな》うような代物に違いない。

この部屋やこれらを見ればあの『さな』が逸時者であることを利用して、どれだけ稼いでいるかが想像できた。横溝が調査の仕事の片手間でやっているという副業なんか、これに比べたら微々たるものに違いない。

二階分の高い高い天井から下がっているカーテンを開けてみれば、そこは巨大な窓があって、東京湾の夜景が広がっている。

これがまた絶景だった。

「隠れ家を何ヵ所か用意してあるが、ここの景色が一番のお気に入りでね」

『さな』が階段を下りてきた。

振り返ってみれば、女はスーツを脱いでデニムのジーンズに白いセーター姿になっている。

寛いでいる時もマニッシュな装いなのがこの女の生活スタイルらしい。

「メゾネットに、ポルシェのオープンカー、骨董、名品の数々……そんな物を揃えた部屋が何ヵ所もあるってのか？　随分と豊かな生活だことで」

「まあ、確かに裕福だとは思うよ……」

『さな』はそんな風に慶一郎の厭味《いやみ》を受け流すと、リビングのソファーにどっかりと座った。

「しかし必要な裕福さなんだ。例えばこんなタワーマンションの最上階というロケーションは、狙撃を避けるためだ」

慶一郎は窓の外を見ながら、逸時者同士は出会った瞬間から殺し合うとこの女が言っていたことを思い出した。そう言う視点で見れば、この東京湾側に面した部屋は狙撃を防ぐための理想的な位置にあることに気付く。

「それに逸時者は歴史の更新から取り残される。それは国家や社会、いや友人関係からすらも切り離されてしまうことも意味している。預貯金の口座も簡単に失ったりする。戸籍を弄くられるだけで年金も保険制度も使えなくなってしまう。何代か前かは失念してしまったが正体を隠して一般人と結婚していた『さな』がいたんだが、彼女は別の逸時者から攻撃を受けて、ある日突然住んでいた家や、夫、家族までもいなくなるという悲劇に見舞われた。以来、我が時守の女達は独身で過ごすようになった」

「同じ業界の仲間を伴侶にするとか、配偶者に秘密を教えるとかは？」

「出会った瞬間に殺し合うしかない存在をどうやって伴侶に？　配偶者に秘密を教えることを試みた者もいたが大抵は悲劇的な結末で終わる。普通の生活をしていた者にとっては、親兄弟や家族から切り離されてしまうことは受け容れがたいし、心構えもなく身を守る術も知らないから他の逸時者と出会ったら無抵抗で殺されてしまう」

「そんなんでよくぞまあ二十一代も家系が続いたな」

「女だからだろう。男の場合は子孫を儲けるには女の協力が必要だが、女はその気になれば一人で子供を産み育てることができるしな。種はそのへんで適当に気に入った相手を……」

『さな』は慶一郎を見てぺろりと舌なめずりした。

「あの、その……生まれた子供が男の子ならどうするんだ？」

「比良村の川守家に養子に出す。そこで時間遡行とは無縁に暮らさせる」

「男の場合は、まず初めに嫁さんが同業者のターゲットになってしまうからか？」

「そういうことだ。そういう悲しさを味わいたくなければ孤独に暮らすしかないだろ？　我が時守の一族は静かに目立たないように暮らす。それでも他の逸時者に見つかってしまうことがある。そうなったら乳飲み子を抱えて逃げださなければならない。それなのに国家や社会からの保護は受けられない。だからある程度の蓄えが必要になる。資産も住処も、歴史の更新に影響を受けない形で隠しておかないといけないんだ」

母親に抱かれて時を遡るから、子供も嫌でも逸時者に育ってしまう。ならばこの女が言うように万が一の場合に備えておくことも必要だろう。

「友人も恋人も持てないから、心を満たすためにこうした奢侈《しゃし》に走りたくなってしまうのさ」

そう言われると慶一郎も納得せざるを得なかった。

「それに時間遡行で得る利益は、何もせずして濡れ手で粟のように得た物ではないぞ。先祖代々、命がけの苦労を積み重ねてきた結果だ」

「命がけ？」

「今日は、それを君に説明するためにここに来て貰ったんだ。これから時間遡行について全てを説明しようと思っている」

「それって秘密じゃないのか？」

「君に信頼して貰うには、全てを明かすのが一番だと判断した。君も立場上、知る権利と義務の双方を持っているしな」

「義務？」

「おいおい、忘れたのか。君こそが我が一族を生み出すきっかけとなったんだぞ。当然だろ？」

『さな』はそう言うと、ついてこいと言って腰を上げた。

本棚に近づいていくから慶一郎はこの女も自分と同じく何かしらの資料を本棚の裏に隠していると思ったのだが、『さな』は棚の一番上にある広辞苑サイズの分厚い辞書を引き抜いた。そして、その奥に手を入れる。

「おっ⁉」

本棚が音もなくすっと横にずれた。その向こうに狭い通路が隠れていた。

「隠し部屋かよ。随分とまあ、嬉しいギミックだな」

「こういうのに憬れてたから、ちょっと贅沢してリフォームがてら工務店に工事して貰った……」

『さな』は少し頬を赤らめながら言い訳した。

そして慶一郎について来いと告げ、隠し扉を抜けて狭い廊下を奥へと進む。そして狭い廊下を数歩進み奥の小部屋へと入って行った。

「ここは占い師の小部屋か？」

慶一郎はその部屋に入った時、周囲を見渡しながらそう呟いた。

実際に占い師のところを訪ねたことがあるとか、見たことがあるというわけではないのに、そういう印象を受けたのは小笠原の影響だろう。

窓がなくて薄暗く、ホロスコープが壁に貼られていたり、中央に紗《うすぎぬ》のテーブルクロスを敷いた小さなテーブルがあったり、その中央に何やらクラシカルな雰囲気な物が置かれていたりするせいで、魔女とか占い師などと呼ばれる人物が、水晶玉を覗き込んでいる——といったステロタイプな想像をしてしまったのである。

壁に貼られているポスターがホロスコープだとわかったのは、小笠原が似たようなイラストの入った文房具を身辺に置いていたからだ。

もちろん実際にテーブルの上に置かれていたのは水晶玉などではなく、太陽を中心に据えた土星までの惑星儀なのだが。

「これは太陽系か？」

慶一郎は、真鍮《しんちゅう》で作られた歯車を何枚も組み合わせて作った精巧な模型に見入った。

そのあちこちに書かれた文字の書体やら造りから、江戸時代とかその頃に作られた時計と同じ雰囲気を感じる。それだけの年代を経ている骨董品なのだろう。

土星の輪がないとか惑星の大きさには違和感があるといったことはあっても、太陽を中心に回転し、第三惑星には月があるといった点から、それは太陽系だろうと思われた。

「それは、十二代目の『さな』が寛政期《かんせいき》に製作したものだ」

「なんでこんなものを?」

「時間遡行の秘密と深い関係があるからだ」

「なんだって?」

『さな』は慶一郎に座れと言ってこの部屋に一つしかない椅子を勧めた。

「長話になるからな。少し落ち着いて聞いて欲しい」

「わかった」

慶一郎は言われるままに座る。高校で地学の授業を受けていた時の記憶が蘇って「はい、先生」とか言いたくなった。

「では、時間遡行の秘密はどのように解き明かされるかを説明しよう」

『さな』は語った。時間遡行の秘密を解き明かすアプローチは、いわゆる「神隠し」と呼ばれる現象の解明から始まると。

「神隠しか」

そのキーワードを聞いた途端、慶一郎は自分が沙奈に依頼した調査のことを思い出した。

「時間遡行の秘密を解き明かそうとする人間は、大抵は神隠しにあった人間を見つけ出してその人間から話を聞くことから始める」

「実際、そんな人間は見つかるのか?」

「探すべき場所を探せばな。例えばここ数年の家出人捜索願が出された件数は年間で八万をやや超える。

その後、所在が確認されるのが七万九千人余。つまり真の意味での行方不明者は毎年千人もいるわけだ」

「それらの全てが時間遡行者っていうわけではないだろ？」

「もちろんだ。世間には身元不明の事故死、病死もかなりある。そして偶然に窓を潜ってしまう確率は非常に少ない。だがゼロでもない。宝くじのあたる確率は天文学的数値だが、それでも誰かには必ず当たる。偶発的に窓を潜って時間遡行してしまう人間の数は、日本で年に二、三人。全世界でなら百人いるかといったところだろう」

「そんなにいたら、時間遡行がもっと世間に知られてても良いと思うんだが」

「ところがそうはならない。現代社会では別の時代から来たなんて言う人間は、保護されると医師から記憶喪失や妄想、解離《かいり》性《せい》遁走《とんそう》などといった病名がつけられる。空気を読めず誰彼構わず主張し続ければ、程度が酷いと見なされて隔離すらされる。おかげで彼らの主張はまともに取り上げられることはないんだ」

「あ、ああ」

「そして遡行先が江戸時代以前なら、そもそも生き残れるかも怪しくなる。帰る場所を失った人間の前に追い剥ぎや、戦乱、飢えや、病気が待っている。運良く生き残れたとしても、今度は神隠しの一言で片付けられてしまうだろう」

　慶一郎は自分の幸運に感謝した。自分が時間遡行した時の体験を考えると、多くの幸運に恵まれていたと認めざるを得ないのだ。

「何時の時代にも、そういった人間がいる。だから時間遡行の秘密に迫るには、まずそういった人間を探し出して、いつ、何処で、何をしていたらタイムスリップをしたのかを事細かに聞いて回ることから始めるんだ」

「それで何がわかる？」

「時間遡行が起こる条件がリストアップできる。しかし問題はその法則性がなかなか摑めないことだ。思いつく限りの要素を書き込んだリストを作るんだが、その法則性がなかなか見つからない。結局のところデータの数を増やすしかないんだが神隠しにあった人間を探すのも容易なことではないからな。それで時間遡行の探究を諦めてしまう者も出てくる」

「神隠しにあった人間を見つけるのは難しいのか」

「突然知らない世界に放り出されてみんな酷い体験をしているからな。本当のことを喋って貰うまでにも時間が掛かったんだそうだ」

　そこで慶一郎は手を上げた。

「そんな大変な調査をどうしてしようなんて思うのかな。その動機は？」

「君という実例があるじゃないか。時間遡行の秘密を解き明かそうと思うのは大抵、事故で過去の時間に放り出されるという体験をした者だ。それが真実を知りたい、元の時代に戻りたいという欲求を抱いて調査を始めるんだ」

「ああ。そういうことか」

「まあ、我が時守家の女は違ったがな。愛しい男がある日、忽然《こつぜん》と消えてしまった。その後を追いかけたくて始めた。初代さんのその後の人生はそれだけで終わってしまったと言って良い」

「…………」

　その詰《なじ》るような言葉に、慶一郎は心臓を握りつぶされるような息苦しさを感じた。

「だが彼女は、二代三代と志を継いでくれる変わった子孫を持つことができた。初代さんが、佐々家のご当主との付き合いを上手くもって小さな領地やそれなりの家産を残してくれた。おかげで真実の探求が川守家の家業になったんだ。代を重ねて調査を続け、膨大なデータを蓄積することもできた」

「神隠し……『窓』の発生条件はそれでわかったのか？」

「もちろんだ。わかったからこそ私は逸時者として君の前にいる。しかし、ここに到るまでの道のりはなかなか険しかったんだぞ。とある学問の発達を待たなければならなかった。第十一代目の『さな』は麻田剛立《あさだごうりゅう》という男と交流があってな……」

「誰だ、それ？」

「昔の天文学者だ」

女は慶一郎の前にある惑星儀を起動させた。するとと歯車がゼンマイの音を立てて回りだし、太陽の周りにある水星、金星、地球、月、火星、木星、土星がそれぞれの軌道を動き出した。

「『窓』は、潮の満ち引き、月の満ち欠けと同じく自然現象だ。それがいつ、どこに開くか知るには太陽、月、そして地球、他の惑星の位置関係を知る必要がある。これら主要な星々の運行と、神隠しの発生条件の関係が摑めた時、その法則性が明らかになるんだ」

「ああ……」

それを聞いた途端、慶一郎は頭を押さえた。

小笠原は、何かにつけて星座がどうのと言いつつ惑星の運行や天文学に詳しかった。つまりは小笠原こそが最も窓の秘密に近づいた存在だったのだ。

「そうか、惑星の影響か。天気や気温とか、地軸とかと関係ないかと調べてたんだが、そっちの方角は考えてもみなかった……」

慶一郎は、改めて惑星儀に視線を向けた。潮の満ち引きは月の重力の影響だ。それと同じく太陽とその周囲を巡る星々は様々な影響をもたらしているのだ。

「良かったな。君もこれで、窓の発生時刻、発生場所を予測して時間遡行できるようになるだろう。もちろんそのためには神隠し発生のデータがかなり必要となるがな」

さなはそう言うと、スマホを取り出した。

「ちなみに私はスマホに年月日と時間を入力するだけで、窓の出現する緯度《いど》経度《けいど》、時間、高度までわかるようなアプリを開発した」

「そうか……けど斎藤室長は自分との実験でそんな

手間を掛けたようには見えなかったが？」

「そう。それだ！」

　すると『さな』は、ぐいっと慶一郎に迫るとその顔を覗き込んだ。

「それこそが私が君に抱いて欲しい疑問の一つだ。そこから推測できることは一つ。斎藤君は君と接触する以前から、窓の発生条件についてある程度の目星を付けていたということだ」

「そうか。やっぱりそうか」

「あの男を調査してわかったことがある」

「なんだ？」

「君が最初に過去に遡ってしまったきっかけとなった、シカ駆除を兼ねた狙撃手集合訓練……」

「良くそんな出来事まで知っているな？」

「調査についてはその道のプロに依頼しているからな。あれを企画したのは誰だと思う？」

「まさかと思うけど話の流れからして……斎藤室長か？」

「そうだ。つまりあの日あの時の演習は、窓の発生場所が予測通りになるかを確認するための、君達をモルモットにした実験だったんだ。そしてたまたま君がそれにひっかかってしまった」

　あの集合訓練に参加した隊員は、綿密な計画の下で、一定の場所から一定の場所へ担当地域を進まされた。それこそがあやふやな予測の中で、窓の在《あ》り処《か》を確認するためのものであり、慶一郎が行方不明になったことで成功したのである。だからこそ慶一郎が帰ってきた後の実験は、無駄なく成果を上げることができたとも言える。

「どうして自分でやらない？　逸時者は、時間遡行の方法を独占したがるんじゃなかったのか？」

「もちろんだ。だが技術として確立する作業は危険が大きい。窓の出現予測の確度が低い内は、もといた時代に戻って来られなくなる可能性だって高い。飛ばされた時代によっては、行った先で生き延びることそのものが大変な場合があるしな。さっき言った十一代目『さな』は、自分を時間遡行の最初の被験者にしたよ。十二代目の目の前でな。そして戻って来ることができなかった……」

「時間遡行の解明は命がけの挑戦の繰り返しか。どうしてそうまでして？　やめてしまおうとは思わなかったのかな？」

「私の母は『ふぐ』と同じだって言ってた。その美味さに毒があることを知りつつ、日本人は食べることに挑戦し続けた。下手をすれば死んでしまうのに、何を食べたら死んで、何をどうしたら死なずに済むのかを命をかけて検証し続けたんだ。その連綿たる犠牲の上にふぐを食べる食文化が我が国にできあがった。川守家の女が時守と姓を改め時間遡行に挑戦し続けたのもそれと同じ理屈さ」

「斎藤室長はどうなんだろう？」

「さぁな。ただ彼は自分でふぐを食べず他人に毒味させる方法を選んでいる。今も、時間遡行の実験は君達に押しつけているだろ？」

「斎藤室長はそうまでして時間遡行を？」

（室長の動機は、なんだったんですか？）

（私の動機かね？　多分、血だな。先祖から連綿と伝わる執念という奴だ……）

慶一郎の脳裏にそんな遣り取りの記憶が思い出される。

慶一郎は深々とため息を吐く。『沙奈』の末裔《まつえい》を名乗るこの女の言葉に嘘は感じられないのだ。それどころか、斎藤がさっさと時間遡行の秘密にたどり着いたのに、自分がいくら考えてもわからなかった理由も納得できた。

「どうだね？　私を信じられるようになったかね？」

「いや、まだだ」

慶一郎は言った。

既に内心では斎藤が怪しいという女の主張に同意しているのだが、それをこの場で態度として表すことに強い抵抗を感じたのだ。

「確かに室長は、自分と知り合う前から時間遡行について何らかの手懸かりを得ていたかも知れない。

小笠原は時間遡行の秘密にたどり着こうとしていた。

だが、それだからと言って、斎藤室長が行動要員を謀殺したというのはやっぱりおかしいと思う。お前が、沙奈の血を引いているという話も、何の証拠もない眉唾《まゆつば》なことだしな」

「そうか。確かにその通りだな……ならばもう一つの証拠を提示しよう」

するとその時、『さな』はそう言うとおもむろにセーターの裾《すそ》に手を掛けて、がばっと脱いで見せた。

「お、おいっ、何を……っ⁉」

見れば女の白い肌には、沙奈とそっくりの白蛇の刺青が入っていた。

流石にジーンズまでは脱がなかったが、脱いだらきっと腿や下腿には蛇が絡みついてるように見えたろう。

「こ、これって……」

「こんなものを肌に刻んでいるせいで時守家の女は年がら年中長袖だしスカートもはけない。おかげで口調も態度も服装に合わせてこんなになってしまった。どうしてくれる？」

「ど、どうしてれるって言われても……」

慶一郎は上半身裸の『さな』に迫られてたじろいだ。ただでさえ、沙奈に似た顔貌なのに白い蛇の刺青のせいで沙奈に怒られているような気分になってしまったのだ。

「それもこれも、君が初代を元亀年間に独り残してきてしまったからだろう！」

「そ、そんなことを言われても。自分だって帰りたかった！　今だって帰ろうとそれなりに努力はしてるんだ」

「努力の結果が出てないじゃないか⁉　どうしてその結果は出ないと思う？　それはこのままでは君が斎藤君に殺されてしまうからだ。今、君が生かされているのは奴の実験がまだ済んでないからだ。それが済めば君も、戦史編纂室の今の部下達もみんな用なしになる」

「う……」

「君の死はまだ未来の話だ。防ぐことができることだ。だからこそ、そしてその為にこそ私達はここにいる。初代の思いはこの刺青と名前とともに私達に受け継がれてきた。その思いですら君は信用できないと言うのか⁉」

「でも、自分が戻って沙奈さんが歓ぶとは……」

「どうしてそんな風に思うんだ？」

「だって子孫がいるってことは、沙奈さんは誰か別の男と結婚したんじゃ……」

「何、馬鹿なこと言ってる！　私達はお前の子孫に決まっているじゃないか！　だからこそ初代さんは私達に、おまえに帰ってきて欲しいという想いを託すことができるんじゃないか！」

　その縋《すが》るような顔をみた時、慶一郎は深く納得した。

　もう認めるしかない。この女は確かに沙奈の子孫なのである。

　状況を把握してからの慶一郎の方針決定は素速かった。

　いずれ斎藤圭秀から狙われると言うのなら、それよりも先に姿をくらましてしまうことにしたのだ。

　だが、問題はその方法だった。

　斎藤が時間遡行技術の独占を狙っているのならば、慶一郎が離反したと知ったら総力を挙げてその行方を捜そうとするはずなのだ。

　現代では見ず知らずの土地に逃亡しても、クレカなどカード類の使用履歴、預貯金等の引き出し記録、携帯電話等の接続記録、街角の防犯カメラといったものから足跡を手繰ることができる。これを避けるにはそれらを一切捨て去り現金のみを使用して、国内外の防犯カメラ類のない土地に行ってしまうしかないのだ。

　問題はそういった場所は限られること。そしてその往路で捕捉されてしまう可能性が高い。

しかし時の彼方なら話は別だ。一旦見失ったら足跡を手繰ることはほぼ不可能となる。

「だが、無理だな。自分には弱点がある」

慶一郎に弱みがあることを斎藤圭秀は知っている。

斎藤はきっと慶一郎を捕らえるために沙奈を人質にしようとするだろう。無人斎道有に、彼女を人質に捕らえられていた時のような思いだけはもう二度としたくないが、それが再現されてしまう可能性は高いのだ。

それを防ぐにはどうしたらいいか。

さなと四六時中一緒にいるという方法もあるが、考えているうちにそれが少しも効果的でないことに気がついた。

慶一郎は自分が狙われる立場になって、時間を遡ることができる者同士の戦いがいかに厄介であるかに気付いた。時間遡行者からの攻撃は常に奇襲であり、組織に属すなどして居所を明らかにしている人間は、動かない野ざらしの標的と同じなのだ。

どれほど厳重に警戒をしていても個人を守るには限界はあって隙は生じる。

時間遡行者はその隙がいつ生じたか、後世に残された記録から知ることができるから、圧倒的過ぎるほどに有利な立場にある。

「有能な個人の根無し草が最強とお前が言っていた意味がわかったよ」

さなはニンマリと笑った。

「やっとわかってくれたようだな？」

慶一郎は自分が死んでしまうのが一番だと考えた。

もちろん本当に死ぬわけではない。慶一郎が事故で死んだと誤認させるのである。

具体的には過去の戦国時代のあたりから死体を一つ調達してきて、任務中での死亡と同行者に思わせるのである。死体が回収できなければそれが慶一郎かどうであるか確かめることもできないから報告だけで状況を判断するしかないのだ。

「そうすれば誰も自分を追おうとはしないだろう。沙奈も安全になる」

「そうだな……それが良いかも知れない」

事態が切迫してくれれば話は別だが、準備が整うまでは何食わぬ顔をして普段通りに過ごすことにしたのである。

慶一郎の方針がまとまると『さな』は何やら複雑な面持ちをした。

「どうしたんだ？」

「困ったことになった。こうして心安らげる男と知り合えて、もっと一緒にいたいと思う気持ちが湧いてきてしまったんだ」

慶一郎の隣に座って、ぐいっと身を寄せてくる『さな』。

慶一郎はその距離の近さに圧倒され身体を仰け反らせた。

「そ、そうなの？」

「言ったろう？　私達は孤独だと……その孤独を和らげることのできる相手との出逢いは垂涎なんだ。君とは秘密を分かち合うこともできるし、身を守る術も持っている。私にとっては最適な存在なんだ」

「そ、そう言われてもお前は沙奈さんの子孫だし」

「大丈夫だ。二十一も代を重ねれば、血はいとこ関係よりも薄い。赤の他人も同然だ」

「けど自分達は、知り合って間もないだろ」

「わたしにとっては物心ついた時からずうっと会いたかった相手だ。これは世代を重ねるにつれて昂じてしまったファザコンみたいな心理だと思ってくれ」

「ごめん、自分には沙奈さんがいる」

「やぁ、嬉しい。それはわたしのことだ」

「いや、違うって」

「違わないぞ、わたしも『さな』だ。初代も、己の想いを子孫に託した以上は、文句を言わないはずだ」

『さな』はそんなことを言って慶一郎に襲い掛ったのである。

〇九

翌朝、慶一郎は『さな』の部屋から直接国防省に登庁した。

いつもと異なる通勤経路を使わなければならなかったせいで、普段よりも少し遅れてしまう。

遅刻ではないが三十分前登庁待機を習慣にしている慶一郎にとって、国防省が六本木に移動してしまった日に続き二度目の失態だ。二十一代目のさなは、車で送ってくれると言ったがそうそう好意に甘えることもできない。おかげで、新聞にもニュースにも目を通している余裕がなかった。

「先任！　室長がお呼びです」

戦史編纂室に入ると、待ち構えていた新人スタッフから斎藤の指示が伝えられた。

「室長が？　わかった」

新しい任務の下達か、それともまたぞろ厄介事か。慶一郎は想像しながら室長室へと入った。

「笠間慶一郎。入ります」

すると斎藤がいつもの無表情で、机に向かっていた。

サイドデスクのページプリンターが、何かの文書を吐き出している。

「室長。なんでしょうか？」

斎藤は引き出しから数枚の写真を取り出すと慶一郎の前に投げ置いた。

「この女について、君に尋ねたい」

それは真田堀の土手で慶一郎と向かい合っている『さな』の写真だった。

他には、911カブリオレのハンドルを握る『さな』と助手席に座る慶一郎の姿が写った写真もある。

どうやら、慶一郎は監視されていたようだ。

「冬場にオープンカーとは寒そうだ」

『さな』との関係をどう答えるべきか。それを考えるためにも、慶一郎は斎藤が珍しく発した冗談めかした言葉を利用して時間稼ぎをはかった。

「カブリオレは冬でも意外と寒くないんです。夏場の方こそ、暑くてかなわないのは室長とてご存じのはずですが」

「確かに無蓋《むがい》の高機動車は地獄だったな。なるほど、オープンカーの件は了解した。それではこれを運転している女について尋ねよう。どういう関係かね?」

「まあ、親しい関係と言えるでしょう」

「この女の素性を情報保全隊に調べさせたんだが、たかだか一晩で手に入る情報でも、なかなかに面白いことがわかったぞ」

「どんなことですか?」

慶一郎も『さな』の身の上には興味があったので身を乗り出した。

「例えば株取引の記録だ。この女はかなりの腕利き相場師だ。値が著しく上がる会社の株ばかりを片っ端から買って巨万の富を得ている。もちろん上がらなかった株もあるんだが、ほとんどが右肩上がりに急成長している。的中率九十%というのは驚くべき確率と言えるだろう。インサイダー取引かなと思ったんだが、株を購入しているのは実際に株価が上がる二、三年前、株価高騰のきっかけとなった実験や研究が成果を出してない時期なのでそれは否定される」

「つまり、この女は先読みが上手ということですね?」

「君が、あえてとある可能性を排除しているのは、気がついてないからかね? それとも私をごまかせると思っているからか?」

「とある可能性とは何を指して仰っているのでしょうか?」

「この女が時間遡行者である可能性だ」

「この女はどう見積もっても二十二、三歳ですよ。二、三年昔の自分に、どの銘柄の株が上がるかなんて情報をどうやって伝えるんですか? 同一人物は同じ時間には存在できない。それを考えれば、この女が過去の自分に将来の株価を伝えることは不可能です」

「それは君が教えてくれた方法を用いれば解決する。この女は、自分が生まれる前まで遡って、そこから成長した自分宛にメッセージを発したんだ」

「しかしそれだけで彼女が時間遡行者だと確定するのは早計なのでは？　決定的な証拠もないのにそういう可能性があるというだけで時間遡行者だと断定してしまったら、株や相場で儲けている人間やカジノで大当たりしている人間はみんな疑わないといけなくなる」

「だからこそ、それを確かめたいと思って君を呼んだ。彼女とは親しい間柄なのだろう？」

慶一郎は、背筋に汗が流れるのを感じながらも、しれっと言った。

「まだです。これから親しくなるつもりでした」

「まだ⁉　彼女の部屋に泊まったのに、未然形なのか？」

「ええ、未然形です」

慶一郎は言いながらもこめかみから汗が落ちるのを感じた。

「君は案外、朴念仁《ぼくねんじん》なんだな」

「慎重と言って下さい」

さなに襲われた慶一郎だったが、あわやという場面でなんとか逃げ回り、いつか元亀に戻った後沙奈の顔を真っ直ぐ見られなくなりそうなことはなんとか回避したのである。

そんなことを思い出している慶一郎の顔を見た斎藤は、意外そうに眉根を寄せた。

「何やら複雑そうだな。知り合ったのは最近かね？」

「はい。つい先日です」

「中国大陸や大空襲下の東京での失敗後、この女と出会った。君はこの女が敵対する勢力に属する人間である可能性を考慮したかね？」

「もちろん考えました。故に慎重に……室長の仰るところの朴念仁に振る舞ったんです」

「なるほど」

斎藤は机上の写真を拾いながら言った。

「この女は情報保全隊が調査しても素性が良くわからないんだ。一応、戸籍はある。名前は時守沙那。愛知県の出身だ。問題は記録にある地元の公立校を卒業以降の経歴が一切不明なことだ。父親はいない。母親はいたが現在は行方不明。しかし死亡届も捜索願も出されていない。母親の遺産を相続したわけでもなく、就職した様子もないのにとんでもない額の資産を持っている様子が見受けられる……少しおかしいとは思わないか？」

斎藤はおかしいと何度も繰り返した。

「はい。それを聞けば自分もおかしいと思います。……そうですね。限りなく黒に近いグレーっていう感じでしょうか？」

「意見の一致を見たようで嬉しく思う。君は、その存在を証明された最初の時間遡行者だ。当然、我々は君の身辺も思想も何もかもを全て完璧なまでに調べ上げた上で、この戦史編纂室に誘った。君が戦史編纂室に来た動機は……自分がしでかした結果のこの日本の状況を少しでも良くしたい。そうだったね？」

「そうです」

「そういう君に、こうした限りなく黒に近い存在が接触することに、我々も神経を尖らさざるを得ない。ましてやこの女が時間遡行者だとしたら、先般、我々に深刻な被害をもたらした敵である可能性も高い。木石ではないのだから女性と交際するなとは言わないが、この女は相応しくない。私の言いたいことがわかるね？」

「以後気をつけます」

「さくら嬢ではダメなのか？　彼女と付き合えばいい」

「あいつはそういうんじゃありません。戸籍でも妹にしてありますし」

「必要なら別人の戸籍を作ってもいいぞ。彼女も、君とくっつけば元亀に戻りたいと言わなくなるだろう。そうしてくれると八方丸く収まると思うのだが」

「無理です。そればっかりは、勘弁して下さい」

斎藤は仕方ないと鼻を鳴らすと机の写真を引き出しに仕舞い入れた。

「話は以上だ、行きたまえ」

「はっ」

慶一郎は振り返って室長室を出ようとした。するとその時、斎藤が慶一郎の背中に言葉を投げつけた。

「あ、そうだ。そういえば君が最初に時間遡行した時、現地で懇意にしていた女性が確か川守沙奈だったね。姓こそ違うが、この女が同じ名を名乗っているのは何かの偶然かな?」

慶一郎は振り返ると斎藤の目が獲物を狙う猛禽《もうきん》のような光をたたえていることに気付いた。

「いや、偶然だと思います」

「なるほど……そうか。偶然か」

斎藤は慶一郎の反応を見るとプリントアウトの終わった書類を引き寄せた。

そして何やら署名捺印して封筒に厳重に納めると、それを慶一郎に突きつけた。

「すまないが、これをそこの段ボール箱に入れて、金庫にしまってくれないか?」

「金庫にですか? あ、はい」

慶一郎は、部屋の隅に積まれていた本が二、三冊入る程度の段ボール箱を選ぶとそこに書類を入れる。そして執務室の脇にある金庫に入れた。金庫の鍵はかかってなかった。

慶一郎が振り返ると斎藤は次の書類を推敲するためか机に向かっている。

「話は終わりだ。帰って良い」

「はっ。失礼します」

慶一郎は、斎藤に腰を十度折る敬礼をすると室長室を出たのだった。

室長室を出た慶一郎は、小走りに事務室に向かうと自分の事務机の前に立って目をつむった。

「まずい。あの室長の目つきは危険だ」

慶一郎の狙撃手としての本能がさかんに警鐘を鳴らしている。

机に向かっていた斎藤がちらりと慶一郎を見た瞬間、慶一郎は戦場で腕利きと銃口を向け合った時に似た鳥肌の立つ冷たい圧迫感を感じた。書類に署名捺印して慶一郎に突きつけた瞬間の顔はレクラーノ株事件にかかわった笹原代議士の暗殺を命じた時と全く同じだったのだ。斎藤が未来の戦史編纂室に何か命令したのだ。そしてその対象はおそらくは慶一郎だろう。

先ほどの受け答えで何か致命的なミスをしたのかも知れない。

次の作戦で事故死を演出するなんて悠長なことは言ってられない。今、この瞬間が、まさに危険な状況なのだ。

斎藤の構えた狙撃銃の照準は慶一郎の頭部に合わされていて、後は引き金を引くだけ。いや、もうとっくに引き金は引かれていて慶一郎に向かって弾丸が飛翔している真っ最中かも知れない。

今すぐにここを立ち去らなければならないのだ。

しかし慶一郎は思い切ることができなかった。

「くそっ」

それは未練である。

慶一郎にもこれまでに積みあげてきたキャリアや暮らし、培《つちか》ってきた人間関係といった物がある。それらをうち捨てるのは簡単なことではないのだ。

これまで慶一郎が過去に戻る方法を探していたのは沙奈に会いたいがため。現代から立ち去りたいからではない。自由に過去と現代を行き来することができるようになったら現代に生活の基盤を置いたまま、二重生活を送ろうと思っていたのだ。

だが、こうなってしまうとそんないいとこ取りはできなそうである。

今ここで逃げることを躊躇ったら死ぬ。全身が軋《きし》むような感触が告げる危険は、そこまで強くなっていた。慶一郎は斎藤室長の放った弾が飛んでくる気配をひしひしと感じていた。

慶一郎は『さな』の語っていた「裕福さ」の必要な理由を悟った。裕福だからこそ、いざとなった瞬間に、潔く何もかも放棄することができるのだ。

「よし、行こう」

慶一郎は、そこにある全てに手を触れずに事務室を出た。

きっと周囲には、慶一郎のこの動きはトイレか何かにちょっと用足しに行っただけに見えるだろう。実際にトイレに立ち寄ってから行方を眩《くら》ませば、皆が「あれ、先任はどこに行った？」と思い始めるのは相当後のことになるはずだ。

廊下を横断して、トイレの個室に飛び込んでドアを閉じる。

するとその時慶一郎のスマホが鳴った。

何事かと思ってみれば『さな21』と名乗る者からのメールであった。

『早く逃げたまえ。馬鹿者』

短く書かれた文章を読み、背筋が寒くなった。

添付されたURLのニュース記事には、昨夜内閣の安全保障局総合運用支援部の幹部達が料亭で会合中に爆弾テロにあった事件を報じていた。その容疑者としてどういうわけか『笠間慶一郎』の名があげられていたのだ。

これが、先ほどの斎藤が出した命令の結果のようだ。命令書を受け取った未来の戦史編纂室は、昨日の夜、慶一郎を爆弾テロ犯に仕立て上げてくれたのである。

「くそっ、どうしてこんなことに？」

その時、自分の名を呼ぶ声が聞こえた。

「笠間慶一郎陸曹長はいるか？」

慶一郎はトイレから外の様子を窺うと事務室前に『警務《けいむ》』という文字の入った黒腕章をつけた警務官

の背中が四つ見えた。

「先任ですか？　いないですね」

「隠すとためにならんぞ！」

そんな遣り取りが室員の誰かと交わされている。

「危なかった……」

慶一郎はため息をついた。そして、トイレから出ると警務官達の背後を通り、エレベーターホールへと向かった。

国防省の建物は中央にエレベーターホールや階段があり、そこから東棟、西棟と翼を広げるように棟が延びている。その為、それぞれのフロアから別のフロアに移動する人や外来の部外者はエレベーターホールに集まるため人混みができているのだ。

慶一郎は、その人間の群れに紛れこもうと思った。人混みに入ってしまえば同じ制服を纏った人間の中で慶一郎は目立たなくなるだろうと思ったのだ。

「待て！」

が、背後から声が掛かってしまった。

背後から、警務官達が追ってくる気配が迫る。

「立ち止まれ！　そこのお前だ！」

慶一郎は制止の声に振り返らずエレベーターホールへと出る。そこには四基のエレベーターが並んでいる。エレベーターが都合良く来ていれば逃げ込み、まだ来ていなければ防火扉の向こうにある非常階段を使って体力勝負に持ち込もうと考えたのだ。

が、エレベーターホールに出た瞬間、二人の警務官が慶一郎の前に現れて進路を塞ぐ。

「笠間慶一郎。殺人容疑で逮捕する」

背後からも四人。都合六人の屈強な男達に囲まれた慶一郎は、たちまち床に押さえ込まれて捕らえられてしまった。

「この自衛軍人の面汚しが！　テロリストにいくらで国を売った⁉」

警務官達を指揮する一等陸尉が慶一郎に手錠を嵌《は》めて怒鳴りつける。

「馬鹿な、あり得ない。昨夜なら自分にはアリバイがあるんだ……」

「どうやって証明するのかね？」

その声は斎藤だった。いつの間にか警務官達の後ろに斎藤が立っていたのだ。慶一郎は一縷《いちる》の望みを懸けて斎藤に叫んだ。

「室長！　自分に監視を付けていたんでしょ。それでアリバイ証言になるはずです！」

慶一郎は情報保全隊によって監視されていた。その記録が慶一郎のアリバイ証明になるはずなのだ。しかし斎藤室長は、冷淡な口ぶりで慶一郎の最後の希望を打ち砕いた。

「失望したよ。まさか君がこのような裏切り行為をするとは」

その返事が二十一代目さなの推測、そして慶一郎の予感の正しさを物語っていた。

「室長、やっぱりあんたか⁉」

「何のことかね？」

斎藤は答えない。ただ軽く唇を歪めただけだ。だがそれで充分に意思は伝わった。

さなが語ったように全ては斎藤が目論んだことなのだ。

小笠原が殺され、それに巻き込まれる形で戦史編纂室の同僚達が死んだ。

きっと昨日起きたという総合運用支援部に対するテロも斎藤の差し金だろう。これで時間遡行の秘密を知る者は斎藤室長以外いない。時間遡行の秘密を知らない上部機関に斎藤をコントロールできるはずがなく斎藤は時間遡行の技術を独占することになる。戦史編纂室は、斎藤の走狗《そうく》役を担うことになるのだ。しかもその走狗も、時間遡行の秘密に気付いた素振りを見せると、斎藤によって煮られてしまう運命が待ち構えている。

「さあ、いくぞ」

手錠を嵌められた慶一郎は、無理矢理立たされると、警務官達に囲まれて下りのエレベーターに乗せられた。

「あんた。何が目的でこんなことを？」

エレベーターのドアが閉まる寸前に慶一郎は問いかける。

「全てを握るためさ……」

すると斎藤は、初めて感情を露《あら》わにして慶一郎を虫けらでも見るような目で嗤ったのだった。

扉が閉ざされてエレベーターが密室になると、慶一郎は警務官達に言った。

「聞いてくれ、自分は斎藤室長に嵌められたんだ」

「はっ、まだ言い逃れするか。往生際の悪い奴だ」

「現場に貴様の指紋の付いた遺留品が残ってたんだよ」

「遺留品って⁉」

言いながらも、慶一郎はつい今し方、斎藤に金庫にしまうよう命じられた段ボール箱を思い起こしていた。

「それは捜査上の秘密という奴で我々にも報されてない。だがお前はそれがなんだか知っているはずだ。違うか？」

慶一郎をテロリストと決め付けている警務官達は、耳を貸す気はないようである。

見ると行き先として点灯しているボタンは地下二階。そこは駐車場であって警務隊のフロアではない。

「自分を何処につれて行くつもりだ？　警務隊のフロアは三階だろ？」

警務官の一等陸尉は忌々しげに言った。

「この件は警視庁の公安部と我々警務隊の合同捜査になっている。政府関係者が犠牲者だからな。我々の内輪だけで片付けることはできんのだ。お前には背後の組織について、きっちり話して貰うことになるから覚悟しておけ」

それを聞いて、慶一郎は背筋が冷えるのを感じた。別に警視庁に連れて行かれることを恐れているわけではない。慶一郎が恐れているのは斎藤だ。斎藤が慶一郎の尋問を警察や警務官達に許すはずがないのだ。

慶一郎の尋問を許すということは戦史編纂室の秘密がおおっぴらになることを意味する。その前に必ずや慶一郎の口を封じようとしてくるだろう。問題は、それがどんな方法で、そしていつ、どんなタイミングでなされるかだ。

するとその時、ポーンと音がしてエレベーターが停止し、扉が開いた。

慶一郎は何が起きるかと思わず身構えた。

しかし何も起きなかった。

目的階でなかったこともあって警務官達はそのまま動かない。そして扉の外から数人の隊員達が乗り込もうとするのを手を立てて「今は遠慮してくれ」と止めた。

乗り込もうとしていた者達も、手錠を嵌められた慶一郎の姿を見るとそれを受け容れてエレベーターに乗ることを諦めた。

警務官の一等陸尉が閉のボタンを押す。

しかし扉が閉じる寸前、「待って下さい、待って下さい！」という黄色い声が響いた。

「？」

警務官達が止める暇もなく、戦闘服姿の女性自衛軍人が飛び乗ってきた。

その女は、見た目二十代に達したかどうかにしか見えないのに三等陸佐の階級章をつけていてこの場にいる誰よりも高い階級であった。見た目は若いが、その実年齢はいっていることもあるから、警務官達も苦々しい顔をしているだけであった。

「あら、手錠⁉　……貴方、何をしたの？」

女性自衛軍人は、警務官達に取り囲まれた慶一郎を見て目を丸くしていた。

「全く身に覚えがありません」

警務官の一等陸尉がムッとした表情で言う。

「昨夜のテロ事件の容疑者です」

「まあっ！　本当⁉」

慶一郎はその女性自衛軍人が胸に付けている名札

に、まるで冗談のように『時守さな22』と書き込まれているのを見つけた。

「えっ?」

その女性軍人と視線が合う。するとその女性はウィンクを一つ。そして意味ありげに左右に立つ警務官達にチラリと視線を向ける。

「きゃあああああああああああああああああああああああああああああああああああああああ痴漢!」

後はもう、訳も分からないままに事態が進行して行く。

女性自衛軍人はおもむろに叫ぶと耳に手を当ててしゃがみ込んだ。その際、エレベーターのボタンを上から下まで撫でるように全部触ってしまう。

「おい、あんた何を⁉」

唖然とする警務官達。そんな皆の足下を音響閃光弾が転がって行く。

レバーは既に外れていて、信管は起動している。とにかく何かが起こると予感していた慶一郎は即座に反応した。

大急ぎで耳を押さえると、口を半分ほど開いて大音響と急激な気圧変化に備える。だが事情を理解できないでいた警務官達はあっけにとられたままだ。

たちまちエレベーター内の視界は閃光によって真っ白に塗りつぶされた。

炸裂する甲高い轟音によって、全員の鼓膜がぶん殴られたような衝撃を受ける。

慶一郎は腹に力を込め、女性自衛軍人は声高らかに叫ぶことで、意識が朦朧となるのを防いだ。

しかしそれでも大音響のせいで、目は眩み耳鳴りが凄まじい。

瞼を透過する強烈な閃光のせいで、目を閉じても視界は緑がかった残像が埋め尽くして周りが良く見えなくなってしまった。

「行きますよ」

エレベーターの扉が開き、女性自衛軍人と慶一郎がふらふらとした足取りながら外に出る。

女は慶一郎の手を引っ張ってエレベーターを降りた。良く見れば女は閃光を防ぐための真っ黒なサングラスをかけていたのである。

後に残ったのは聴覚も視覚も塞がれてのたうち回る、平衡感覚をかき回された警務官達であった。


階段を転がるように降り、実際に何度か転がり落ちてしまった慶一郎は、ようやく回復してきた目で、一緒に走る女性の顔を見た。

「いったい、何がどうなってるんですか？」

「このままだと、貴方は殺されてたことはわかりますよね？」

「室長のやることです。きっとそうでしょう。けど、貴女はいったい誰なんですか？」

「あの……そのですます調やめませんか？」

「でも三佐……」

「こんなのコスプレに決まってるじゃないですか」

女三佐はあっけらかんと言い放った。

自衛軍の総本山たる国防省でコスプレとはなんとも大胆な振る舞いである。白衣を着て病院を闊歩するのと同じくらいに神経が太くないとできない所業である。

「そんなことより、そろそろ来ますよ。お腹に力を入れて下さい」

「？」

女の合図の直後、国防省の建物が凄まじい音と共に揺れた。

階段までもがゆさゆさと揺れ、あちこちの窓ガラスには罅《ひび》が入る。少し遅れてもうもうたる砂塵が上ってきて、廊下や階段を埋め尽くしてしまった。

「な、何だ、どうなってる？」

「爆弾が爆発したんです。私達、あのままエレベーターに乗ってたら地下二階でまとめて爆発で吹っ飛ばされてましたよ」

爆発に続いて何処かで火災も発生したようだ。あちこちで警報ベルが鳴り響き、天井のスプリンクラーが放水を始めた。

慶一郎も女もたちまちびしょびしょになってしまった。

「どうしてそんなことを知ってる？　まさか君が……」

「んなことしませんよ。私だって時守の女なんですから。昨日の晩に戦史編纂室の工作員が時限爆弾を仕掛けるのをこの目で確認しただけです」

「爆弾をそのままにしたのか⁉」

「ええ。混乱に乗じて逃げ出すためです。これで警務隊の人も、貴方を追っかけてくるどころではなくなっていると思いますよ」

「大勢が巻き込まれて犠牲になったんじゃないのか？」

「安心して下さい。地下駐車場の出入り口には一応立ち入り禁止の看板を並べておきました……それでも地下駐車場に立ち入って爆発に巻き込まれるような人がいたとしても、そこまでは責任を負えませんよね？」

「それで一応の配慮はしたと言い張るわけか？」

「もちろんです。誰も彼も助けようと思うほど博愛主義者じゃないですし……逸時者が過去でちょこっと何かしただけで、最初っからいなかったことになっちゃうような人に、思い入れなんか持てませんよ」

女はそんな風に不運な人間については冷淡に切り捨てた。

いずれにせよもう終わってしまったことであり、慶一郎にはどうすることもできない。慶一郎はこの問題について追及することをやめた。

既に一階のフロアには建物の外に避難しようとする者や、逆に被害状況を調べ、怪我人がいたら救助しようと建物に入ってくる者とが入り組んで大混乱になっている。しかも彼らの頭上のスプリンクラーからは大量の水が降り注いでいて目もまともに開けられない。おかげで慶一郎は腕を組んで袖で鎖を隠すだけで、誰からも手錠に注目されずに済んだのである。

偽三佐の女と慶一郎は、国防省の建物を出るとそのまま営門へと向かった。

国防省の営門は陸上自衛軍の警衛隊が固めている。普段は銃を持った隊員が何人も監視の目を光らせていて物々しい雰囲気なのだが、さすがに庁舎の地下駐車場で爆弾が炸裂したとなると、皆の注意は犠牲者の救助活動に向けられて、出入りする人物や車両に対する警戒も手薄となっていた。

「怪我人ですか？」

怪我をした風に見える慶一郎に、警衛の一人が駆け寄ってきて声を掛ける。

偽三佐は言った。

「ええ、この人、鼻毛が焦げてるんです。すぐに病院につれて行かないと」

「鼻毛？」

「あんたそんなことも知らないで自衛軍人やってるの？　爆発事故の犠牲者の鼻毛が焦げているってことは気管や肺に火が入って熱傷を負っている可能性があるってことなのよ！　今大丈夫に見えても、少ししてから一気に重体になるのっ！」

「す、すぐに救急車を呼びます！」

「そんな時間はありません！　って言うか、救急車は歩けない重傷者に回す必要があります。この人はわたしが病院に連れて行きますから。いいですよね！」

「は、はいっ。三佐殿！」

女と慶一郎は警衛隊が見守る中、堂々と営門を出たのである。

「こっちです」

慶一郎と女は営門を出ると左に折れて進み続けた。

靖国通りは国防省前で緩やかにカーブしていて、暫く進むと警衛所から見えなくなる。そこまで行き着くと、歩道脇にバイクが停まっているのが見えた。

フルフェイスのヘルメットをかぶり、黒いライダースーツを着た女性がバイクに跨《また》がっている。

ライダースーツの女は慶一郎達の姿を見るなり、タオルとケーブルカッターを取り出し、慶一郎の両手首を繋ぐ手錠の鎖を斬った。

偽三佐の女はタオルで濡れた髪を拭きながら言った。

「わたしはここまでです。ここから先はこの娘にお任せです。頼んだわよ……」

その言葉を待っていたように、ライダースーツの女は慶一郎にフルフェイスのヘルメットを渡す。

「あんたは、これを被るしかないんですっ」

声を聞いてみればライダースーツの女は、案外若い。年の頃十六、七くらいだろうか。

「き、君は？」

慶一郎が問うとライダースーツの少女は、ジッパーを胸の下あたりまで降ろして開いて見せる。すると発展途上の胸元に這うように彫り込まれた、白蛇の刺青の一部が見えた。

「君も『さな』なのか？」

「それしかないですっ」

キック一発エンジンが甲高い音を立てる。

「早く乗って。しっかり腰に腕を回して捕まるしかないですっ？」

慶一郎はバイクの後ろに跨がり少女の腰に腕を回すと尋ねた。

「君は何代目？」

「二十四代しかないですっ」

「歳は？」

「十六しかないですっ」

「その、しかないですって喋り方、素なのか？　それとも流行ってるのか？」

慶一郎が問うと二十四代目の『さな』は押し黙った。そしてしばらくするとぽつりと言った。

「えっと……わたしのいる時代で流行ってます。ごめんなさい変ですよね………」

二十四代目の『さな』は質問に答えるなりいきな

りバイクを急発進させたのだった。

一〇

さくらはこの日も、長居研究室で佐々文書と格闘していた。

佐々文書は現代人にとっては古文書である。暗号のようなものでその意味を理解するには相当の熟達が必要だ。しかしさくらにとっては、日常使っていた文字と言葉と書式であって、読むことに苦労は全くなかった。

彼女にとっての問題は、文書の内容の解読よりもそれをパソコンという機械に打ち込まなければならないことだった。機械が苦手ということもあり、そちらの方が非常に多くの時間と労力を吸い上げてくれる大変な作業なのである。

せめて『きーぼーど』と称する板の上に並んだキーに平仮名が入っていれば、文字を探すのもそれほど時間はかからなかったろう。だが、大学の研究室に置かれているそれには平仮名は入ってない。そこには『あるふぁべっと』と称される南蛮渡来《なんばんとらい》の文字が刻まれているだけで、それを用いてローマ字入力なる方法で言葉を打ち込まなければならないのだ。

「えーびーしーでーいーえふ……」

さらに言えば、この『あるふぁべっと』なる文字も、意味不明な順番でキーボードにちりばめられている。おかげで目的のキーを一つ探すのにも苦労し、平仮名一文字を打ち込むのにはその倍、単語一つ打ち込むともなると相当の時間を要したのである。

その上に『もにたー』とかいう機械に描かれた矢印を操る『まうす』という道具もまた、さくらを苦しめた。矢印がなかなか思ったところで停まってくれないのだ。

最初にマウスに触れた時、それと気付かずに感度を最大にしてしまったのが原因なのだが、これをそういうものだと思い込んださくらは、とにかく力の入る手の震えを抑えて、心の苛立ちを鎮めようと悪戦苦闘する日々を過ごしていたのである。

「『あいこん』を『くりっく』して『くりっく』して……くっ。貴様、それでも日の本の人間か！　日本人なら、日本語を使え！」

思わずモニターに罵声を浴びせかける。

四十×四十、文字のサイズ10・5に設定されたA4判の用紙一枚を文字で埋めるのに、丸々二日もかかってしまう有り様であった。

「さくら君、リラックス、リラック……ス」

長居教授が、さくらに声を掛ける。

「『りらっくす』だぁ？　日本人ならあ〜〜」

だが目を血走らせたさくらが振り返ると、投げかける言葉すら途中で途切れてしまう。

「苛立つ気持ちはわかるけどさぁ、慶一郎君だって大人なんだから無断外泊の一度や二度……」

「別にアレが帰ってこなかったから苛立ってるのではありません！」

「だったらなんでそんなに怒ってるのさ？」

「慣れない機械に苛立っているだけです。あのくそ馬鹿が連絡の一つも寄こさないで、ったく、何を考えてるんだか……」

「あははははは、どうどう落ち着いて」

まるで悍馬《かんば》の扱いである。

「はぁ…………休憩してきます」

あたしは今、どうも袋小路に嵌まっている。そう思ったさくらは、仕事から距離をとるため腰を上げた。

力量拮抗《きっこう》する敵と鍔迫《つばぜ》り合いとなったら、一旦離れて距離をとることも状況を立て直す方法の一つなのだ。

「良かったらリンゴでもどうだい？」

研究室から出ようとするさくらに教授は優しく声を掛けた。

「リンゴですか？」

「今朝方ね、戦史編纂室の斎藤君から届いたんだ」

見ると、部屋の片隅にまだ開封されてない段ボール箱が置かれている。

苛立っているさくらは、その教授の言葉に、「リンゴを剝いてくれ」という遠回しの要請が含まれていることに気付くことができなかった。

「今、お腹空いてませんので」

食欲の湧かないさくらは、そう断るとそのまま研究室を出た。

「しょうがない。僕が自分でやるか……包丁包丁」

一人残った長居は、仕方なさそうに苦笑すると包丁を探して立ち上がった。


屋上に通じる階段へと向かうさくら。

いつもより足が重く感じられたのは精神的な疲労からだろう。ため息も数度にわたってついてしまった。まるで年寄りのようだと感じた。

やがて屋上へと向かう階段にたどり着く。これを上って屋上に出て、新鮮な空気を吸えば少しはマシな気分になるだろうと期待した。

だがその時、建物の床がびりびりっと震えたかと思うと耳を劈《つんざ》く轟音と、ガラスの割れる音が背後から鳴り響いた。

「な……」

少し遅れて破壊の衝撃と爆風がさくらの身体を吹き飛ばす。

さくらの身体は階段の壁に激しくぶつかった。

「ぐほっ……」

咄嗟に受け身をとったことで衝撃こそ逃がせたが、身体のあちこちが悲鳴を上げる。

「いつつつ、いったい何が？」

この衝撃の原因が爆発だと理解できるまでに、数十秒の時間を要した。

激しく鳴り響く非常ベル。

あちこちで聞こえる呻き声。救いを求める呼び声。

燈火《とうか》が切れて薄暗くなった建物の中で、さくらは壁を頼りながらよろよろと立ち上がる。

「長居教授⁉」

苦痛がなんとか耐えられるまでになると、さくらは爆発の発生箇所にいる長居の安否が気になった。爆発の煙か、それとも建物の天井裏などに溜まっていた砂塵が舞い上がったのか、視界が幕のように閉ざされる中でさくらは研究室に向かって長い廊下を戻る。

だが、研究室棟は長居教授の研究室に近づけば近づくほど、激しく損傷し、無残な姿になっていた。そこかしこで爆発に巻き込まれた学生や講師、他の教授達が倒れて呻き声を上げている。

見ただけで手の施しようがないと分かる者。あるいはまだ助かる可能性があると思える者。さくらは放置することもできず、皆に声を掛け応急手当てを施し、歩けそうな者は、助け起こして逃げるように告げて奥へと進んだのである。

が、奥に行けば行くほど、廊下には天井の建材、ガラス、コンクリートの破片などが散らばって足の踏み場もなくなっていた。長居研究室があったあたりに到着すると、仕切り壁もドアも吹き飛んで、机やパソコンなどの形のあった物が全てなくなっていたのだ。当然、人間なんかもそうだ。

「教授！　長居教授！」

さくらも戦国の時代で何人もの人の生き死にに関わってきた女である。この程度の光景を見たくらいで動じることはない。だが、それでも自分に親切にしてくれた長居教授の喪失はやはり悲しいのである。

「長居教授！　返事をして下さい！」

さくらは万が一の奇跡を祈りながら教授を探して瓦礫《がれき》の下を覗き、その名を呼び歩いた。

救急車や消防車が駆けつけてきたのは、爆発から十分ほど後のことだった。

災難に遭い、救いを求める者にとってそれは永遠とも思える十数分だが、長居を探すさくらにとっては非常に早く感じられた。

「怪我人は何処だ⁉」

防火服を纏った消防隊員が、瓦礫を除けながら爆発現場へと突入してくる。

「廊下に三人。部屋の奥に二人いるわ！」

さくらは彼らに、自分が確認し応急手当てを施した怪我人の居場所を詳細に説明した。

「君も怪我しているじゃないか⁉　早く外に出て治療を受けなさい」

言われてみて初めて気がついた。手足が傷ついて血が流れていたのだ。

爆破の衝撃で倒れた時か、それともあちこち歩き回っていて、床に散らばるガラスの破片で傷つけてしまったのか。どちらにしても怪我していることに気付かないのは不覚であった。

「大丈夫……です」

「何が大丈夫だ。君も要救助者の一人だ。他の怪我人と一緒にここを出るんだ。誰か付き添ってやれ」


これだけ探し回っても長居が見つからない以上、さくらがここにいる意味はない。さくらは言われた通りに研究室棟から出ることにした。

外に出てみると、建物の前には急ごしらえの救護所ができていた。

アスファルトの地面にブルーシートを敷いただけだが、そこに怪我人が集められてトリアージを受けている。

さくらは緑色――カテゴリーⅢの「即座の処置や搬送が必要でない」に分類されたのだが、ここで待機していて欲しいと指示された。

「待機？」

「爆発の時の様子について警察の人が聞きに来ます」

「わかったわ」

渡された毛布で暖を取りながらブルーシートに座ってぼうっとしていると、やがて警察がやってきて口のきける怪我人から爆発が起きた時の様子の聴取が始まる。

　そうやって聞き取った内容を話し合う捜査官達の会話が、さくらの耳にも入った。

「どうもガス爆発の類いではなさそうだな？」

「国防省に続いてこっちでも爆弾テロか？」

「誰か爆発元について、わかりそうな生存者がいれば良いんだが」

「爆発があったのは史学科の教授がいるフロアらしい。消防隊の話では長居という教授の研究室が一番の被害が出ているようだ」

　どうやら爆発は長居の研究室が発生元のようだ。さくらも屋上に出て気分転換しようとしなければ巻き込まれていたのだ。

　問題は何故、長居の研究室が爆発したのかだ。

「おいっ……見ろ。さくらさんだ」

　ふと自分の名前が呼ばれる。

　自分の名を呼んだのは誰だろうと思って顔を上げれば道場に稽古に来ている鮫島と古橋だった。二人ともスーツ姿で、さくらを見付けて駆け寄ってきた。

「さくら先生。貴女もここの学生でしたか？」

「あ、古橋さんに鮫島さん」

「さくらさんお怪我の方は？」

「大丈夫です。見た目ほど酷くないんですよ」

　さくらは既に血糊《ちのり》が固まった手を振った。

　実際、さくらの身体は過去の戦いでつけられた刀傷がいっぱいあり、傷の一つや二つは今更なのである。

「もしかして爆発した時、研究室棟にいましたか？」

「長居教授の研究室でお世話になっていたので」

　さくらの口から、長居の名前が出てきた偶然に驚いたのか、鮫島と古橋の二人は互いに顔を見合わせた。

「トリアージタッグが緑色になってますね」

　古橋からトリアージタッグが緑と聞いて鮫島は安堵の表情を見せた。

「そうか、良かった。なら命には別状ないということだな」

「さくらさんは長居教授とはどういう関係で？」

早速事情聴取が始まった。

「わたしは教授の仕事のお手伝いをしていました」

「爆発の時の様子を聞かせて下さいますか？」

さくらは、古橋の質問に答えた。

「なるほど……では、長居教授はそのリンゴの箱を開けた可能性が高いと」

「多分」

さくらは肯いた。

気がつくと古橋や鮫島以外の捜査官達もさくらの周りに集まっていた。

鑑識報告からガス爆発のような事故の可能性が排されて爆弾テロの可能性が高くなっていた。そこにさくらの証言が加味されたことで捜査の方向性が明らかになろうとしていた。

「教授を恨んでいる可能性のある人は？」

「送り状には差出人はなんとありましたか？」

捜査官達が次々と質問を浴びせてくる。

「良くわかりません。……そこまでは見ていなくて」

長居はリンゴを「斎藤が贈ってきた」と言っていた。だが、さくらはそれを口にしなかった。

斎藤のことを話せば、長居と斎藤の関係について話さなければならなくなる。しかし戦史編纂室のことは慶一郎から秘密だと言い含められていた。

さくらも忍びであったからには機密の扱いはわきまえている。いくら知人が怪しくとも、そしてこのような事件が起こったとしても、それを無関係の第三者に告げてしまうほど平和に毒されたりしてはいないのだ。

「やはり現場を綿密にあたって、送り状の破片を探すしかないか」

「さくらさん、ありがとう。何かが外から届いていたということがわかっただけでも大収穫だ」

「捜査の手懸かりになりますからね」

鮫島と古橋の二人はそう言うと、仲間の捜査官を集めた。

「俺達は現場をもう一度当たる。お前達は教授の身辺を当たって怨恨、その他で何かがないかを調べてくれ」

だがその時、覆面車で何処かと通信していた捜査官の一人が言った。

「被疑者の名前が出たぞ」

「なに？」

「笠間慶一郎。昨日、政府関係者にテロを仕掛けた自衛軍人だ」

「俺達ですら、現場に来たばっかりでこれから調べようとしているところなのに、どうしてそんなことがわかったんだ？」

「ある筋からの情報だそうだ。被疑者は笠間慶一郎。午前中に国防省でも同様の爆弾テロを起こして現在逃亡中だ。俺達はこれからこいつを追跡するぞ」

「わかった」

戸惑いながらも捜査官達は、現場の捜査を中断して車を停めた場所へと向かった。


だが鮫島や古橋はあり得ないと頭を振った。

「まさかさくらさんのお兄さんが？」

「んなことあるわけないでしょう」

さくらは言う。だが、上から笠間慶一郎を追えと鮫島達が命ぜられたのは事実だ。そして慶一郎が被疑者となると妹のさくらもそれに関係する立場になる。さくらが爆発に巻き込まれながら、間一髪助かったのも偶然ではなく作為なのではないかと怪しまねばならないのが捜査官なのだ。

「こうなるとさくらさん。貴女には署の方に来て頂いて、もう少しじっくりと話を聞かせて貰うしかなくなってしまいますが……良いですよね？」

鮫島と古橋は戸惑いながらも、嫌とは言わせない迫力でさくらに同行を求めた。


「つくづく悪運の強い娘だ。ＴＮＴ十kgの爆発を生き延びるとは」

斎藤は、報告を聞いて嘆息した。

無表情で本心を鎧《よろ》っている男も、自分の立てた作戦がこうもはずれ続けると、それなりに応えた様子を見せるようだ。

「彼女だけじゃない。笠間陸曹長にまで逃げられたそうですね」

斎藤のデスクの前に置かれた椅子には、総合運用支援部の横溝が背中を丸めるようにして座っていた。

シビリアンコントロールの原則に従い、戦史編纂室は内閣安全保障局総合運用支援部のコントロール下に置かれている。その実動部隊。戦史編纂室の長に過ぎない斎藤が、上部組織を掌《しょう》握《あく》するためには誰か総合運用支援部の人材を自分の配下にする必要があった。そのために白羽の矢を立てたのが横溝であった。

時間遡行の秘密を知る部長や長居といった者達を引き継ぎの暇もなく始末してしまえば、新任の部長は現場を全く知らないままになる。それをお飾りにしてしまい、横溝が現場の実務を担えば斎藤が時間遡行の全てを掌握する体制を確立できるのだ。

新しい部長には「貴方には知る必要がありません」と応じておけば良い。どうせ上級の役人は異動するまでの腰掛けだ。情報を上げなければ何もできないのだ。

もちろんそんな状況で文句を言いそうな各方面を黙らせる作業も必要になるわけだが、そのための資金は横溝に稼ぎ出させた。横溝もその際に随分と余禄に与かったようだが、その程度のことは斎藤も役得として認めているのである。

「警務隊の報告によると、正体不明の女の介入があったそうだ。おそらくはこの女だろう……」

斎藤は情報保全隊から提出された時守沙那についての資料を横溝に渡した。

「室長、この後どうするのですか？」

慶一郎を逃がしてしまった。もし慶一郎がその気になったら今度は狙われるのは斎藤の側だ。

斎藤はこれから毎日、どのような攻撃を受けるかと怯えなければならない。そんな生活を送るのが嫌ならば、斎藤も、何もかも捨てて時の彼方に逃げるか、あるいはあくまでも慶一郎を探し出して始末してしまわなければならない。

すると、部屋の隅にいた野部誠一二等陸曹が言った。

「その、さくらとかいう妹は警察で参考人として聴取を受けているのでしょう？　ならその女を人質にして笠間陸曹長をおびき出せばいいんですよ」

慶一郎に代わる片腕として斎藤が選んだのは野部だった。

戦史編纂室の実動部隊を任せるには若く、経験も少ないが、慶一郎と違って思考が明確でわかりやすいので、コントロールしやすいと判断したのである。

「しかし野部さん、彼女の身柄は今、警察が確保してますよ。どうやってこちらに引き渡して貰うんですか？　警察に顔が利いた部長はもういませんし」

横溝と野部の会話を聞いて斎藤はしばし窓の外へと視線を向けた。

「仕方ない」

斎藤はそう呟くと、おもむろに振り返ってパソコンに向かってキーボードを叩き始めた。プリントアウトをして、自分の署名と捺印をする。

「何処まで当てにできるかわからないから、あまり乱用したくはなかったのだが」

横溝が尋ねた。

「また、未来の戦史編纂室を使うんですか？」

「そうだ。どんな人間が室長をしているかは知らないが、私の残した命令に従って人員を送ってくれているんだ。それに頼ることにしたい」

斎藤はそんなことを言いながら、命令書を金庫に放り込んだのだった。

古橋と鮫島は、さくらを覆面車に乗せると彼らが勤務する紀尾井町警察署に入った。

だが今回の爆発がテロと判断されたことでこの事件の捜査は公安マターとなる。そのため彼らがさらに聴取することは許されず、公安に引き渡さなければならなくなってしまった。

とは言え、それで終わりと引き下がってしまう二人ではない。取り調べが終わるまで、じっと廊下で待ち続けた。

やがて取調室から、公安のベテラン刑事が憔悴《しょうすい》した表情で出てきた。

「おい、鮫島、古橋、あれはいったいどういう娘だ？」

「どうと問われてもな……」

「何があったんです？」

公安の刑事は憮然とした表情で言い放った。

「あの娘、何らかの訓練を受けているとしか思えん。どっかの国で養成された本職とかじゃないのか？」

「そんな話、あり得ないぞ」

「そうですね。考えられません」

「だが普通の人間は話しかければ、何かしらの反応を見せるものだろう？」

公安の刑事は続けた。

黙秘を貫くと決め込んだ人間でも、様々な感情を沸き立たせる言葉を浴びせると、表情、目つきといった何かが反応する話題がある。それをとっかかりに会話を継いで行き、反応の振れ幅を大きくさせてこちらの尋ねたい内容へと話題を誘導するのだ。

そのために必要なら、怪我をさせない程度に脅すくらいのことも当然行う。が、さくらは全く無反応だった。何を言っても糸の切れたあやつり人形のようにただ座っているだけ。全く、少しも、徹底的に、完膚なきまでに無反応だったのだ。

あまりの手応えのなさに苛立って、このベテランですら激高してしまいそうになったほどだ。

だが真向かいに座って目を覗き込んだ時、瞳孔に対光反射以外の反応がないのを見れば、おそらくは多少の暴力を振るったとしても無駄だとわかってしまう。のれんに腕押し、糠に釘……無力感にとらわれてしまう。

「あの女、ただ者じゃないぞ」

口にはしなかったが、公安の刑事はさくらの腕に巻かれた包帯の上から強く握ってみたりもした。白い包帯の下から血が滲《にじ》んで赤く染まるほどに力を込めてみた。普通ならあまりの痛さに飛び上がるはずなのに、さくらは表情筋をぴくりとも動かさなかったのだ。

こんな態度を貫き通せる素人がいるはずない。だからこそ本職……つまりスパイ教育を受けたプロなのではと考えてしまうのだ。

「そんなことありませんって、彼女は松沢道場の助教ですよ」

「松沢道場って……ああっ、あの剣道場か。まさかあの道場、裏で忍者の養成とかしてるんじゃないのか？」

「そんなの聞いたことがありません」と古橋。

「もし忍者養成コースなんてのがあの道場にあるなら、俺が参加したいくらいだ」と鮫島。

二人の反応を見て、公安の刑事は深々とため息を吐きながら書類を取り出した。

「俺が本職じゃないかと疑うのはもう一つ理由がある。この経歴なんだが、本物か？」

「どういうことだ？」と鮫島。

「卒業した高校に聖ヴェロニカ学園卒業とある。いかにもミッション系の学校っぽい名前だが、この日本にはこんな名前の学校は今にも過去にも存在してないんだ」

「なんだって？」

「じゃあ、さくらさんの正体はいったい……」

古橋も鮫島もようやくことの深刻さに気付いたようであった。

「とにかく、この笠間さくらという娘は、徹底的に洗い直す必要がある。きっと、テロリストの妹というだけじゃない何かが出てくるぞ」

鮫島と古橋は、信じられないとばかりに互いの顔を見合わせる。

彼らの耳には、さくらという女性のイメージ像が音を立てて崩壊して行くのが聞こえていた。

「おい、何処行こうってんだ、鮫島？」

古橋は、警察署の階段を降りる鮫島を踊り場の手前で引き留めた。

「さくらさんのことを調べるんだよ。ほっとくこともできないだろう」

「彼女のことをほじくり返すのは気が進まん」

「古橋。これは気が進む、気が進まないの問題じゃないんだ。俺は何としても彼女の真実を知らねばならん。知る必要があるんだ」

鮫島は古橋の手を払うと再び階段を降りはじめた。

踊り場で向きを変えると、区民で一杯になっている一階エントランスが見えてくる。遺失物の届け出や、各種の相談で警察署を訪れた人達だ。鮫島の視界に、そんな人垣の間を抜けて宅配便会社の制服を着た男が、段ボール箱をいくつか抱えて警察署内に入ってくる光景が目に入った。

「すみません。お届け物が幾つかあるんですが」

宅配業者の呼びかけに、受付にいた年配の制服警官が対応した。

「何処宛てだ？」

「生活安全係宛てってのと、交通課宛てってぃうのがあります」

「生活安全係はそこを曲がって階段の上だ。交通課はこっちで受け取っておくよ……」

「あ、お願いします」

段ボール箱をカウンターに残して去って行く宅配便の配達員。二階に行けと案内されたのに足早に玄関から出て行ってしまった。

「ん？」

その光景を、鮫島は不思議に思って足を止めた。

「どうした鮫島」

受付の制服警官が段ボール箱を受付の後ろにある机に移動させている。カウンターにはもう一つ段ボール箱が残されていて――鮫島の脳裏に嫌な予感が走る。

「おい！　離れ……！」

声を掛けようとした瞬間、段ボール箱が爆発した。

爆発の衝撃が収まった後のエントランスは地獄絵図であった。

電灯はことごとくが破壊され、窓から差し込む光だけが内部を照らす。

室内には埃と煙が充満していて、床には割れたガラス、天井の建材などが散らばっていて足の踏み場もないありさまだ。そこに外来の区民達や制服警官が横たわって呻き声を上げている。

「くそっ……テロリストの奴。今度は警察署を狙いやがった」

鮫島達が踊り場まで下りかけていた階段は、爆発から少しばかり離れたところであったこともあって助かったのだが、全くの無傷というわけにはいかずにあちこちにかすり傷やガラスの破片等で負った傷が頬や腕などに生じていた。

鮫島は口に埃が入ってしまったのか、真っ黒になった唾を階段に吐いている。古橋は起き上がると二階の署員達に声を掛けていた。

「誰か救急車を呼べ！　生存者を探すんだ！」

みんな爆発直後は呆然としていたが、古橋に呼びかけられると我に返り負傷者の救助に取りかかった。

そんな中で鮫島が言う。

「古橋！　宅配便の配達員を探させろ、まだそう遠くに行ってないはずだ」

「宅配便の配達員だと？」

「そうだ。奴の顔はこの目でしっかりと見た。身長は百七十五㎝くらい。緑色の宅配業者のジャンパーを着て、キャップを被っていた。顔つきはのっぺり顔。襟足まである長髪。団子鼻。右頬にほくろありだ。手配急げ！」

「要するに犯人は、笠間慶一郎ではないということか？」

「さくらさんのお兄さんに仲間がいるのかも知れない」

「あるいは、全くの無関係かだな？　わかった、早速緊急手配を……」

するとその時、鮫島が何かに突き飛ばされて尻餅をつく。

「ん、な、な、何だ⁉」

鮫島は、階段に座り込んだ瞬間、自分を押しのけて階段を上って行こうとする『何か』を見た。

その姿を例えるなら、全身にガラスの破片をモザイク状に貼り付けている人間とでも言うべきであろうか。その鏡の一枚一枚に、身体の向こう側の景色が見えている。おかげでつい見逃してしまいそうになったのだ。

だが身体の輪郭を構成する部分に映っているのは、向こう側の景色ではない。そのためSFなどに登場する光学迷彩と言われるほどのものにはなってはいなかった。精々、良くできた迷彩服という感じであろう。それでも見逃しそうになったのは、爆発の煙と埃があたりにもうもうと立ちこめていて視界が悪くなっているからだ。

「な、なんだ」

その人影は四つ。鮫島と古橋の傍らを抜けて階段を駆け上がって行った。

「今のは何だ？」

古橋も気付いたようだ。

古橋と鮫島は一階の犠牲者達の救出に向かうべきかと一瞬迷ったが、何かが向かった方向の異変が気になりそちらを追うことの方を優先することにした。

「はぁ、ったく。何か喋ってくれませんかね？」

取調室の出入り口側に座る公安の刑事は、机を軽く叩くとうんざり顔で立ち上がった。

取り調べを開始してから、延々と一人で喋り続けたためさすがに疲れたようで、気分転換のためかタバコを吸いながら格子の入った窓の外に広がる町の風景を見やっている。何を話しかけても全く反応のないさくらを相手にするのに疲れ果ててしまったのだ。

「強情なお嬢さんだ。あんた恋人いないでしょ？」

ついついそんな厭味が口を衝いて出てしまうのも、致し方のないことかも知れない。

一方のさくらはそんな厭味の一つで口を開くことはない。五感と精神とを巧みに切り離し、ただひたすら何故このような事態になったのかと考察を続けていた。

要するに、全ては慶一郎の妹という偽の身分のせいなのだ。

この平成の時代に生きるために必要だったとは言え、慶一郎の妹などという立場を受け容れたために、こんなことになってしまった。もし赤の他人という設定だったらこんな取り調べは受けずに済んでいたはずなのだ。

爆弾が爆発した際に、たまたま研究室から出ていたという事実も疑いを抱かれた原因の一つだ。

爆発が起きることを予め知っていたから、外に逃げられたのだろうと思われてしまったのだ。だがこちらこそ笑止千万な話である。もし、本当にさくらが爆破テロに関わっていたなら、いつまでも現場に残ったりしないからだ。鮫島や古橋に声を掛けられる前に姿を消していたはずだ。いつまでも現場に残っていたことがさくらが下手人でないことを示す証拠となったはずなのだ。

この時代の捜査官はそんなこともわからなくても務まるというのだから、随分と楽な仕事なのだろう。そもそも慶一郎を爆破のテロ犯だと決め付けることも間違っている。あの男がそんな事件を引き起こすはずがない。慶一郎という男は、主と選んだ相手を裏切ることは決してしない。もし裏切ったように見える行動をとったなら、それは命令を受けての行動か、あるいは逆に主の方が慶一郎を裏切った場合に限られるのだ。

信長の時からしてそうだった。そして今、慶一郎は日本という国家を主として仕えている。

人格や意思を持たない国家が、個人を裏切るという行動をとることはないから、この場合はより国家の意思を代弁しているように見える立場にいる何者か――つまり上司たる者が、慶一郎を裏切ったと言える。

政府関係者の死。それに続く長居教授の死。ろくに捜査もしてないのにそれらの犯人を慶一郎と決め付ける官憲の行動。さらに加えて、ここ最近、戦史編纂室の同僚達が相次いで死んだという話も慶一郎から聞かされていた。

それらを繋げていけば、下手人はどう考えても斎藤圭秀に絞《しぼ》られていく。

問題は、その繋がりが全て機密という名のベールで覆われていることだ。さくらが禁令を破ってここで全てをぶちまけたところで、それが表沙汰にされるはずはない。

都合の悪い真実は隠蔽《いんぺい》され、全ては皆が受け容れやすい形に改変されてこの事件は終わる。

笠間慶一郎はその人柱にされようとしているのだ。下手をすると、さくら自身も人柱にされかねない。

もちろん、さくらは大人しく人柱になるつもりはないし、慶一郎も大人しくやられている玉ではない。きっと大きな動きを見せるはずであった。さくらはそれを待つことにした。

「ちょっと待ってなさい」

やがて、公安の刑事は深々とため息をつくと部屋から出て行った。

おそらくは、独りになったさくらがどんな行動をするか何処かで盗み見ようというのだろう。独りになったさくらの表情や姿勢から、疲労度や緊張度合いを見て、どれくらい厳しい態度で取り調べをするかを参考にするのだ。

壁に貼られた鏡の向こうが怪しい。そこから盗み見ているに違いない。

その手には乗らない。

さくらは微動だにすることなく公安の刑事が出て行ったドアをじっと見据えていた。


狭い取調室が地震のように揺れ、大爆音が鳴り響き、窓ガラスがびりびりと震えたのは、独りにされてから少し後のことであった。

既に大学で一度経験している。何が起きたかはさくらもすぐに理解した。この警察署で爆発が起きたのだ。

国防省であったという爆弾テロ、その後の慶一郎の逃亡。

大学での爆弾テロに続く警察署での爆発。さくらはこれらを結びつけて、狙われているのが慶一郎であった可能性、そして今は、自分が狙われている可能性を導き出した。

問題はこの爆発が何故、自分の身辺で起きなかったかということだ。さくらを殺すつもりなら、すぐ側で爆発させることを狙う。そうでないなら斎藤はさくらを殺すつもりがないのだ。

「と、なると……。あたしを慶一郎を捕らえるための餌にするつもりね」

ドアの外で呻き声が聞こえる。さくらの推測通りならば、刑事が撃たれたのだ。

「来る！」

さくらは椅子から立つと机を踏み台にして、ドアのすぐ横にある天井と壁が作る角に向かって舞い上がった。

さくらは、飛び込んできた者の姿を見た瞬間、軽く驚いた。

砕けた鏡を全身に貼り付けたような格好をしてい

たからだ。だがそんな驚きは平成に来た時以来たっぷり味わってもう慣れた。要するに「そういうものだ」と受け容れれば良いのである。そしてそれ以外の、ドアを蹴破って突入してからの彼らの行動は定石通りでしかなかった。

銃を構えて室内に飛び込み、死角に敵が隠れてないかの検索をする。

徹底的に繰り返して身につけたであろうそれらの動作は、スムーズに淀みなく行われた。だが視線を向ける先は、敵がいる可能性の高い場所が優先される。

ドアの上だの、天井だのといった場所に目を向けるのはどうたって後回しになる。

一番手と二番手が数珠つなぎで入ってくる。

部屋の中に人影がないことを確認した一番手が振り返ったその時、なだれ込んできた人影の三番目にさくらは襲い掛かった。首に跨がるように落ちてそのまま腿で頭部を挟み込み、体重を掛けて首をへし折る。

その後ろにも敵はいたが、銃口を向ける先には連中の味方がいる。

同士討ちを恐れる敵は引き金は引くことができない。そして唐突な出来事に驚いている隙を突いて立ち上がったさくらは、抜き手で四番目の喉仏を潰していた。

「ぐっ」

一番手、二番手が気付いた時には、既にさくらは一番手と二番手の間に入り込んでいた。

前後から銃口を向けられたが、さくらはそのまま二番手の両目に第二関節まで指を潜り込ませる。そして振り返りざま一番手の男の側頭部に蹴りを放った。

この間、わずかに二・八秒。あっという間の出来事であった。

「おい、しっかりしろ！」

階段を上がった鮫島と古橋が最初に見付けたのは取調室の前で倒れている公安の刑事だった。脳天と胸部にそれぞれ一発ずつ弾を受けて絶命していた。

「おい、取調室！」

古橋の声で鮫島は、取調室のドアが開いているのを見つけた。

「さくらさん！」

中に入ってみるとそこで四人の男が倒れている。そして肝心のさくらの姿は何処にもなくなっていた。

「いったい、何がどうなってるんだ？」

現代にはまだない最新の装備を纏った襲撃犯。状況から察するに、それらの狙いはさくらだったらしい。

二人にわかったのは、この事件がただの爆弾テロなんかではないということである。

訳もわからず事態だけが進行していくことに彼らは大瀑布《だいばくふ》に翻弄《ほんろう》される木の葉のような気分を味わったが、少なくとも笠間慶一郎を容疑者として追いかけることは間違っていると理解した。そのため捜査方針の変更を上申することを決めた。

さくらは、爆弾テロで混乱する紀尾井町警察署を後にすると、街に出ていった。

幸い警察署の建物は非常階段に出ると玄関エントランスを通らずに出られる。そこには建物から逃げ出そうとする者、救助に走る者でごったがえしてさくらを見咎める者は一人もいなかったのである。

だが住宅街に出ると後方から何者かが追ってくる気配を感じた。

住宅街の生活道路を乗用車が加速してくる。躱しようのない狭い道路でのそれは、明らかにさくらをはね飛ばすことを狙ったものであった。

「！」

さくらは、住宅のブロック塀に足を掛けるとひらりとその上に逃れる。

間一髪——乗用車は、壁にボディを擦《こす》らせながら通過して行った。

ブレーキ音を立てて少し離れたところに車が止まると、中から男達が四人降りる。さくらはブロック塀の上から、さらに住宅の軒を踏み台にして屋根へと上った。

「こっちだ！」

「追え！」

さくらは屋根の上を走る。

それを男達が追ってくるという構図だ。

さくらはバッグから携帯電話を取りだすと慣れない手つきでスマホの番号を押した。

「こちらはUCコールセンターです。お呼び出しの電話番号は電波の届かないところにいるか、電源を切って……」

「慶一郎の奴、何をやってるのよ！」

耳に電話を押し当てながらさくらは叫んだ。

もう一度、電話をかける。

「早く出ろ、早く出ろ」

だが結果は同じだった。

さくらは屋根から屋根へと飛び渡りながら男達を引き離そうとした。

だが彼らもそう簡単に諦めてはくれなかった。拳銃を取り出すと、さくらが隣の屋根に飛び移るタイミングで弾を撃ち込んで来たのである。

「あ、あんた達、他所様《よそさま》の家に何をしているのよ！」

壁に穴が空いたのを見てさくらは怒鳴りつけた。

だが、男達はさくらの言葉には全く応えようとしない。無言のまま淡々と追いかけてくるだけである。

その時、さくらの手の中の携帯電話が鳴った。

慌てて青いボタンを押して、耳に当てるさくら。

「さくら、無事か？」

慶一郎だった。

「あんたねぇ、何をやってるのよ⁉　おかげでこっちは大変なことになっているのよ！」

「事情は後で説明するよ。次のところで道路に降りて、角を右に曲がれ」

「ここがどこだかわかるの⁉」

「お前が持ってるスマホに、GPS追跡機能がついているんだ」

「じぃぴぃ……？　いいわ、とにかく言う通りにすればいいのね？」

こういう時、さくらはうだうだと事情説明を求めたりしない。

慶一郎の指図に従って、屋根を降りると次の交差点を右に折れた。

そこは大通りまでの約二百mの距離を視界の遮るものがない一本道だった。そこに赤い911カブリオレがエンジンをかけた状態で停まっていたのだ。

「君、乗りたまえ」

声を掛けてきたのは、以前慶一郎と食事をしていた男装の女だ。

さくらは迷うことなく飛び乗った。


女がアクセルを踏み込んで発進するのと、さくらを追って来た敵が、拳銃を抜いて運転する『さな』の後頭部に慎重に狙いを定めようとするのはほぼ同時であった。

男は引き金に指を掛けて引き絞ろうとする。だがその瞬間、右腕が遠方から飛んできた弾丸によって貫かれた。

「うがっ！」

男は、拳銃を取り落としてしまった。

顔を上げてみれば赤いカブリオレは、拳銃弾では届かないところまで走り去っていた。

そして大通りに面したビルの屋上に、狙撃手の照準眼鏡が輝いている。男は仲間に警告を発した。

「伏せろ！　次が、来るぞ」

甲高い跳弾音《ちょうだんおん》とアスファルトの破片を浴びて、男達は電柱や建物を選んでその陰に身を隠して行った。

「あれが笠間慶一郎か？」

「くそっ……やられた」

一本道の行く先で狙撃手が待ち構えているとなれば、身を隠す術のない者は前に進みようがない。彼らはさくらの乗った赤いカブリオレを黙って見送ることしかできなかった。

二

「そうですか、それはどうもありがとう。また今度一緒に食事でも……はい。よろしくお願いいたします」

戦史編纂室の室長室で、横溝がへらへらと誰かと話している。

それを斎藤と野部は黙って見守っていた。

横溝は「これからもどうぞよろしくお願いいね」などと言って電話を切ると、斎藤室長を振り返った。

「室長。未来の戦史編纂室は、笠間さくらを捕らえる作戦に失敗したようですよ」

「なんだと？　あれだけの騒ぎを起こしておいて失敗した？」

「紀尾井町警察署の取調室に、身元不明の男達の死体が四つ転がっていたそうです。警視庁の方はもう上を下への大騒ぎをしてるそうです」

「それで、笠間さくらは？」

「逃げちゃったみたいです」

野部は舌打ちした。

「はっ。またぞろ失敗かよ」

「ええ、まあ。それに今回の件で警察に頼ることはできなくなりました」

「何故？」

「今回の紀尾井町警察署のことで捜査方針が変わったそうです。料亭での爆弾テロだけなら、爆弾の箱に笠間慶一郎の指紋がついてたからって押し切ることができたんですけど、今回正体不明の武装兵の遺体が残っちゃったじゃないですか。しかもその武装兵が襲ったのが笠間さくらのいた取調室ともなれば、狙われていたのが実は二人の方じゃないかって誰だって考えるでしょう？　実際そういう意見が現場刑事達から上がって他の捜査官達も揃ってそれに賛成しちゃったんだそうです。捜査本部長になった僕の友達だけでは、とても抑えられなかったそうです」

「それは、笠間慶一郎は追わないということか？」

「いいえ。重要参考人として手配を受けているのは変わりません。けど捜査の主眼が紀尾井町警察署を襲った連中の背後関係に向かうことは間違いありません」

「あんたの友達ってのも存外に、頼りにならないいんだな？」

　野部が嫌みったらしく言う。すると横溝も負けじと返した。

「たかだか女一人に全滅させられちゃう未来の戦史編纂室も随分と情けないですよね。貴方が仕切ったりするから弱体化しちゃったんじゃないんですか？」

「なんだと⁉」

「これはごめんなさい。僕って、思ったことを言っちゃう性格なもんだから」

「やめないか二人とも！」

　斎藤は二人を叱りつけて黙らせた。

　すぐに二人とも口を噤んで素直な態度を見せたのだが、斎藤も内心は焦っていた。

　二人が、こんなにも使えないとは思わなかったからだ。野部は、小笠原二曹を撃ってくれたし、横溝は資金稼ぎや様々な工作で役立ってくれている。だがこうなってみると力量というか信頼感にいまひとつ欠ける。これまで戦史編纂室を仕切っていた慶一郎がどれだけ頼りになる存在だったか今更ながら思い知らされてしまった。

　しかしながらこれからは、斎藤はこの二人を頼りにやっていかなければならない。これも時間遡行技術を独占管理するために必要なことだとは思うが実に悩ましいのだ。

時間遡行の秘密は発見者である自分の手で独占管理されなければならない。しかしながら戦史編纂室の上部機関である総合運用支援部は役所であり、時期が来たらトップを含めて部員達はどんどん異動する。つまり秘密を知る者が異動の度に確実に増えることを意味するのだ。

自衛軍でも同じことが起きている。どれだけ守秘管理を徹底しても時間遡行を経験した者はそれを忘れないだろう。小笠原二曹のように自力でその謎に近づいてしまう者が出てこないとも限らない。

それを避けるためには少数精鋭の、しかも一旦所属したら、他に異動して行くことのない閉じられた組織に変えてしまう必要がある。今回の計画も、そのためのものだったのだ。

慶一郎には是非その計画に賛同し参加して貰いたかった。だが秘密を打ち明ける前に同業他社の女と接触するという行動があったからにはもう信用することはできない。切り捨てて、排除してしまうしかない。

「問題は、どうやって笠間曹長らを捕捉し、斃すかだ。まずは、それを考えて欲しい」

「はっきりしていることは、我々だけで姿を隠してしまった彼を見つけ出すのは無理だってことです」

戦史編纂室には、捜査能力も追跡能力もない。これまでの任務だって、調査や追跡は総合運用支援部に任せていた。

横溝は問いかけた。

「自衛軍には、情報保全隊ってのがあるんですよね。斎藤室長には動かせないんですか？」

「情報保全隊の機能はあくまでも調査だからな。逃げた誰かを追いかけて捕らえるという機能は持っていない」

「そもそも指揮系統からして違いますからね……」

野部が情報保全隊というものが、統合幕僚長直轄の組織で陸上自衛軍のものではないことを補足説明した。慶一郎の調査についても、依頼して動いて貰ったのである。それ以上のことを求めることはできない。

「室長。笠間曹長に対して人質になりそうな人間はさくらさん以外にはいないんですか？　家族とか誰かいるでしょう？　それを捕まえて呼びかければ出てくるんじゃないでしょうか？」

「ふむ……」

斎藤は、慶一郎の両親が存命だったことを思い出した。が、すぐに選択肢から外した。

慶一郎の両親は彼が生きていることすら知らないが、情報保全隊は今回の事件を受けて、彼の立ち回りそうな場所は全て監視しているのだ。

そんなところに野部や横溝をつれて行き、慶一郎の親族を人質にとろうとしたら斎藤が怪しまれてしまう。

「現代がダメなら……」

では、過去に遡ったら誰がいるかだ。

「なるほど……一人いるな」

斎藤は、慶一郎が時間遡行している間に深い関係を持っていたという川守沙奈の名を思い出した。その女なら、慶一郎も隠れてはいられない。自分が狙われていると知っていても、きっと出てくるだろう。殺すことも容易《たやす》い。

「一人というのはどんな人間ですか？」

野部に問われると斎藤は肩を竦めた。

「笠間曹長が時間遡行して戦国時代にいた間、長く付き合いを持っていた女だ。その女ならばいつ何処にいたかの記録が残っている。笠間曹長の証言の裏を取るために佐々文書を調べたことがあって、それに詳しく書かれていた。確か安土県立大学に返却したはずだが横溝君、問いあわせて取り寄せてくれたまえ」

「はい、わかりました。けど、笠間曹長にどうやってその女をこちらが狙っていると教えるんですか？」

「メールでも送って報せるさ。野部二等陸曹……」

「了解しました室長。いよいよ戦国時代にタイムスリップか。楽しみです」

「今回は私も君に同行して指揮を執るぞ」

「えっ、室長も自ら陣頭指揮ですか？」

斎藤はこれまで室長室にいて現場に出たことがない。だからなのか野部は斎藤のことを椅子を尻で温めている事務屋だとでも思っていたようだ。それが自ら現場に出ると言い出したから、驚いたのだろうが斎藤とて自衛軍人であり、地を走り野を駆け回る訓練は充分に積んできているのである。


「ここは？　暗いわね」

「私の隠れ家の一つだ。待っていたまえ。いま明かりをつける」

電気のスイッチオンと同時に明るくなった室内は、高級感溢れる調度品の並んだ空間が広がっていた。

さくらをここに案内した男装の女は、部屋に入ると分厚い遮光カーテンを開いて、新宿の夜景を見渡せるようにした。

「ここは大丈夫なの？」

さくらはその部屋に踏み入るとすぐに違和感を覚えた。

調度品や生活用品がしっかりと並べられ、掃除もきちんとされている様子があるのに、生活感というものが全く欠けているのだ。この場合の生活感とは、ある種の雑然とした雰囲気のことで雑誌が散らばっていたり、椅子が乱れていたり……人が生活していたらどんなに気をつけていても発生する、乱れのことなのだ。

「いつも使ってる湾岸のタワーマンションは、既に敵に知られてしまったが、この新宿のマンションは滅多に来ないこともあって誰にもその在り処を知られてない」

「へぇ、隠れ家か。だからなのね？　で、最上階なのはあんたが馬鹿か煙の類いだから？　それとも狙撃対策？　これが男の部屋なら、連れ込んだ女を口説くための演出だって言えるかも知れないけど、あんたはそんな形《なり》だけど同性が好きという類いでもなさそうだし……」

「狙撃対策と、馬鹿の両方だな」

「え、そうなの？」

「ああ。狙撃対策だなんて口では言っていても、内心にあるのは自尊心だ。街を見下ろして何やら偉い者にでもなったような気分で、ふはははははははははははは愚民どもめ……なんて口にしたこともないとは言わん」

「ホントに？」

「試してみろ。良い気分になれるぞ」

　さくらは言われるままに実行してみようと思った。だが、ふと信長を思い出してやめた。

　あの男も高いところが好きで、小牧山城《こまきやまじょう》も岐阜《ぎふ》城《じょう》も山頂の天守閣に自分の居室を置いていた。その信長を腐すことになってしまうような気がしたのだ。

　戸棚の天板を指先で擦って見て埃がつかないのを確認したさくらは、空いているソファーに座ると尋ねた。

「ここって、人の住んでいた様子がないのに掃除は行き届いている。定期的に掃除には来ているみたいね」

「ああ。実はヘルパー……お手伝いさんを雇っていて、定期的に掃除や冷蔵庫の中身の交換を頼んである」

　男装の女は、コートとジャケットを脱いで椅子の背もたれにかけると、台所に入って薬缶《やかん》を火にかけた。

　さくらはそのジャケットが見た目以上に重そうであることに気付く。軽く触れてみると鎖帷子《くさりかたびら》が仕込まれている感触がある。複数用意してある部屋と言い、相当に用心深い性格をしているらしい。

「それって、あんた……」

　女は、シンクに手を入れる時に袖をまくったが、その時初めてさくらの目に、さなの肌を這うように彫られている白蛇の刺青が入ってきた。

「自己紹介がまだだったな。私は時守の沙那。君の知る『沙奈』の子孫にあたる」

「どうりで顔立ちが似ていると思ったら……」

「似てるのか？」

「ええ。背格好は違うけど、顔の根本的な造りはそっくりよ」

さくらは言いながら、どうしてこの女のことが気に入らなかったのかその理由に気付いた。

「あの蛇女……子孫にそんなもの背負わせたの？」

「別に背負わされたわけじゃないさ。嫌なら家から出れば良いだけだからな。他の代は知らないが私はこの刺青を自ら進んで背負った。誰からも強制されてない」

「そうなの？」

「ま、これをあたかも背負わされたかのように説明したら、誰かさんに対する効果は絶大だったがな」

「まさか……あんた……」

誰かさんとは慶一郎のことだろう。そして肌に刻まれた彫り物を見せるには、服を脱がねばならない。女が男の前で肌を晒したということは……そこまで考えたさくらは、慶一郎とこの女の関係を邪推した。

「いや、残念ながらあの男とはそういう関係にはなっていない」

「ほんとに？」

「本当だとも。あの男は、君にも手を出してないのだろ？」

「手を出されてたまるもんですか！」

「そんな男が私に手を出すはずないじゃないか」

その時、部屋のドアベルが鳴った。

「⁉」

手負いの猫のように神経を逆立てていたさくらは素速く身構える。だが、二十一代目はそんなさくらを安心させるように言った。

「きっと慶一郎だ」

インタホンを取ると、マンション入り口につけられたカメラが慶一郎ともう一人の姿を映し出す。さくらは横から覗き込んで慶一郎の隣に立つライダースーツの女を指差した。

「この女は誰？」

「私の子孫さ」

さなはそんなことを言いながら、いそいそと台所仕事を始めた。そして薬缶の湯が沸いた頃に部屋のチャイムが鳴った。

「待っていたぞ」

ドアに向かう二十一代目の様子がなんとなく嬉しそうに見えて、さくらは少し不愉快な気分になった。

やがて室内に制服姿の慶一郎が入ってきた。その後ろには十六歳くらいのライダースーツを纏った少女がついてきている。

「おっ、さくら。無事だったか？　怪我は？」

「誰かさんのおかげで無事よ。酷い目に遭ったけど怪我もかすり傷」

さくらはそう言って腕の包帯を慶一郎に見せた。

「すまない。言い訳になるが、どうにもならない内に状況がどんどん展開してしまったんだ」

すると二十一代目が言った。

「それが逸時者同士の戦闘だ。主導権を取られたら最後、離隔・退却は容易ではない……敵のペースで事態がどんどん進んでしまう。一旦防禦に回ったら敵にとって予想外のファクターが介入しない限り、そのまま終わるのが普通だ。だから動く時は果断に動かなければならない。躊躇ったらまず間違いなく死ぬと思え」

「嫌と言うほど理解したよ」

慶一郎は、制服を脱いで、二十一代目に渡すと疲れたのかどっかりとソファーに腰を下ろした。

二十一代目は受け取った制服をハンガーに掛けて壁に吊す。自分のジャケットは椅子の背もたれだったくせに……その動きがなんだか何年も夫婦をやっている男女のように見えてさくらは嫌な気分になってしまった。

「予想外のふぁくたーって何よ？」

さくらは物問い顔でさらなる解説を求めた。

するとライダースーツの少女が手を上げた。

「戦史編纂室が知らない、わたし達のことです」

「ホントに助かったよ。ありがとう。自分だけじゃなくってさくらのことも助けてくれて」

「どういたしましてです」

ライダースーツの少女は慶一郎の礼を笑顔で受け止めた。

「あたしも助けたって？　どうやって？」

「お前のスマホにＧＰＳの追跡アプリを仕込んだのはこの娘なんだ」

慶一郎はライダースーツの少女を指差した。

「えっ!?　この子が？」

「ちょっと前に松沢道場に泥棒が入った時があったろ？」

「え、あ、うん。何も盗らずに逃げてった奴……」

「あの時に仕込んだんだってさ」

「な、ななな、じゃあ、あの時の泥棒って？」

「すみません、わたしでした」

ライダースーツの少女は深々と頭を下げた。

さくらは得体の知れない機械の代表であるスマートフォンを取り出して見た。

「そんな時から仕掛けてあったなんて」

この機械にさくらが今何処にいるか追跡するためのからくりが仕掛けられていたのである。それに助けられたのは確かなのだが、忍びとしては身の回りの品に細工されて気がつかないのは不覚とも言える。

さくらは、非常に愕然としたのだった。


「後、これを返すよ」

慶一郎は二十一代目にライフルの入ったガンケースを差し出した。

「良い銃だったろ？」

「ああ、良くこんな物を持っていたな。日本では手に入らないはずだが」

慶一郎がさくらを助けるために使用したのはM40A5であった。

M24同様にレミントンM700をベースにした合衆国軍海兵隊仕様の狙撃銃である。

「手に入れるにはほんのちょっとばかり苦労したよ。非合法だからな。だが君のために用意した銃だ。だから君が持っていたまえ」

さなはそう言うと慶一郎にガンケースを押し返した。

この銃は慶一郎が使用したことがないが名品であることが知られている。二十一代目のさなは手に入る範囲で最高の武器を用意していてくれたのだ。今や、自衛軍や警察から追われる身になった慶一郎としてはこれは大変な力になる。

「いいのか？」

「これから、必要になるはずだよ。それとその格好は目立つから、服装もこれに着替えたまえ」

二十一代目はそう言って慶一郎の腕にジーンズや革製のジャケットなど一揃いを持ってきて、陸上自衛軍の制服から着替えるように言った。

「ありが……み、妙に重いな」

レザー製だと思って受け取ったら予想外に重い。思わず慶一郎は受け取った衣服を取り落としてしまった。

「そりゃそうだ。ステンレスメッシュのシャツとケブラー繊維製Tシャツが混ざっているからな。重ね着すればナイフなどの攻撃に対する備えは万全だ」

二十一代目が差し出したのはただの衣服ではなかったのだ。

「どういうことよ？」

状況を摑みきれていないさくらが、慶一郎に詰め寄る。

さくらにとっては、何が何だかわからないうちに騒動に巻き込まれ、気がついたらここに連れてこられていたという状況なのだ。

「さくら君、君にも武器を用意しておいた。現代技術の粋を尽くして作った日本刀だ。ZDP189鋼をチタンでサンドイッチしてある代物だ」

「あ、ありがとう」

突然手渡されたさくらは目を白黒させていた。さくらは刀剣類に目がない。どれほど感情が激していても「あげる」と言って刀剣を渡されたら別の意味で興奮し、その相乗作用で冷静さを取り戻せてしまうのだ。

慶一郎は、さくらが一息吐いた間を突いて、ざっと自分達の置かれている状況を説明した。

「……そして、自分やさくらの行方を見失った斎藤室長が、次に狙って来るとしたら、おそらくは沙奈さんだということなんだ」

「この場合のさなは、この男女《おとこおんな》のことじゃないわよね？」

「もちろんだ。比良村の沙奈さんだ」

「つまり、あたしも元亀年間に戻れるわけね？」

さくらは無人斎道有に沙奈を人質に取られた慶一郎を思い出した。

沙奈のためなら慶一郎はどんな状況だろうと絶対に助けに行こうとするだろう。そうなれば自分も懐かしいあの時に戻るという願いがかなう。

だが時間遡行に関しては慶一郎が独断で決められることではない。慶一郎は二十一代目をチラリと見た。

「もちろん。私が責任持って送り届けよう。慶一郎とさくら君、君達が遡れるのは槙島城の合戦の直前からだ。場所が京都の宇治ならば、明日の十七時十五分に開く窓があるぞ」

スマホで窓が開く場所と時間を確認した二十一代目のさなは言った。

「斎藤室長が狙ってくるとすれば、自分とさくらが現代に帰った直後からだな。それ以前だと自分が道有や善住坊と戦っている真っ最中だし、時間遡行者の行動は、結果を見てから介入しても流れを変えることはできないという原則にひっかかる。その後になってしまうと、これから時間遡行する自分に先を越される可能性が出てくる」

「どちらが蛇女の身柄を確保するかの競争になるわけね？」

「いや、実際は待ち伏せを受ける可能性が高い……」

慶一郎とさくらは、慶一郎達が現代に戻ってくるあの瞬間、沙奈が何処にいたかを知っている。顔も知っている。だが斎藤はそのどちらも知らない。それだけでもう沙奈の争奪戦になった場合、慶一郎が圧倒的な有利な立場にあるのだ。

もちろん、横溝のような調査員をそれこそ慶一郎が沙奈のところにいた頃から送り込んで、沙奈の人相や居所を調べておくという手段もあるわけだが、無人斎道有に捕らわれていた頃の沙奈は慶一郎ですら何処にいたかわからなかった。一人二人の調査員を送ったところで沙奈の居所を追い続けることは難しいだろう。従って斎藤が沙奈の身柄を押さえることができるのは、道有や善住坊が死んで、慶一郎がさくらとともに現代に戻った直後から。その時以降に限られるのだ。

当然、慶一郎もその瞬間に戻ろうとする。

つまり斎藤からすれば、慶一郎がいつ、何処に姿を現すかわかっている。そこを奇襲すれば良いということになるのだ。

「窓を潜って向こうに渡った瞬間が最も危険だ。だから、自分達はわざと……」

敵の予想を裏切った位置に出ようと提案しようとしたその時、慶一郎のスマホが鳴った。メールが届いたようだ。

「ん、室長から？」

慶一郎は発信者の名前を確認すると文面を見た。それには慶一郎が予測したのとは違う内容が記されていた。

「一五八三年六月十一日。織田信長を狙うから……来いだって？」

斎藤からのメールは、信長を狙うから止めたければ出て来いという、いわゆる予告状となっていたのである。

狙撃手同士の戦いは、相手の思考や行動の読み合いである。

敵を探し、敵に気付かれずに狙い撃つことのできる有利な位置を占め、銃口を向ける。

だが自分が狙われていることを知っている敵は、当然こちらが好機を窺っていることも承知している。つまり隙をチラチラと見せつけながら、その実、こちらを罠に誘い込むように動いているのである。

だから敵を狙い撃ちできる絶好の位置についたと思った瞬間が、実は最も無防備で自分が狙われている瞬間とも言える。

従って、こちらは敵の裏を掻こうとする。

敵もこちらの裏の裏を掻こうとする。

さらにこちらは裏の裏の裏へ……と、きりのない駆け引きが始まる。それが、狙撃戦の本質なのだ。

時間を自在に遡れる者同士の戦いもまた、それに似る。

慶一郎は、最初は沙奈が狙われるものと思って、それに基づく対策を練っていた。だが斎藤はそんな慶一郎の思考を読んだかのように狙いを信長に変えた。これによって慶一郎も行動計画を立て直さなければならなくなってしまったのである。

慶一郎とさくらは、二十一代目さなとともに、信長が天正十一年六月に滞在していたとされる京都へと向かった。

窓を用いて時を遡っても場所の移動まではできないから、時間遡行は京都の近くで行いたい。そうでないと交通機関未発達の時代に徒歩で旅をしなければならなくなってしまうのだ。

そのために呉服屋に立ち寄って現地で着る衣服、その他の持ち物を支度して、それから新幹線に乗ったのだが、慶一郎が最初の行き先に選んだのは京都ではなく新潟だった。そう、東海道新幹線ではなく上越新幹線に乗ったのだ。

「斎藤室長が信長を狙うと言ってきたということは、自分達を京都におびき寄せようとしているというわけだ。当然、警察の監視は京都方面にシフトされているだろう。東名高速はNシステムで警察に監視されているので車はダメ。京都に向かう新幹線、高速バスのターミナル関連は警察に張り込まれているはず」

空港も当然、監視されている。なので慶一郎はその裏を掻いて大宮から新潟に向かい、そこから金沢、京都へと向かう遠回りのルートを選んだ。

グリーン席を向かい合わせにしてさくらは窓側、慶一郎を通路側。

慶一郎の真向かいに腰掛けた二十一代目のさなが問いかけてきた。

「裏の裏を掻いてこちら側が監視されている可能性は？」

「だから念を入れて、大宮から乗ったんだ。警察も自衛軍からの情報提供で動かせる人員はそう多くないはず。上越線の各駅にまでは人員を配置する余裕はないだろう？　裏の裏を心配するのはもっと敵に接近した時だ」

「さすがだね。けど斎藤はよりにもよって何故、信長をターゲットに選んだんだろう？」

「前に戦史編纂室でお館様を歴史から退場させるという計画が出た時に、自分が盛大に反対したせいだと思う。沙奈さん同様に狙われてると聞いたら、助けに行きたくなるウィークポイントだと思われたんだと思う」

「よりにもよって信長とはね……。信長の守りは堅いのだろう？」

「もちろんだ。けど、現代兵器の前ではどうにもならない」

慶一郎は、斎藤には猟兵衆や鳥見衆の守りの鉄壁さを語ったが、実際には猟兵衆では守り切れないだろうと思っていた。その警戒の範囲は信長を中心にどんなに遠くても五百m以内に留まっているからだ。従って野部に狙撃銃を渡して現地に送り込めば、慶一郎が信玄の暗殺に成功したように、信長を斃すことも難しくない。

するとさくらが続けた。

「それだけじゃないわね。きっとその時期の宇治の状況を嫌ったのよ」

「宇治の状況？」

「まず、慶一郎とあたしが道有や朧《おぼろ》と戦っていた時、イサナや松千代も近くに居たわ。それに少し離れたところにはお館様の軍勢もいた。慶一郎にとっては味方、斎藤さんからすれば敵よ。そんなものが近くにいる状況で戦うなんて不利でしかないでしょう？」

「そうか、そう言われてみればそうだな」

「それ以降の蛇女の記録は、長居教授と一緒に吹き飛んじゃったし」

「記録って？」

「佐々文書のことよ」

さくらの言葉を聞いて、二十一代目のさなは目を剝いた。

「なんだって⁉　佐々文書を喪失したのか？」

「別にあたしがやったんじゃないわよ。斎藤さんがやったことよ。ボンッてね」

二十一代目のさなは「ああっ」と頭を抱えた。

「斎藤め、なんて惜しいことをしてくれたんだろうか。仕方ない。手が空いた時に写本をつくって本物とすり替えておくことにしよう」

「何あんた、そんなこともするの？」

「佐々文書は、我が時守家初代さんの大事な記録だからな」

「そうか。記録がなくなってしまったから沙奈さんが狙いから外されたのか」

慶一郎はホッとした顔をした。

「けど、その代わりにお館様が狙われることになったんだから安心しちゃわないでよね。お館様をお守りするのはあんたの仕事なんでしょう？」

「もちろんだ」

「言って置くけど、蛇女に逢いに行くのも全てが終わった後にしてよね」

「ああ、わかってる」

すっかり信長を守る気になっている慶一郎を見て、二十一代目のさなは戸惑ったように尋ねた。

「慶一郎、君はこのおかしくなった日本をなんとかしたいと思っていたんではなかったのか？」

「あ、ああ。もちろんだ」

「信長が歴史から退場した方が、今の日本にとって都合が良いとは思わないのか？」

「多分そうだと思う」

「だったら何故、それは忠誠心か？」

「忠誠心？　いや、忠誠はないかな」

信長ほど人使いの荒い人間はいない。今で言うブラック企業も真っ青な恐ろしさだった。慶一郎としてはもう懲り懲りなのだ。

「じゃあ、何が君をそうさせるんだ？」

「沙奈さんを助けるためにお館様に凄く協力して貰ったからな」

無人斎道有に沙奈を人質に取られた時、慶一郎は織田家を出奔した。佐々成政に誤解されて追いかけられたという理由はあるが、紛れもなく慶一郎の契約破りなのだ。だが信長はそれを許し、しかも慶一郎と沙奈を助けるために慶一郎の狙撃の的となるという危険な賭けに身を挺《てい》してくれた。それを考えれば、歴史がどうのこうの言う前に人として助けに行きたいと思ってしまうのだ。

「なんて言えば良いのかな。自分はあの人が嫌いではないんだ」

「ふむ……そうか」

「父様はそれを友垣《ともがき》って言ってたわよ」

さくらは車窓の景色を見ながらぽつりと言った。

さくらは、そのまま視線を流れている景色に向けている。向けてはいたが、窓にうつる慶一郎を見つめる視線が慶一郎には感じられた。

「友達？　柳生但馬《たじま》様がそう言っていたのか？」

「ん」

「そうか。友達か……」

慶一郎は自分を突き動かす気持ちの正体を知って、安堵したように笑ったのだった。

二

慶一郎ら三人は、窓を抜けて天正十一年六月初旬の京の地に立った。

時間遡行は実にあっけなかった。京都山科《やましな》に向かい、そこで窓を潜ったのだ。

戦史編纂室の任務で斎藤から指定された統制点を通過しながら時間遡行するのと違い、今この瞬間に、時を遡ると思いながら窓を潜るのとでは、何かが違っていると思っていたのだが、実際はそうでもなくて扉を潜ったら時代劇村だった……みたいな感じである。

京の地にたどり着いた慶一郎は、早速、鉄砲商に身をやつした。さくらと二十一代目さなは旅芸人である。

京の街は行商人の往来も活発なので行商人達に紛れれば、万が一現代からやって来た者が見張っていたとしても見咎められにくい。商談ということで、かつての知り合いの武士達に面会を申し込むのも容易いと考えたのだ。

それらの資金はもちろん、慶一郎が預貯金を全額下ろして購入した純金のプレートを使用した。以前から天正に戻る計画を立てていただけあって、慶一郎も国から貰った給料を無駄遣いせず、せっせと貯金していた。その成果が出たのだ。

「諸君、聞いてくれたまえ。この京の地で、次に窓が開くのは六月十一日だ。その次になると七月になってしまうということを忘れないように」

二十一代目さなは、スマホを見ながらあたかも帰りの電車の予定時刻を告げるかのように言った。ぐずぐずして予定に遅れるなという意味だ。

「それはわかってるんだが、それまでに問題を片付けられるかどうかは……」

全ては相手があってのこと、こちらの都合どおりには状況は動かないのだ。それに場所に拘りさえしなければ、そんな先でなくても現代に帰ることはできるはずである。

慶一郎がそのことを指摘すると二十一代目さなは眉根を寄せた。

「天童山《てんどうやま》まで行くなら、六月二十七日に窓が開くが……そんなに歩くのはなあ。疲れるし」

二十一代目さなは京都北北西の山地にある標高七百七十五mの山の名を挙げた。

「天童山って……目と鼻の先じゃない！」とさくら。

「これだから車に乗ってるひとは」と慶一郎。

二人は、数百メートル先のコンビニに行くのにすらカブリオレに乗ってしまう二十一代目さなを白い目で見た。

天童山は地図で見れば京から直線距離で十㎞も進んだところにある。半日も歩かないではないかと二人は言った。

しかし地図の上で十㎞でも、道のりはもっとある。

「私を、君達のような何処だろうと徒歩で踏破できてしまう武闘派と一緒にしないで欲しいな。私はひ弱な都会人なんだ」

二十一代目さなは、二人の方が異常だと主張した。

さて、信長が本能寺の変で死ななかった歴史では、この時期になると織田軍はその戦場を山陰山陽の両道、四国、北陸、関東、南紀へと広げていて、その勢力圏内の治安は、確固たるものになっていた。

全ての戦線では、日夜激しい戦いが行われていたが、その分、畿内からは戦の気配がすっかり消えていた。延暦寺《えんりゃくじ》を焼き、本願寺《ほんがんじ》勢力を石山《いしやま》から退転させた今、信長に逆らう者はもうその領域内には一人もいない。民衆が心待ちにしていた平和が、訪れていたのだ。

京とその周辺の治世は京都所司代、村井《むらい》長門守《ながとのかみ》貞《さだ》勝《かつ》によって滞りなく行われ、それまで様々な規制でがんじがらめに縛られていた商・工活動も一気に活性化。京は、天下の中心地としての面目と華やかさを取り戻そうとしていた。それが信長の経済力を一層高めることになり、各地での戦を有利に進めさせたのだ。

慶一郎は、京の賑わいの中を歩きながら、何ともなしに二十一代目のさなに問いかけた。

「しかし斎藤室長は、なんだってこの時期を選んだんだろう？　本能寺の変の再現を狙うなら、妙覚寺の変だっけか？　あの日に、松千代の動きを妨害するだけで済むはずなのに」

佐々慶政が光秀の叛逆を知って駆けつけるまでの数時間。これがほんの少し遅れても信長は斃れて光秀の叛乱は成功したはずだ。そのためだったらどうにでもなるだろうというのが慶一郎の思うところなのだ。

その言葉は別に答えを期待したわけではなく、何となく発したものに過ぎなかったのだが、二十一代目のさなはしっかりとした答えをくれた。

「多分、戦史編纂室の経験が不足しているからだと思う。時の流れに対する働きかけの仕組みをまだ良く理解してないのだ。だから斎藤君は、自分の祖先に影響ある出来事に手を加えるのに消極的なんだ。もし妙覚寺の変を成功させ、その後中国地方から帰ってきた秀吉に明智軍が敗れてしまったら斎藤利三が死んでしまう。そうなったら自分はどうなってしまうのか……それが不安なんだろう」

「そうか……」

それは慶一郎にも想像できる心理だった。

斎藤室長の祖先、斎藤利三は妙覚寺の変の後浪人している。一族郎党まとめて生活の糧を失ってしまった。

利三ほどの優秀な人材なら、どこでも引く手数多《あまた》かと思われたが、主君光秀に引き摺られたとは言え信長に反旗を翻《ひるがえ》した身だ。織田家の家臣達は、明智家の遺臣を召し抱えることなどできるはずもない。そして織田家はその領域を着実に広げつつあった。織田家が勝ち進めば進むほど、斎藤利三やその家族が生きて行ける場所は減少するのだ。

だが、利三は佐々慶政に家老として拾われた。慶政は信長から光秀の遺領《いりょう》の一部が与えられたのだが、佐々家は当主成政が越中《えっちゅう》一国を与えられたばかりでその統治に苦労していた。急成長した家につきものの人手が足りない状態になっていたのである。そこにきて慶政は自前の家臣団を持っていなかったものだから、近江坂本の領国を統治するために急遽《きゅうきょ》自前の家臣団を揃えなければならなくなった。しかも一人や二人ではなく、まとまった数が必要だ。

そこで慶政は大胆な手に打って出た。領地と一緒に、光秀の旧家臣団をそのまま自分の物としたのだ。

光秀を討っておきながら、その家来をそのまま自分の家臣にするのは前代未聞の恐れ知らずな振る舞いである。だが、それによって明智家の旧臣達は路頭に迷わずに済むこととなった。またその領国の統治についても、統治者としては名君であった光秀の政策を慶政はそのまま引き継いだので近江坂本の治安も乱れることなく済んだのだ。

この出来事がなければ、斎藤利三はどうなっていたか。ましてやその子孫はどんな境遇に陥ったか。佐々家の家臣として明治維新を迎え、その後も佐々家に連なる官僚として政府に仕えてきた斎藤家の歴史を考えると、斎藤圭秀が自分のルーツに影響のある出来事は弄りたくなくなっても当然と言える。

「なあ、実際のところ祖先の境遇に変化があったらどうなるんだ？」

「自分の置かれている境遇に影響が出るか、だな？

逸時者には、ほとんど何も起きない。それが観測された事実だ」

「ないのか？」

「ない。ＳＦタイムマシン物に、父殺しのパラドックスというものがあるだろ？」

「時を遡って自分の父親を結婚前に殺したらどうなるかって話だな？」

「そうだ。実はそれについては、逸時者同士の熾烈な殺し合いの結果、結論が出ているんだ。とある逸時者が親子で殺し合ったからな……」

慶一郎は、東京で別れたライダースーツの少女を思い出した。さなの名を引き継いで二十四代目となる彼女は、今目の前にいる二十一代目さなのひ孫になる。慶一郎は、この二人の間ではそんなことが起きないように祈った。

「それは、どんな結果になった？」

「基本的に、自分の親を殺しても、殺したのは実の親ではなかったということになる」

「？」

「一例を挙げると自分の父親だと思っていた男は、本当の父親ではなかった。別の男が父親だったという秘密が後から判明する。時の流れというのは、そういうところでつじつま合わせをしてきて矛盾を避けようとするんだ」

「ってことは、斎藤利三に何かあっても？」

「斎藤君には影響はほとんどないと見ていい。しかし彼はそのことを知らないのだろう？　だからこそこんな時期を選んだんだ」

本能寺の変で信長が死ななかった歴史の天正十一年六月は、昨年と同じように羽柴秀吉軍が中国毛利攻めを続けていて尾道で毛利軍と対峙している。

織田信長は昨年、光秀の謀反によって邪魔されてしまった毛利との決戦を行うため、この京都に十万の大軍を集めている。

「斎藤君は、その軍勢の中の誰かを謀反人に仕立てて、信長と信忠を暗殺するつもりなんだ」

北陸の柴田勝家は、謙信《けんしん》亡き後の御館《おたて》の乱で揺れ動いた越後との戦いで動けず。

武田旧領の掌握と、関東の北条氏との戦いに赴いている織田信忠、滝川一益と徳川家康も身動きが取れず。

四国方面と、伊勢、伊賀、南紀で織田の息子達も動けず。

第二次中国征服戦で膠着《こうちゃく》状態に陥り、信長の出馬待ちしている羽柴秀吉だけが駆け戻ってきて謀反人を撃ち斃し、独裁者の喪失によって混乱する畿内を抑えることができると考えているのである。

「待たせたな。それがしは磯谷彦四郎《いそがいひこしろう》。佐々家の鉄砲奉行だ。それがしが鉄砲の仕入れも担当することとなっておる。してそこもと達は、どのような鉄砲を売りたいのかな?」

慶一郎は、宿をとって二十一代目さなをそこに残すと、さくらとともに佐々慶政の京での定宿となっている上京《かみぎょう》の高得院《こうとくいん》を訪ねた。

だが、そこで慶一郎は自分の甘さを思い知らされた。

ここに来れば、すぐに松千代に会えると思ってしまっていたのだが、既に一軍を率いる地位に就いた松千代の周囲には大勢の家臣がいて、見ず知らずの者との間に割って入る仕組みができ上がっていたのだ。それでも応対に出た者が、慶一郎を見知る者ならまだ良いが、磯谷彦四郎なんて男は知らない。

「自分が商う品物は鉄砲ではなく新工夫の鉄砲弾と火薬でございます」

慶一郎は予め考えていた口上を口にしながら、この日に到るまでの十年という年月の重さを感じた。

「火薬だと?」

「左様でございます」

「その火薬を用いれば六匁《ろくもんめ》筒《づつ》にて三町先の的に命中させることもできます。つきましては佐々慶政様にお目通り願いたく」

慶一郎は、紙に載せた無煙火薬を差し出した。試せと言われた時のために銃砲店で買ってきた無煙火薬である。

「殿に目通りだと？　なるほどな……」

だが磯谷彦四郎は火薬を良く調べもせずに慶一郎を見据えて態度を硬化させた。

「大戦が近づいてくると殿を狙う刺客が、雨後の竹の子の如く湧いて出てくるが、お前達もその類いか？」

「いえいえ、刺客だなんて手前共はあくまでも火薬の商人にて……」

だが磯谷彦四郎は慶一郎の言葉を聞かずに続けた。

「殿は、ご自身を狙ってくる有象無象の相手に飽いてしまわれてのう。もう、そのような輩は相手になさらぬことにしておられるんじゃ」

「ですから佐々様を討とうだなんて、滅相もない話で……」

「殿は相手になさらぬのじゃ」

磯谷彦四郎は同じ言葉を二度繰り返し、非常に強烈な拒絶を示した。

慶一郎は、その時、背筋を冷たい風が通り過ぎたような気がした。鳥肌が立ち、この場にいることに耐えがたい気分が湧いてくる。

それは、何者かに狙われている時に感じる……いわゆる殺気と呼ばれるものだ。

慶一郎の隣に控えているさくらも、身体を軽く前傾させて咄嗟の動きに備えている。

「殿は決して相手にせぬ……わかっているな」

磯谷彦四郎が三度、同じ言葉を繰り返した時、慶一郎とさくらは座った位置から咄嗟に後退《あとずさ》った。

その直後、左右の襖《ふすま》から長槍の穂先が突き出される。そのまま座っていたら慶一郎とさくらの頭部に突き刺さっていただろう。間一髪である。

「やはり！」

磯谷彦四郎が剣を抜いたのと、さくらが短刀を抜いたのはほぼ同時だった。

　さくらは一瞬のうちに磯谷彦四郎の懐に飛び込み、磯谷が剣を振り上げた時にはその胸部を刃で抉っていた。

　左右から槍を突き出した、鎧武者が襖を割って室内に乱入してきたのはその直後。

「磯谷殿⁉」

　さくらは磯谷の手から剣を奪って左へ右へと二閃。たちまち二人の鎧武者を切って捨てた。

「くわっ！」

　眉間を割られて倒れていく鎧武者。

　さくらは慶一郎を振り返った。

「どうやら、手が回ってたみたいね」

「さすが斎藤室長だ。自分がこの時代に来たら誰を頼るか見抜いてたってわけだ。でも、どうやって松千代の家臣達を引き込んだんだろう？」

「この連中の今の態度を見れば明らかでしょ？　松千代が狙われているとでも吹き込んだのよ」

「そうか。そうだな……」

「次はどう出るかしら？」

「室長ならばやることは決まってる」

「狙撃？」

　慶一郎は、さくらを押し倒すように飛びかかった。飛来してきた弾丸が、木製の床を抉る。慶一郎が狙われるのか、さくらが狙われるのかどちらともわからなかったのでさくら諸共に避けたのだが、この狙撃手は明らかに慶一郎を狙っていた。

　高得院から五百mほど離れた位置に見える五重塔からの狙撃だ。

「間髪入れずに二の矢三の矢を放ってくるこのやり方は室長だ。そして撃ってきてるのは、きっと野部だろう。次がすぐに来るから油断するな」

　戦史編纂室で狙撃のできる人間は、慶一郎の知る限り野部だけだ。あの男なら斎藤の命令がでれば誰が相手だろうと躊躇ったりはしない。

　慶一郎は、射線《しゃせん》から身を隠すために隣の部屋に逃げ込んだ。だが、その場所とていつまでも隠れてはいられない。この屋敷は今や敵地も同然なのだから。

「出会え出会え！」

「くせ者じゃ！」

佐々家の侍達が異変を察して集まってくる。

「逃げるわよ」

「わかってる」

こんな所で戦っている暇はない。慶一郎はさくらと共に逃げださなければならなかった。

慶一郎とさくらは高得院の敷地内を逃げ回った。

「出会え、出会え！」

「追え、逃がすな！」

野部に狙撃をされる可能性があるため、広い場所へ出ることもできず、また高得院のあちこちは警備の足軽達が警戒に立ったため、慶一郎はたちまち追い詰められていった。

慶一郎とさくらは、植え込みに身を伏せてその動きを観察した。

足軽達は慶一郎らの退路を塞ぐ位置を押さえ、その上で侵入者を逃さないように動いている。その統制のとれた動きには毛ほども油断が感じられないのだ。

「まいったな。真面目にヤバイぞこれは」

「さすが松千代の兵だわ」

さくらも佐々家の兵の動きに舌を巻いていた。

「お前達は、そのあたりから虱潰《しらみつぶ》しに探せ！」

足軽が一列に並んで、じわじわと一分の隙も作らずに検索範囲を詰めてくる。慶一郎とさくらが隠れているこの植え込みもほどなく包囲されてしまうだろう。

慶一郎はさくらと共に、じわじわと後退るしかなかった。

「一気に、飛び出す？」

「いや、軽率には動けない。こちらが姿を現すのを野部は待っているはずだからな」

「困ったわね」

「仕方ない、もう少し下がろう」

「無理よ。これ以上は……」

慶一郎はそのままさらに下がろうとした。だがそれ以上後退したら、植え込みから身体がはみ出てしまう。頭隠して尻隠さずという情けない状態になってしまうのだ。

「くそっ……」

「そこにいるのは誰だ⁉」

誰何《すいか》の声が轟く。ついに見つかってしまったようだ。

慶一郎は鉄砲を握り、いつでも戦えるようにと身構えた。二十一代目さなから貰ったM40A5があれば。先に野部を斃すなどして、少しはマシだったはずだが、怪しまれないようにと火縄銃しか持ってこなかったのが悔やまれるのだ。

こうなったら敵の隙をついて一人ずつ片付けるしかない。

さくらは短刀を握りしめ、足軽が近づいてくるのを息を殺して待った。

「おい、その植え込みだ。槍で突いてみろ」

だが、足軽兵はうかつに近づいてこなかった。何かが突然飛び出してきても対応できるように、身構えているのだ。もはや、運を天に任せて飛び出すしかないかと思われた。

「ここにいるのは、わたくしです！」

だが、その時凛《りん》とした女声が響いた。

足軽達の視線が一斉に声のした方向へと向けられる。

慶一郎とさくらも、その声が突然背後から聞こえたために驚いてしまった。

「お、お方様ではございませんか？　こんなところでいったい何を」

「手鞠《てまり》の稽古をしていました。手元が狂って鞠が植え込みに転がり込んでしまって」

「お方様が手鞠の稽古？」

「悪いですかぁ」

それまで品の良い、高貴な大人の女性という雰囲気の声だったのに、足軽がほんのちょっと懐疑的に──翻訳すると「あんたが手鞠？」──とでも言いたげな質問を発したものだから、その女性も気を悪くしたようで、「手鞠で遊んで何が悪い？」と言うような感情を声に載せたのである。

「あ、いえ、失礼いたしました！」

足軽達が一斉に竦み上がったのを感じた。

言葉一つで兵士達を震え上がらせるとはこの女性、ただ者ではないようだ。

「お前達の方こそ物々しいその姿はなんなんです？　いったい何があったというのですか？」

「実は、お館様を狙う不届き者が入り込みまして磯谷彦四郎様他二名が討たれてしまい……」

「そうですか。しかしそのような賊徒はこちらには参っておりません。お前達は他の方角を探しなさい」

「あ、いや、しかし」

「おいらの命令に従えないって言うのかよぉ？」

その女性はさらにドスの利いた声を放った。

「はっ……いえ、はいっ！」

足軽達は緊張を感じさせる声で返事すると、逃げるように他の場所に向かった。

慶一郎とさくらは、ほっと胸を撫で下ろした。

どうやら助かったようである。勘違いしてくれた足軽や女性に感謝した。

「さ、そこのお人。出てきて大丈夫だよ」

だが、安堵するのは早計だった。

慶一郎達はどうやらこの女性に見つかっていたらしい。

「隠れてないでさ、顔を見せてくんないかな？　いつまでも隠れてると鉄砲足軽を呼んじゃうぞ」

するとさくらが「はぁ、仕方ないわね」とため息を吐きつつ立ち上がった。

「おい、さくら！」

「しょうがないでしょ？　それに松千代のお方様っ

ていうのに興味があるし」

さくらが身を晒してしまったからには慶一郎も隠れていても始まらない。諦めて植え込みで立ち上がった。

するとそこに立っていたのは、髪の長い貴婦人であった。二十代半ばで容姿は端麗《たんれい》。

活発な気性の持ち主であることはくりくりっと動きそうな眼の輝きが示している。

邪気《じゃき》のない笑顔でこちらを見ている女性に、さくらは問いかけた。

「貴女が、松千代……慶政様のお方様？」

だがその女性は、さくらの問いの半ばで被せるようにして言葉を返してきた。

「まさか……さくら姉さん？」

「？」

「ってことは、そこにいるのはもしかしてお師匠？」

師匠という懐かしい呼びかけに慶一郎は戸惑った。こんな貴婦人に師匠呼ばわりされる覚えはないのだ。


「この形じゃわからないかな？　『おいら』って言えばわかる？」

貴婦人は破顔すると、後ろ手に髪をたくし上げて見せた。

「ま、え⁉　まさか……お前……イサナか？」

「そうだよ。おいら、今は松千代のお方様をやってるんだ」

イサナは、慶一郎にそんな風に名乗った。


書院造《しょいんづく》りの板の間に碁盤《ごばん》を置き、その左右に着流しの装いをした男が二人。

その一方の斎藤室長は、無言で碁盤に白石を置いた。

碁盤を挟んで黒石を握っている男は、佐々家家老の斎藤利三。

明智光秀の五家老の一人として知られる男だが、今では佐々家の宿老《しゅくろう》として若い慶政の補佐役を担っている。

　こんな男がどうして戦史編纂室の斎藤圭秀と碁を打っているかと言えば、それは四国の長宗《ちょうそ》我部《かべ》元《もと》親《ちか》に嫁《とつ》いだ義理の妹に送ったはずの手紙を、圭秀が有していたからであった。

　その手紙は、決して外に漏《も》らせない秘密……明智光秀の叛乱で斎藤利三が主導的役割を果たしていた証拠になるもの。それをこの男がどうやって手に入れたかはわからないが、「これを信長に見せられたくなければ協力しろ」と脅迫されたのだ。

　織田信長は妙覚寺の変については明智光秀以外の罪を問わなかった。明智の一族はことごとく誅殺《ちゅうさつ》したが、その家臣達にまでは累《るい》を及ぼさなかったのだ。今、彼が佐々慶政に家老として仕えていられるのもそのおかげと言える。

　だが、もし謀反に斎藤利三が積極的に関わっていたと知られたら話は違ってくる。信長は恨みを決して忘れない男であり、十年前の叛逆や命令無視といった出来事を理由に、大勢の家臣達が追放、あるいは誅殺といった処分を受けている。ましてや妙覚寺の変はつい昨年のことだ。斎藤利三とその一族も粛清を免れないだろう。

　そのため利三としては、この圭秀という得体の知れない男を拒絶できなくなったのである。

「もちろん、これは写しで本物は別の場所にあります。わたくしに何かあれば、織田様の手に届くようにしてあるのです」

　そう言われてはこの男を切り捨てて、手紙を焼いてしまうという口封じもできない。以来、この男の言いなりになって、笠間慶一郎がやってくるのを利三は半年にわたって待ち続けていた。

　もちろん斎藤圭秀の方は、実際にこんな秘密を織田信長に報せるつもりはない。祖先の境遇を変化させて自分にどう波及するかわからないからだ。

　だが、この時代に足がかりのない圭秀としては、自分の手足のように動かせる人材を得るためには、本音を押し隠して祖先伝来の古文書を持ち出して脅すしかなかったのだ。

二人の側に忍びが歩み寄ってきてひれ伏す。

「笠間慶一郎がようやく姿を現しました」

「ひと月も待たされたが期日ギリギリになってようやく現れたか。して、首尾の方はどうであったかな？」

斎藤利三は、手にした黒石を斎藤圭秀の置いた白石にツケた。

「残念ながら……磯谷彦四郎殿、森勘解由《もりかげゆ》殿、磯谷新介《しんすけ》殿の三名が討ち死に」

「ぜひもなし……か」

斎藤利三は、光秀が謀反をしたと聞いた時に、信長が口にしたのと同じ言葉を呟いた。

「して、笠間慶一郎は今は？」

「奥書院のお方様のもとに匿《かくま》われております……」

「十年前、勇姫《いさなひめ》と笠間慶一郎は師弟関係にあったと聞く。出会ってしまえば、追われている慶一郎を匿うのも当然だな」

斎藤圭秀が口を開く。

「野部二曹。その奥書院という場所は狙えそうか？」

忍びの隣に野部は座っていた。こちらは忍びと違って寛いだ姿勢で壁に寄りかかっている。

「庭に引っ張り出すことができれば……」

すると斎藤利三がこの話を続けさせまいと口を挟んだ。

「待たれよ圭秀殿。鉄砲で狙うなどという考えは捨ててくれ。鉄砲ははずれることもある。流れた弾が慶政様やイサナ様にあたったらどうとする？　このお二人を巻き込むようなことだけはしないというのが約定だったはずだぞ」

「利三殿。我々としては笠間慶一郎をこのままほうって置くこともできないのです。可能な限り速やかに斃さなければ」

「しかし！」

「もちろんいきなり狙撃をしたりはしません。頼んでいた人手の用意はできていますな？　それでお殿様や奥方様を、的から引き離すことができましょう」

「それでも！」

「くどい！　貴方は黙って我々の言いなりになっていれば良いのだ」

圭秀の居丈高《いたけだか》な態度に利三は嘆息すると、顎をしゃくって忍びに居間の戸板を開かせた。

すると庭に二十名ほどの忍びが片膝をついた姿勢で命令を待っていた。

圭秀はそれを見渡しながら言った。

「この者達の腕は確かですか？　笠間慶一郎の傍らには柳生さくらという女剣士がいるのですよ」

「この者達の腕も相当のものだ」

「ならばそれに期待しましょう。上手く行きさえすれば、貴方は生き残り、佐々家も、斎藤家もますます発展することになるのですから」

斎藤圭秀は、そう言うと碁盤で孤立した黒石を囲い込むように白石を置いた。

慶一郎は項垂《うなだ》れていた。

「まさかイサナが女だったなんて。知らなかった……」

高得院の別棟、奥書院というイサナの生活空間に招かれたことで、慶一郎らは佐々家の兵から追い回されるという危機的状況は脱することはできたのだが、イサナがその実、女だったとわかって自分がどれだけ見る目がなかったかを思い知らされてしまったのだ。

「あら、あたしはイサナが女だってこと知ってたわよ」

「ねぇ～」

さくらは、貴婦人がイサナだとわかると和気藹々と話し込んでいる。

「今は勇女って名乗っているんだ。イサナって漢字だと勇魚って書くでしょ？」

「その一文字をとったわけね」

「それでお勇って呼ばれることもある」

慶一郎は改めてイサナを見た。

さくらはイサナが女だと気付いていたと言うのだから、つまり慶一郎は、なおさら眼力がなかったことになるのだ。

「しかしさくら姉さんほんとに若いなぁ。おいらの方が年上みたいに見えるよ……」

イサナが、居心地悪そうに着物の裾をぱたぱたさせながら羨ましげに言った。

実際、肉体年齢では、さくらはイサナに追い抜かれているからその通りなのだが、もちろんイサナはそんなことはわからないから、単純に十年経っても若々しさを保つ何かの秘訣めいたものがあると思っているのだ。

「あはは……」

さくらとしても、何とも答えようがなく笑って誤魔化すしかなかった。

「帰ったぞ！　イサナ、イサナ！」

さくらがイサナから若さを保つ秘訣を教えろと迫られ苦しげに笑っていると、勤めを終えて帰ってきた近江坂本・佐々家の当主の帰宅を報せる声が聞こえてきた。

するとイサナは目を輝かせ、いそいそと声の主を迎えるべく立ち上がる。

「殿様、お帰りなさいませ」

丁寧な物腰で、夫を迎える貞淑《ていしゅく》な妻にころっと変わってしまったのだ。

「おい、元気にしていたか？」

「はい。かわりなく」

イサナが女だという事実も慶一郎を驚愕させたが、あの松千代が妻想いの夫を演じている。しかもその相手がイサナだという光景も、慶一郎を愕然とさせた。何か、別世界の出来事のように思えるのだ。

これが十年という歳月が流れた結果なのだと言われれば、それを受け容れるしかないが、イサナがこの時代の貴婦人として振る舞えているように、松千代もすっかりと精強な面持ちをした武士の出で立ちをしているのだ。

「イサナ、客人か？」

「はい。懐かしいお人ですよ」

松千代がくすくす笑いながら言う妻の態度を不審そうに見る。そして、チラリと慶一郎を見やって大声で叫んだ。

「えええええええええええっ！　け、けけけ、慶一郎か⁉」

「は、はい。そうですけど」

「ちくしょう、心配させやがって！」

しがみついてくる松千代に、慶一郎は返す言葉がなかった。


陽が落ちて晩となった。

奥書院の四隅に火の点いた燭台《しょくだい》が並べられる。

そして酒と肴が運ばれてきてちょっとした宴会が始まった。

「ささ、殿様」

イサナが松千代……慶政の杯に酒を注いでいる。

二人が寄り添う光景は、『仲の良い夫婦』という言葉をヒト型にしたらそっくりそのまま今の二人になると思われたほどだ。

見ていると、なんだか腹が立ってくるが、慶政は慶一郎がそんなことを考えているともつゆ知らずに、杯の酒を飲み干した。

「ふむ……つまり、磯谷彦四郎に慶一郎のことを刺客だと吹き込んだ人間がいるということか？」

「多分。そうでないとああも決め付けた対応はしなかったと思う」

「本当に申し訳ないことをした」

慶政はそう言うと、家臣の非礼を詫びるべく深々と頭を下げた。

するとさくらも、頭を下げるならこちらの方だと言って頭を下げ返した。

「いや、あたしこそ佐々家の家臣を斬ってしまってごめんなさい」

「良く確かめもせず、客人に刃を向けただけでなく追い回したのは我が郎党だ。それはもう当方の手落ち以外の何ものでもない。こちらの方こそ謝らなければならぬことだ。いずれにせよこの始末はきっとつけるから勘弁して欲しい」

「わかった。お互いそれで全てを水に流そう。さくらもいいよな？」

「もちろんよ」

二人が肯くと慶政は安堵したように膝を崩した。イサナが手を叩いて女中を呼ぶと料理と酒の追加を命じる。

「ところで慶一郎。どうしてこんなにも長い間、戻ってこなかったのだ？　いったい何処に隠れていた？」

「隠れていたわけじゃない。帰ってきたかったんだが、なかなかそうできなかった理由があったんだ」

「その理由とは？」

慶一郎は説明に窮《きゅう》した。時間遡行のことを避けようとすると上手い説明が思いつかないのだ。すると横からさくらが言った。

「実際には違うのだけど、例えるなら船に乗って漂流して、離れ小島に流されてたみたいな状態になっていたのよ」

「離れ小島？」

「ずうっとずうっと遠くよ、船がないと帰って来られないでしょう？」

「ああ。そう言うことか」と慶政。

「遠くというと、呂宋《ルソン》とかシャム辺りかな？」とイサナ。

「違うって。実際に海の向こうに行っていたわけじゃないの。でもそんな感じな状態だったと思ってくれて良いわ。最近になってやっと帰って来られたのよ」

「お師匠、大変だったんだねぇ」

慶政とイサナは口を揃えて慶一郎とさくらに同情した。

「問題は、向こうで知り合った奴に、あたしも慶一郎も命を狙われているってことよ。そいつ、その島の在り処や、ここと行き来できる方法を隠して独り占めしたいって考えているの」

「島との行き来の仕方を知る程度で命を狙われるとは穏やかではないな。その島との往来はそんなにも旨味があるのか？」

「そして、其奴《そやつ》ったら慶一郎をおびき出すために、お館様を討つって言ってきてるの」

「上様を人質にしようとは身の程知らずな輩め。上様の守りは、鳥見衆と猟兵衆によって鉄壁の守りで固められている。そう易々と狙えたりはせぬわ。それは慶一郎の方が良く知っていることではないか？」

「……」

慶政は返事に詰まる慶一郎をマジマジと見て嘆息した。

「なるほど。にもかかわらず慶一郎はここまでやって来た……其奴らはその守りすら出し抜く腕前ということなのだな？」

「ああ……佐々家の用人を刺客に仕立て上げることができる程度にな」

「むっ……そうだな。油断できる相手ではない。いや、そもそも、こんなにのんびりしている所ではないのではないか？　今すぐにでも上様のところに行って備えを……」

「それは大丈夫だ」

「？」

「連中がお館様を狙うのは自分を始末してからになるはずだ」

慶一郎は信長を守るためにこの天正の時代に来た。もし慶一郎よりも前に、信長が暗殺されてしまったら慶一郎は失意と共にこの時代を去るだろう。そうなったら戦史編纂室には、慶一郎を見つけることも捕らえることもできなくなる。そして今度は逆に、斎藤が狙われる立場になる。日本の国防省。その戦史編纂室。居所が明らかな斎藤には逃れる術はない。慶一郎の放った弾丸がいつかきっと斎藤の脳天を抉るだろう。

斎藤圭秀はそんな事態になるのを避けるため、必ず慶一郎から先に狙わなければならないのだ。

とは言え、慶一郎が開き直ってほうっておけば、信長が狙われることになる。

「だからお館様には、城から出ることを控えて貰う必要があるの」とさくら。

「いつまで？」

「自分が、その敵を倒すまでだ」と慶一郎。

「そうは言ってもなあ、上様がそんな話を聞いてくれるかどうか。上様はことのほか毛利との決戦を楽しみにしてらっしゃるのだ。長篠《ながしの》の完勝で大戦に味を占められてしまったのでな」

「いや、自分の計算が合っていれば、多分、ほとんど待たせることはない」

「ほとんど？」

「そうだ。ほとんどだ」

「それは俺達を巻き込むということか？　慶一郎」

「多分……すまない」

慶一郎はぺこりと頭を下げた。

すると慶政もしょうがないなぁと肩を竦めて見せるとこう言った。

「これもお前と関わった縁の一つだからな」

堅い話が終わって一段落ついた時、襖が開いて酒肴を捧げ持った女中達が何人もやってきた。

それを見てイサナが言った。

「お、来た来た。さあさあ今日は飲んで食べてよ。師匠が大丈夫って言うなら、上様のことは大丈夫だろうし、今夜は再会を祝して乾杯しよ！」

酒や料理が慶一郎らの前に次々と並べられる。さらに笛や太鼓を携えた女達が呼ばれてきて奥書院は華やかな宴会場と化した。

「ささ、お客様。杯が乾いてらっしゃいますわ。どうぞどうぞ……」

慶一郎の杯が空になっているのを見つけた女中が、両膝をついてとっくりを差し出す。

慶一郎はされるがままに杯を差し出していたが、それが白濁《はくだく》した酒で満たされるのを見ていたイサナは首を傾《かし》げた。

「そこの女中さん良く気が利くね。見ない顔だけど松千代が雇ったの？」

「ん？　ああ、鶴《つる》は半年ほど前に雇い入れた女だ。溝尾《みぞお》の遠縁の者だとか……良く気が利く女で奥向きに役に立つと思ってな。今回、京勤めのために坂本から上ってきた」

するとは女は「お方様。わたくしは溝尾茂朝《しげとも》の口利きでご奉公に上がらさせて頂きました、鶴と申す者。これからどうぞよろしくお願いいたします」と挨拶した。

「そうなんだ。よろしくね」

その時さくらが言った。

「お鶴さん。挨拶ついでに慶一郎の杯に満たしたその酒を飲んでみてくれない？」

慶政とイサナが、何を言い出すのかとさくらをマジマジと見ている。だがさくらは、二人の発言を抑えると言った。

「慶一郎」

「わかった。女中さん。これを飲んでみてくれ」

慶一郎は、女中に向けて杯を差し出した。

「ご冗談を。お客様に対してそのような失礼なことは……」

「そのまま飲ませる方が失礼よ。毒入りの酒なんて」

すると女中は表情を一変させた。

「ほんと、ほとんど待たずに済んだわね！」

さくらが短刀を一閃させ、女中がぱっと飛び退く。

空中では刃と刃の衝突した音がして、十文字の手裏剣が壁に立て続けに突き刺さる。投じられた手裏剣をさくらが振り払ったのだ。

振り返ると手裏剣を投じたのは、音楽を鳴らしていた芸妓達であった。

それぞれ笛や鼓を、短刀、吹き矢、鎖鎌《くさりがま》といった得物に持ち替えてさくらに襲い掛かる。

「鶴がくせ者だと!? まさか溝尾が裏切ったというのか!?」

「この時代、背乗り《はいの》の仕方なんて山ほどあるからな！」

慶一郎はよく調べないうちに結論を出すなと慶政に言った。

背乗りとは戸籍や身分を、忍びや工作員が乗っ取って諜報や破壊工作に従事する足がかりにすることである。この時代顔写真なんてないから離れたところに住んでいる親戚になりすますのも、そう難しいことではない。時間を掛けて親戚をたどって紹介をもらっていけば、大名家の下働きとして潜り込むくらいのことは簡単なのだ。

斬りかかってくる女忍び達の剣を、慶政が大刀を抜いて受け止める。

するとその間に、さくらが女忍びをばっさばっさと斬り捨てて行った。

宴席を盛り上げる笛や太鼓の芸妓に扮していた女達は、たちまち全滅してしまった。

そんな中で、女中の鶴を演じていた女忍びと慶一郎が対峙していた。

慶一郎は傍らに置いていた火縄銃に手を伸ばしてその銃口を女に向けている。鶴は懐剣として持っていた匕首《あいくち》を逆手に構えている。

「女忍び、お前を雇ったのは誰だ？」

「そんな問いに答える忍びなどいると思いますか？」

「答えないと撃つ」

「火縄に火の付いてない鉄砲で？」

鶴は匕首を振りかざして慶一郎に向かった。

慶一郎は、部屋を薄く照らしている燭台を引き寄せ、その火を火皿に寄せる。

既に弾丸と火薬を込めるところまで準備されてい

た鉄砲は、轟音とともに弾丸を放ち女忍びの胸部を抉った。

鉄砲の音が合図となった。

縁側に面していた戸板が開かれて、次々と忍び装束で身を固めた男達が突入してきたのだ。

慶一郎は空になった鉄砲を逆手に持って振りかざし、襲ってくる忍びの剣を受け止め、蹴倒す。刀を振り上げるとぶつかってしまうほどに天井が低いため、忍び達はみんな剣を低く構えている。その異様な構えを見ただけで慶一郎はこの忍び達が凶暴な手《て》練《だ》れだと感じた。

「不味い。松千代逃げろ！　狙われているのは自分達だ！」

「し、しかし慶一郎！」

「お師匠は、助けを呼んで来いって言ってるんだよ！」

イサナは慶政の手を引っ張ってたちまち奥書院を後にした。

その撤退《てったい》速度は、二人の後を追う者が一人もいないほどに素速かった。実に見事である。

「良い状況判断だな。イサナの奴」

慶一郎は、イサナの消えた廊下を見つめて言った。

「歴史の記録に、佐々慶政は進退の判断が絶妙だったってあったけど、あれはもしかしてイサナだったのかも知れないわね」

勇猛猪突の松千代に、冷静撤退のイサナ。その二人の組み合わせが佐々慶政の威名に繋がったのかも知れない。

慶一郎と背中合わせでさくらが構える。

忍びの数は全部で二十名。

慶一郎とさくらは彼らに完全に取り囲まれてしまった。こんな数の敵に入り込まれるなんて佐々家の守りはどうなっているのだと思うところだ。だが、半年も前から刺客が女中にすり替わっていたとなると無理からぬ話である。それだけ時間をかけて顔見知りになって、外部から引き込む道を作られたら、警戒を厳重にしてもどうしようもなくなってしまうのだ。

「室長は、いったい何処からこれだけの忍びを掻き集めてきたんだ?」

従って慶一郎の関心はもっぱらこちらの方へと向けられた。

この時代に滞在していた数年間で忍びを集めることがいかに難しいかは理解している。求人広告を掲げていれば応募してきてくれるような存在ではない。全ては地縁か血縁か、いずれにせよ縁故《えんこ》が必要で、そのためにはこの時代で生きている武将の誰かを味方に引き入れでもしない限り、無理なのだ。

女忍びが入り込んだのが半年前なら斎藤室長は、慶一郎が来る半年前にはこの時代に来ていて準備をしていたことになる。

「室長を侮《あなど》っていたかも知れない」

「これだけの人数を相手にするのはちょっと骨ね。けど、向こうもこっちも、相手がどう出るか予想しあっての勝負なんだからしょうがないわ。結局、相手の予想を上回る手立てがどれだけ用意できるかなんだから。斎藤さんがあたし達に突きつけた答えが、この数ってわけよ!」

忍び達が一斉に斬りかかってきた。

まずさくらが迎え撃ちに出て、一人、また一人と斬り捨てる。

だが、この敵は一人残らず手練れで、さくらも次々斬るということはできなかった。勝てなくもないが、一人斃すのにも随分と手間取ってしまう。

「裏の裏を掻くには……くそっ」

その間にも慶一郎を狙った忍びが、慶一郎に向かって刀の切っ先を突きつける。慶一郎は正面から突き込まれた剣の切っ先を躱し、横殴りに火縄銃を振り回した。

野球のバットのような勢いで火縄銃を叩きつける。

刀と銃身が激しくぶつかってギリッと銃身の鉄が削れた。

「もう一度！」

慶一郎はさらにもう一度、銃身を高々と振りかざした。だが、敵はもう一度の攻撃を受け止めてくれるほどお人好しではない。慶一郎が銃を振り上げた瞬間、白刃をひらめかせて左右から斬り込んだ。

「くっ」

慶一郎の胴を忍びの刃が割り、慶一郎は脇腹を押さえて片膝を突いた。

押さえた手の隙間から血液がだらだらこぼれ落ちていく。

「くっ……やられた」

「慶一郎！　あんた⁉」

さくらが叫ぶ。

「死ね。笠間慶一郎！」

忍び達の繰り出す刃が、慶一郎に襲い掛かった。


「放てえ！」

その時、イサナが手を振り下ろし、佐々家の鉄砲隊十名が筒先を揃えて斉射を放つ。

勝ちを確信した瞬間が油断となった。

慶一郎にとどめの刃を突き立てようとしていた忍び達は、横殴りの弾雨を不意に喰らってたちまちその場に倒れたのである。

「次！」

弾を撃ち終えた鉄砲足軽が後方に下がり、次の鉄砲足軽達と入れ替わる。

「放て！」

イサナの号令で発せられた二斉射で、二十名いた忍び達はわずかに三人にまでその数を減らし勝敗は決した。

「くそっ、これまでか？」

「いや、笠間慶一郎を討ち取ったのだから我らの勝ちだ」

「退け退け！」

忍び達は抗しきれずたちまち逃げ出した。そして仲間の死体をその場に残し、書院から庭に、そして壁を飛び越えて逃れて行った。

「慶一郎！」

「お師匠！」

倒れた忍び達の間には、脇腹を押さえて倒れている慶一郎の姿があった。

一三

「殿。お喜び下さい。笠間慶一郎を見事討ち果たしましてございます！」

斎藤利三の屋敷に戻ってきた三人の忍びが、喜びを満面に表して報告した。

見れば身体のあちこちに怪我を負ったのか血が滲む姿のままだ。もしかすると戦いの場から真っ直ぐにここに戻ってきたのかも知れない。

戦史編纂室の斎藤圭秀は確かめるように尋ねた。

「それは本当か？」

「胴を割った時の手応えがありました。間違いなく奴は死んだはずです」

忍びの一人が、慶一郎の胴を横殴りに刃を押し当てざっくりと斬ったと言う。鎖帷子を着ていたが、勢いよく叩きつけたことで刃が肉に届いたはずだと言う。

「野部二曹？」

三人と一緒に戻ってきた野部二等陸曹に目を向けるとふて腐れたような態度で言った。

「事実のようです。佐々家の当主やその妻らが大騒ぎしてましたから」

彼としては自分の手で慶一郎を斃したいと思っていたようだ。だが結局、慶一郎は奥書院の中にいたまま、野部の構えた銃の前に出てくることはなかったのだ。

「そうか、良かった。これで約束は果たせたわけだな。皆の者大儀《たいぎ》であった」

ホッとしたように忍び達を労《ねぎら》ったのは斎藤利三である。

高得院に配下の忍びを送り込み、笠間慶一郎を殺すという試みは彼にとっては苦肉の策である。

何処の誰ともわからない連中にしたいようにさせてしまったら、主君佐々慶政とその正妻にまで被害が及んでしまう可能性があったからだ。だが、彼の忍び達は見事にその役目を果たしてくれた。ほとんど全滅と言って良いほどの損害が出てしまったがそれでも成功したのである。

「圭秀、これで我らの務めは終えたと言うことでよろしいな？」

確かめるように問いかけてくる利三に、斎藤室長は渋々肯いた。

「はい。約束は果たされました」

「おや、嬉しくなさそうだな？」

「笠間慶一郎ほどの男が、このような形で死ぬとは思っていませんでしたから。もう少し手を焼かせてくれると思っていたのですよ」

「我が手の者を、侮られては困るということでござる。これでも精鋭中の精鋭揃いだったのですからな。それを、ここまで失ったからには成果が上がらぬはずがない」

「そのようですな」

「では、約束通り、文を渡して貰えまいか？　そしてここを出て、二度と顔を見せぬよう願いたい」

強い口調と共に差し出された手を斎藤圭秀はしばし見つめた。だが約束は約束。懐から手紙を取り出すとその手に載せた。

「室長。この後、どうされるんですか？」

斎藤利三からすれば、自分を脅迫してくるような男の顔など見ていたくなかったのだろう。斎藤圭秀と野部は京の屋敷を追い出されてしまった。

そのため二人は、その足で妙覚寺へと向かっていた。

「笠間慶一郎が死んだんだから、次は信長を斃すさ」

「その後の天下は羽柴秀吉ですか？」

「もちろんだ。状況の如何《いかん》によっては君にテコ入れをして貰うかも知れないからそのつもりでいてくれ」

「順当過ぎてつまらない話ですね。てっきり室長は、斎藤利三に天下を獲らそうとするのかと思いましたけど。祖先なんでしょ？」

「いいかね野部二曹。私にとってのホームタウン、私にとっての世界はあくまでも平成の現代だ。自分の周りに居る人々、日本社会が平成の時代に最良で安全に繁栄していることが私にとっての理想だ。戦国時代は織田信長亡き後は羽柴、その後に徳川という統治者を経て明治維新に入ることで日本国民は日本という一つの国に対する帰属意識を抱けるようになるんだ。祖先の栄華のために足下をぐらつかせるようなことを私がするはずないだろう？」

「時間を征する者は、世界を征する……そう言ってませんでしたっけ？　ずうっと斎藤家で支配し続ければいいじゃないですか。命じて下されば、やりますよ俺は……」

「世界を征服している者が、その存在を周囲に知らしめる必要はない。目立てばその分、敵意も浴びるわけだからね。誰にも知られずとも、その時代、その時代を征するのは誰かを決められる私こそが真の支配者だ」

「それはそうですけど……」

「まさか、巨大な宮殿に住み、贅を尽くした食事を毎日食し、女をとっかえひっかえすることが君にとっての喜びなのか？」

「とんでもない。俺にとっての喜びは戦って勝つことです」

「そうだろう？　だから私は君を選んだ。君にはこれから、我々にとっての敵を次々と屠《ほふ》っていってもらわなくてはならない。頼むぞ」

「光栄です。お任せ下さい」

「とにかく次は信長だ。それがそもそもの我々の使命なのだからな。横溝君と合流するぞ」

「笠間さくらや、時間遡行者の女は？」

「あの女達に脅威は全くない。従って片付けるのも今すぐである必要はない」

「後を追いたくても手懸かりは何もないですしね」

「そうだ」

　二人を追うのは、信長を討って任務を果たし、平成の現代に戻ってから戦史編纂室の体制をつくり直してからになる。慶一郎を斃したことで戦史編纂室内で、時間遡行の技術を独占する体制は整ったのだから、次はじっくりと外部の同業他社を片付ければ良い。そうすれば自分達のすることを邪魔する者もいなくなり、世界を好きにできる幅がどんどん広がるのである。

＊　＊

　天正十一年六月十一日の昼前。織田信長は、大軍を率いて京都妙覚寺を出陣した。

　毛利の大軍と対峙する羽柴秀吉軍支援のために十万の兵とともに西に向かったと『信長公記』には記されている。

　信長の狙撃に対する用心深さは妙覚寺の変以降さらに強くなっていて、城を出る時、戻る時、できるだけ同じ道をたどらないようにしている。いつもなら妙覚寺から直接、下京惣構《しもぎょうそうがま》えを出るのだが今回はわざと街並みの道を通って南に向かった。

　だがしかし、そんな用心も時間遡行者相手では意味がない。そんな注意深い行動も記録として残ってしまっているからである。

　昼中には妙覚寺を出て室町小路《むろまちこうじ》を通って下京惣構えの木戸を出るのがわかっている。そのため野部と斎藤は、下京惣構えの外側から室町小路の木戸を俯《ふ》瞰《かん》できる位置についた。

　場所は、本国寺《ほんこくじ》五重塔の最上階。

織田軍の猟兵衆は、信長が通る道の周囲で鉄砲の狙撃に使えるような場所は徹底的に検索する。だが、明らかに火縄銃の弾が届かないような場所は除外されてしまうため、室町小路から五百m以上離れたこの場所は全くの無警戒だったのだ。

野部は、伏せ撃ちの姿勢をとって対人狙撃銃を構えた。

「信長が、五条大路に出てきたところが狙い目だな」

この時期の京の町家は二階建てはほとんどない。そのため高さ三十mを超える塔からならば、軍勢が進んでくる様子は、兵らが背負う旗指物《はたさしもの》や馬印などからとらえることができた。

『そこから、軍勢が見えますか?』

通信機から聞こえる声の主、横溝は室町小路と五条大路の辻に立っている。そこで信長が近づいてくるタイミングを報せてくれることになっているのだ。

「ああ、見える。だが信長の位置がわからんぞ」

横溝の頭部に十字照準刻線《レティクル》を合わせつつ野部は返した。

「信長の馬印は金塗りの唐傘《からかさ》です」

斎藤は、野部の横で双眼鏡を覗き込んでいた。

すると寺院や町の家々に隠れ隠れしながらその隙間を、馬印が進んでくる。

「野部、あれだ」

「今、確認できました」

野部はその位置を確認すると、槓桿《こうかん》を引いて弾丸を薬室に送り込んだ。

『信長の全身が見えるのは、五条大路を渡る数秒間です。頼みますよ』

「数秒あれば充分だ。俺を誰だと思ってるんだ?」

野部は、呼吸を整えながら引き金に人差し指をかけた。

やがて、下京惣構えの築地塀に築かれた門から織田軍の軍兵が出てくる。十字照準刻線の向こう側を織田の軍兵が進んで行くのが一人ずつ見えた。

『信長は前衛となる五百人ほどの後にいるはずです

よ』

「姿形はどんなだ？」

『信長の格好は、ビロードのマントに南蛮鎧です』

『それだと失敗するぞ野部。着ている物だけで目標と決め付けるのは危険だ。自分が武田信玄を狙った時は同じ鎧兜を着た影武者が三人もいたからな』

「そ、その声は！」

その時、通信機から突然流れてきた声に野部と斎藤が凍り付いた。

「まさか、笠間曹長なのか!?」

今回、斎藤らが使用しているのは普段から戦史編纂室が使用している通信機である。そのため周波数、暗号コードも知っている慶一郎ならば割り込んでくることも可能なのだ。

『か、笠間さんは死んだと聞いてますよ？』

野部、斎藤、横溝の順で発せられた問いに慶一郎は答えた。

『残念ながらこの通り生きていた。斎藤室長には交戦規則の改定を意見具申します。時間遡行者が相手の場合、相手の息の根を止めたことを必ず確認すること。でないと生き残って別の時間に運ばれて、そこで治療を受けてついでに充分な時間を掛けてリハビリまでしてから、仕返しにやってくる可能性があります』

「まさか、そんなことが」

『できるんですよ。治るのに一ヵ月もかかりましたけどね。時間遡行って便利です。そうやって中途で回り道しても昨日の今日のように繋げることができる』

野部と斎藤は慶一郎の姿を探して周囲を見渡した。

『動くなよ野部。今更探したって無駄だ、もう自分はお前の頭部に照準を合わせている』

それを聞いて野部は咄嗟に頭を伏せた。笠間慶一郎なら一㎞先からでも当ててくる。そして本国寺を中心に半径一㎞以内なんて、五重塔だらけなのだ。

野部は、脂汗《あぶらあせ》を流しながら音声が伝わらないようマイクを押さえ、斎藤を振り返った。

「室長、タイミングを合わせて建物に逃げ込みます。ついてきて下さい」

「わかった」

咄嗟に標的が二つ現れた時、狙撃手はどちらを撃つべきかと逡巡《しゅんじゅん》する。そしてその一瞬が数百m先では数十㎝のズレを生み、的となった人間の生死を分かつのだ。野部はそれを利用しようというのである。

「今です！」

野部は斎藤に合図すると一緒に起き上がり、五重塔内部に逃げ込んだ。

「はぁ、はぁ……」

野部と斎藤は、身を隠してホッと息を吐いた。

野部は窓を薄く開き、見える範囲にある五重塔に双眼鏡を向け、一つずつ慶一郎の姿を探す。

『野部、教えてくれ。どうしてお前は斎藤室長に従う？　横溝さんもだ。その男は時間遡行の方法を独占したいがために部下を殺すような奴なんだぞ』

すると斎藤が言った。

「私が時間遡行の技術を独占しようとしているのは国のためだ」

『それで、総合運用支援部の幹部達をテロで殺すと？』

「仕方のないことだ。高級官僚の奴らはどの役職についても所詮は腰掛けでいずれ異動する。そして最後には民間企業に天下《あまくだ》っていくんだ。それがどういう意味かわかるかね笠間曹長？　秘密を知っている人間が、市井《しせい》に散らばって行くということなんだ。それを許すわけにはいかん」

『そうは言っても、室長だっていずれ異動するでしょう』

「私は異動しない。戦史編纂室の室長の席は誰にも譲るつもりはない」

『そういうわけには行かないでしょう？　国防省の一機関なんですから、上から命じられたら動かないでいることはできないはずです』

「そうなったら、戦史編纂室の時間戦工作部門だけ分離して別組織にするように意見具申する」

『その意見通りますかね？』

「通すさ。私は過去を好きに書き換えられるんだぞ。こちらの意見を聞き入れない上官は、若いうちに失脚させてやる」

『あんた、国の組織を私物化するつもりですか⁉』

「時間遡行の技術を確立したのは私なんだ。私がいなかったら、私の父や祖父が行き倒れ人の話を聞いて集めてなければ、時間遡行の技術は確立されなかったんだ。私には、それを管理する責任と義務と権利がある。これは私の物なんだ！」

『だから上部機関の幹部を殺して、時間遡行の技術を独り占めするんですか？　そしてその罪を自分一人になすりつけたんですね？』

「大義の前の些末な犠牲だ」

『野部……室長はこんなことを言ってるぞ。お前はどうする？』

その時、野部が窓の隙間に見える景色を指差した。

斎藤がその方向に双眼鏡を向けてみると、名前のよくわからない寺院にある五重塔の最上層の窓に、男が伏せ撃ちの姿勢でこちらに銃を向けているのだ。

慶一郎だろう。

距離にして六百ｍほど。野部は、窓の隙間から銃を構えながら言った。

「はっ、室長がどんな理由で何をしようとも俺には関係ありませんよ、曹長殿」

『そうなのか？』

「そうです。俺を満足させてくれる上司のために働きます。斎藤室長は話の分かるお人だ。俺を心ゆくまで暴れさせてくれる」

言いながら野部は引き金を引いた。

野部の放った弾丸は約六百ｍの距離を放物線を描いて飛翔し、慶一郎の頭部目がけて突き進んだ。

「よしっ……えっ？」

野部が仕留めたと思った瞬間、慶一郎の頭部が炸裂する。

そこに置かれていたのはダミーの風船であった。

ご丁寧にも火縄銃まであたかも構えているかのように置かれていた。

「しまった」

慌てて伏せて予想される反撃に備える野部。だが慶一郎は撃ってこなかった。代わりに言葉が返ってきた。

『そんなことのためにお前は仲間を撃つのか？』

「そんなこと、じゃありませんよ」

野部は改めて慶一郎の姿を探す。

「俺にとってこれは重要なことだ。戦って勝つこと。それが俺にとっては生きている意味なんですよ。室長は俺にその機会をくれる約束をしてくれた。だから室長が時間遡行の技術を独り占めする手伝いをすることにしたんだ」

『そうか。……野部はそういう覚悟なんだな？　わかった。横溝さんはどうなんだ？』

『僕にも、斎藤室長に従うメリットはあるよ』

『聞かせて貰えますか？』

『僕の場合はね、やっぱりお金さ。時間遡行っていいよね。現代で高値がつく美術品や書画《しょが》骨董《こっとう》が二束三文で売ってるんだから。この間なんか万馬券四連続で当てて五千万円の儲けが出たよ』

『それは凄い』

横溝が話している間に、野部はやがて八百mほど離れた位置にある五重塔に、人影を見つけた。

これだけの距離があると十倍率の照準眼鏡を用いても相手の識別が難しくなる。この的がダミーなのか、それとも慶一郎本人なのか。

野部は、再度銃を構えた。

『わかった。二人ともがそういう覚悟なら、もう説得しようとは思いません』

『わかって貰えたようでけっ……さ、さくらさん？』

その時、突然横溝の無線通信が途切れた。

「横溝！　どうした？」

斎藤が横溝がいたところを振り返る。双眼鏡を向けると織田の軍勢の傍らで監視をしていた横溝が誰かに捕らえられているのだ。

「くっ……忍者の小娘か。野部、早く笠間を撃て」

「わかってます」

野部は、引き金を引き絞った。

「やったか？」

斎藤が戦果を確認しようと双眼鏡を目に当てながら窓から頭を出す。

「ま、待って下さい室長！」

見えたのはやはり割れた風船ダミーであった。

『室長、そっちじゃないですよ。右下です』

通信機の声に呼びかけられて反射的に振り返る斎藤。

その時、斎藤が目にしたのは銃口を自分に向けている慶一郎だった。

その銃口から発砲炎がひらめいて左目の視界が突然真っ暗になる。双眼鏡のレンズが割れたのだ。

「ひっ」

斎藤がわずかに顔を右に逸《そ》らしたのが幸いした。頭蓋骨の左眼窩に飛び込んだ弾丸は、脳髄を抉ることなく、頬骨《ほおぼね》と蝶形骨《ちょうけいこつ》の一部を砕いてそのまま外部へ出ていったのである。

斎藤は双眼鏡を投げ出すと潰れた左目を押さえながらのたうった。

「ぐっはっ！」

「ちっ、撃ち返しがなかったのは斎藤室長狙いだったからか⁉」

野部は、即座に慶一郎に銃を向けた。

『どうやら命中したようだな。野部、どうする？　諸悪の根源が死んだんだ、手を引くなら今のうちだぞ』

「誰が⁉　今のであんたの居所も知れたんだよ！」

慶一郎の発砲炎は野部にも見えていた。素速く慶一郎に照準を合わせる。

そこは五重塔より低い木戸の傍らにある櫓《やぐら》だった。距離は約三百m。そこに慶一郎の姿はあった。レティクルの交点を慶一郎の頭部に合わせて引き金を引く。

だがその時、野部にミスが生じた。八百mの距離でゼロインしたまま近距離に狙いを定めたのが失敗である。弾丸は慶一郎の頭上を越えてはずれてしまったのだ。

「くっ」

急いで、槓桿を引いて弾丸を薬室に送り込む。そして照準眼鏡を覗いたその時、慶一郎の構えた銃口から発砲炎がひらめいた。

『何のため、遠い距離にダミーを置いて足下に隠れてたかわかるか？』

「く……」

野部は脳天に弾丸を喰らって崩れるように斃れた。

慶一郎が木戸の傍らにある櫓を降りると、そこで待っていたのは織田右大将《うだいしょう》信長だった。馬に跨がったままゆっくりと近づいてくる。

「ことが済んだようだな」

「はい。済みました」

慶一郎の顔を見た信長はぼそりと言った。

「十年経っても、人を撃つのが重荷なようだな。酷い顔をしているぞ」

言われて慶一郎は表情筋を揉《も》みほぐすべく顔を両手でごしごしと擦る。

「野部も、斎藤室長も、かつての仲間でしたので」

「弟、家臣、妹婿。俺が戦ってきたのもそんな人間ばかりだった」

「しばらくは眠れそうにありません」

「ならば眠らねば良い。眠くなるまでな」

慶一郎の言葉に肯くと斎藤と野部の斃れている本国寺の五重塔を見上げた。

「くいいいいいいいいいいいいいいいい」

斎藤は、五重塔内部で七転八倒しながら、ポーチからモルヒネの針つきアンプルを取り出すと太ももに突き刺した。

薬液を注入し、どうにか激痛が和らぐと左目をハンカチで覆い、屈辱と怒りに燃えながら身体を起こす。

だが、残された右目の視界に入ったのは、後頭部が叩き割られたスイカのように吹き飛んでいる野部の遺骸であった。その傍らには野部の対人狙撃銃が落ちている。

拾い上げてみると銃が床に落ちた時の衝撃で照準眼鏡が太陽光を反射するのを防ぐハニカムフィルターがはずれ落ちていた。だがそれ以外の損傷は全く見られなかった。

斎藤は薬室に弾丸が送り込まれているのを確認すると、織田信長の元へと歩み寄っていく慶一郎に狙いを定めた。

「私が死んだと思ったのが……お前の敗因だ」

引き金に人差し指をかけて照準が合うのを待つ。

「何が意見具申だ！　息の根を止めたこの確認をお前も忘れてるぞ笠間陸曹長！」

実は、斎藤もまた狙撃の名手であった。そもそも狙撃の実力者だったからこそ慶一郎の参加した害獣駆除の狙撃訓練を企画立案することもできたのだ。

息を鎮めて、興奮を抑えて待つことしばし。

だが、その瞬間、照準眼鏡の視界に騎馬の侍の姿が入った。

ビロードのマントに南蛮鎧。現代に語り継がれる織田信長の姿だ。

斎藤は、織田信長がその視野に入った途端、ターゲットを変更しレティクルの交点を信長の頭部に合わせた。

「死んだらそれでおしまい。生きているからこそ、苦しみを味わわせることができる。お前に屈辱を味わわせてるやるぞ、笠間慶一郎」

その時、斎藤の胸中にあったのは激しい怒りだ。

そして信長という歴史上の巨人を仕留めるのが自分だという快感である。慶一郎の目の前で、守ろうとしたものを奪われる屈辱を味わわせてやりたかった。

慶一郎を殺すのはその後だ。

斎藤は人差し指にゆっくりと力をかけて行った。

慶一郎が五重塔を見上げた時、その最上階に照準眼鏡が輝くのが見えた。

見えたのは斎藤圭秀。銃口が指向しているのは……慶一郎はその瞬間、狙われているのが信長だと気付いた。

「さくら！」

横溝を猟兵衆に引き渡したさくらが、呼びかけられて振り返る。そして慶一郎の目を読むと馬上の信長にとびついた。信長にしがみついて慶一郎と共に馬から引きずり下ろしにかかったのだ。

「何をするか慶一郎⁉　さくら！」

たちまち信長の近習達が集まってくる。

だが斎藤の放った弾丸が、信長の耳朶をかすめると皆も何が起きているのかを悟った。

「て、敵か？」

弾が飛んできたと判った近習たちは、たちまちパニックを起こした。

いや、こういった事態の時の対処方法は演練されている。このパニックのような右往左往は実は信長を狙ってくる敵に、標的となっている信長の居場所を絞らせないための芝居なのだ。

「まだ刺客が一人残ってました」

「手抜かりだぞ慶一郎！」

「お叱りは後ほど……とにかく安全な場所に」

慶一郎は信長に頭を低くさせると人混みを楯にしながら後ろに下がった。

「安全な場所なんてないわよ」

「いや、あるぞ」

するといる慶一郎は惣構えの壁の外に巡らされている

壕《ほり》を指差した。だがそこは空堀ではなく水が溜まっていた。

「あの中に！　今の時間なら！」

「慶一郎！　あんたまさか」

慶一郎の考えにさくらは反対のようである。しかし信長は意にも介していないようだった。

「壕か？　塹壕《ざんごう》だと思えば良い」

信長は即座に慶一郎の提案に応じた。

そしてさくらに有無を言わさず下京惣構えの壕へと飛び込んだのである。

「くそっ。どこにいった」

弾がはずれた。どうやら銃が床に叩きつけられた時、照準眼鏡がズレていたようだ。

初弾を外した斎藤は、織田信長の周辺で右往左往する人々の中で信長がどこに隠れているかを目を凝らして探す。

「くそっ」

だが、信長どころか慶一郎の姿すら見つからない。どこにいったのか姿を隠してしまったのである。そうしている間にも五重塔には信長警護の猟兵衆と鳥見衆が駆け寄ってきていた。

やがて、人間が階段を駆け上がってくる気配が近づいて来る。

「くそっ……」

振り返った斎藤が見たものは鳥見衆として信長直雇いの忍びとなった霧《きり》と霞《かすみ》の二人であった。

「刺客、覚悟！」

二人の投じた串針《くしばり》が、斎藤の心臓と脳天を貫く。

苦痛すらなく斃れた自分の視界が静かに暗くなって行くのが斎藤の最後の感覚であった。

＊　　＊

「上様？」

「上様はいずこか⁉」

壕に逃げ込んだ信長を探す織田家近習達。だが、いくら探しても彼らの主君の姿はどこにも見えない。

忽然と、慶一郎、さくららと共に姿を消してしまったのである。

信長が行方不明となった事実は、その後、直ちに彼の重臣達に伝えられた。そして、その後の織田家の天下統一事業は信忠を主君として仰ぎ、続行されることとなった。

信長の後を継いだ信忠は、信長ほどに苛烈《かれつ》な気性をもっていなかったこともあり、各地の大名に高圧的な姿勢で挑まなかった。

まず、外交という手段で帰服することを求め、その上で交渉の余地がどうしようもない場合に限って兵力を用いた手段に出たのである。そのため各地の武将達も信忠ならばとそれぞれ従うことを承諾していき、その後五年を待たずして織田家の天下統一の事業は成し遂げられるのである。

太田《おおた》牛一《ぎゅういち》の記した『信長公記』にはその時の様子はこう記されている。

「天正十一年六月十一日。羽柴秀吉援兵のために妙覚寺を出陣した信長公は、不意に鉄砲をうちかけられて神隠しにおあいになった」

その後、織田幕府は約三百年にわたって太平の時代を維持し、明治維新以降の日本の土台を築いた。

その後、明治、大正、昭和、そして平成と日本の歴史は慶一郎が知る者と非常に良く似た世界となって行くのである。

＊　　＊

尾張国・比良村。

その蛇沼のほとりに川守の屋敷はある。

沙奈はそこで佐々家から庇護を受けながら、娘とともに暮らし続けていた。

無人斎道有が率いた忍び達に襲われてから、彼女のことを良く見知っていた村の人々はいなくなってしまった。わずかに残った人々、親戚を頼って一人減り、二人減りして、もう沙奈のことを知る者は村にはいない。

にも拘わらず、彼女がそこに住み続けているのはわけがあった。愛する笠間慶一郎を待つためだ。

ここにいれば、慶一郎は帰ってくるからだ。そして沙奈は時間遡行の謎を追っていた。

そのきっかけは、沙奈の父にあった。彼は、多くの書き物を残していた。

屋敷が壊されてしまったからこそ、目にすることになったそれらには、父がかつて昭和と呼ばれる時代に生きた未来人であったこと。そして、何らかの不思議な力でこの時代にやってきてしまった人間であることが綴られていた。帝国陸軍軍医の制服と共に。

彼女の父が、迷信の類いを信じなかったのも、そして迷信に凝り固まった人々の中に残す我が娘を守るために白蛇の刺青を施した理由もそこに記されていた。

その中には、神隠しにあったとされる人々から何時、何処で、何をしていたら、この時代に来てしまったのかを聞き集めた資料も残されていた。

それは、かつて慶一郎が沙奈に依頼して集めていた物と同じであった。

「慶一郎様は、未来から来た人だったのですね」

そう確信してからの沙奈のするべきことは決まった。

慶一郎の子供を育てながら、各地の村落を歩き回り、神隠しの噂を聞き集めそれらの人々の話を聞く。それが沙奈のライフワークとなったのである。

今日も沙奈は筆を取って紙片に、聞き集めた噂や話をまとめていた。だが、ふと墨を擦る手が止まった。

「誰ですか？」

沙奈が振り返るとそこにいたのは、彼女の子孫を名乗る女だった。

子孫。そう名乗る娘達が訪れるようになったのは、沙奈が神隠しの噂を集めるようになってからだ。いったい何人いるのか、十人以上の娘が入れ替わり立ち替わりやってくるのである。

「初代さん……私です」

その娘は二十一代目だとか。

いつもは比較的明るい彼女が、何故か顔を伏せて申し訳なさげにしている。それを見た沙奈はもしかすると何か良くないことが起きたのかも知れないと思った。

「良く来て下さいましたね。今日はどうしました？」

「実は慶一郎のことでお話がありまして」

「慶一郎様？」

その名を聞いた瞬間、沙奈の心臓はどきんと高鳴った。

その名が出ることは予感していたのに。そもそも沙奈と、子孫を名乗って現れる彼女達との間に共通する話題と言えばそれしかないのだ。


「それで慶一郎様は今、どちらに？」

「それが……その」

子孫を自称する女が振り返る。

するとそこに慶一郎と、かつてこの尾張、美濃を領有し、天下の覇者となる寸前だった男が立っていた。

「け、慶一郎様！」

「沙奈さん。やっと来ることができた」

本来ならすぐに歩み寄って、互いに抱きしめ合ってもおかしくない場面だ。だが沙奈はそうしなかった。もう一人の放つ威圧感にそれどころではなかったのだ。

沙奈は、その男の正体を問うた。

「あなた様はもしや織田右府《うふ》様で？」

信長は「うむ。そんな風に呼ばれていたこともあった。だが今は、ただの信長で通っておる」と肯いた。そして慶一郎を振り返って言う。

「慶一郎。早ようせいよ」

「はい」

慶一郎は信長に一礼すると、申し訳なさげに沙奈に歩み寄った。

「沙奈さん、すみません。もう自分はここで一緒に暮らすことはできなくなりました」

「そ、そんな。どうしてですか？」

「それが、その」

慶一郎が答えにくそうにしていると、信長が言った。

「平成の世で俺と共に天下を獲るためじゃ」

「はい？」

慶一郎は目を伏せながら言った。

「すみません、平成時代の日本のためにと思って、上様を平成に連れて行ったんですが、時間遡行の全てを知ったら『この世界全てを征するぞ』って言い出してしまって」

「『世界全て』でございますか？」

「そうよ。慶一郎のせいで中断した天下布武。その代わりに平成の世の全世界をこの手に握らねば俺も収まらぬのだ。のう？　さくら」

「はい。上様」

柳生さくらも信長の傍らで片膝を突いていた。

「女、慶一郎がお主を思って落ち着かぬ。貴様も平成の時代に参れ！」

どうやら慶一郎が言ったように、この地ではもう一緒に暮らしていくことはできなさそうであった。

「慶一郎さま？」

「沙奈さん。来て下さいますか？」

もちろん沙奈の返事は、「はい」の一言であった。

余

「……お父さん」

斎藤素子《もとこ》は行方不明となった父圭秀の手懸かりを得るために、これまで禁じられてきた父の書斎に立ち入る決意を固めた。父が自分のことをどう思っていたのか。高校卒業後の進路を決める上でも、知っておきたかったのだ。それを得る手懸かりが書斎にはあるはずであった。

斎藤素子の前には今、道が二つに分かれていた。一つは、防衛大学校に入って幹部自衛官だった父と同じく陸上自衛隊へと進む道。そしてもう一つが紀尾井町大学の心理学科に進むという道だ。

斎藤圭秀という男は、あまり娘の人生に干渉しようとしなかったが、娘はその父の背を見て育ってきたのだ。彼女の友達の中には、平和な日本で自衛隊なんか税金泥棒だから必要ないなどという人間もいる。逆に平和だからのんびりできていいじゃんと背中を叩いてくれる人間もいる。

確かに日本は平和だ。

経済的にもうまくいっていて、国境を接する国々は何かとやかましいが、ここ数十年は付けいる隙を見せてないこともあって国内は安定、平和が良く保たれている。それだけに素子の友達は自衛隊に入っても戦うということをイメージできてないようなのだ。

だが素子は知っている。表向きが平和に見える時こそ、裏では懸命に努力している人間がいることを。素子もその一員になれたらと思う気持ちがあったのだ。

パソコン、ノート、日記の類を手当たり次第に調べる。しかし、彼女の父はその意思や思索を何かに書き記すということを余り好まなかったようだ。

「何もないなんて……」

だが、ふと振り返った時、本棚がわずかにズレているのを素子は見逃さなかった。

「何かあるのかしら？」

本棚のズレを戻そうと押した時、あたかも本棚そのものがドアのように大きく開く。そしてその向こうにこれまで隠されていた秘密の小部屋が開かれた。

「うそ、お父さんの部屋にこんなものが？」

素子は引き寄せられるように、その奥へと踏み入っていく。その部屋には、地図が置かれていて時間遡行した人間の記録、そして惑星儀といった天文学的な資料がところ狭しと並べられていた。

「これって……」

そして机の上に置かれた父圭秀の残した記録。それによって素子はこれまで自分が思い描いていた二つ以外に、もう一つの道が用意されていたことを知った。

（完）

この作品は書きおろしです。

著者紹介

柳内《やない》たくみ

自衛官を経験した後、2006年に自営業を開業。本業に従事する傍ら、インターネット上で精力的に執筆活動を展開し、人気を博す。2010年、『ゲート　自衛隊 彼の地にて、斯く戦えり―1.接触編―』で出版デビューを果たし、一躍注目を浴びる。2012年４月より講談社BOXにて戦国スナイパーシリーズをスタート。最新刊に『ゲート　自衛隊 彼の地にて、斯く戦えり〈外伝四〉白銀の晶姫編』がある。

Illustration

陸原一樹《くがわらかづき》

「霊少女清花」シリーズ（YA!フロンティア）、「忍剣 花百姫伝」シリーズ（Dreamスマッシュ!）などの挿絵を手がける。

HP：めいぷるりいふ http://www.leaffish.com/

講談社BOX

KODANSHA BOX

戦国《せんごく》スナイパー５　壊《こわ》れた歴史《れきし》を修復《しゅうふく》せよ篇《へん》　定価はケースに表示してあります

2015年5月7日 第1刷発行

著者 ── 柳内《やない》たくみ

発行者 ― 鈴木　哲

発行所 ― 株式会社講談社
東京都文京区音羽2-12-21　郵便番号 112-8001
編集部 03-5395-4114
販売部 03-5395-5817
業務部 03-5395-3615

印刷所 ― 凸版印刷株式会社

製本所 ― 牧製本印刷株式会社

製函所 ― 株式会社岡山紙器所

ISBN978-4-06-283884-9　N.D.C.913　262p　19cm

小説、漫画、絵物語《イラストーリー》。
様々な形式を駆使し、
もう一つの昭和三十年代
〈東京〉を幻写する
圧倒的〈伝綺〉活劇!!
2015年――七年の雌伏を経て、
『空想東京百景』シリーズは〈幻の奇書〉から〈本格始動〉へ!!
新作小説『〈V2〉殺し屋たちの休暇』『〈V3〉殺し屋たちの墓標』、
toi8自身の手による漫画版『空想東京百景〈異聞〉』
――怒濤の三連続刊行に続いて、
待望のtoi8最新画集――『追憶都市』『追憶都市〈異聞〉』も連続刊行決定！
東京百景
Various scenery of imagined Tokyo
ゆずはらとしゆき Illustration/ toi8
講談社
一迅社
REX
panorama sightseeing
パノラマ観光公社
public corporation
KODANSHA BOX
『空想東京百景〈異聞〉 Strange report』好評発売中！

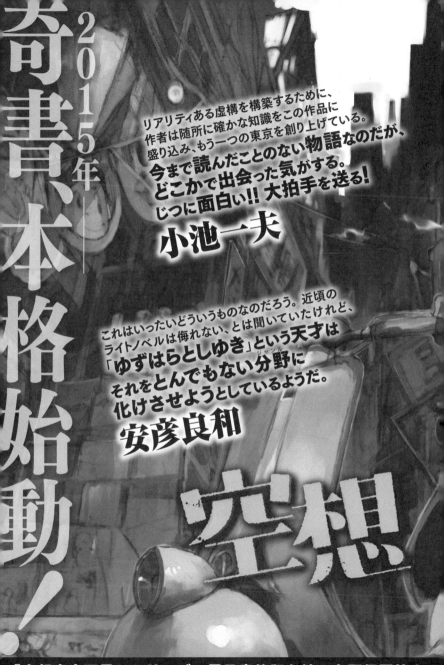

この世ならぬ水際で叶う
叶えてはならない、願い。

手に入らないものはない、
といわれる妖しくも魅惑的な市――
「細蟹《ささがに》の市」。大晦日までの限られた
数十日間、日の入りと共に開かれ
日の出と共に閉じる異形の〈市〉には、
「どうしても欲しいもの」がある人間だけが
危険を顧《かえり》みずに訪れる……。

Illustration 六七質